Robert Musil

Die Verwirrungen des Zöglings Törleß

rororo

Robert Musil wurde am 6. November 1880 geboren und sollte nach dem Wunsch seiner Eltern Offizier werden. Bevor er jedoch militärisch avancierte, sattelte er um: Schon mit 21 Jahren wurde er Ingenieur, spielte danach mit dem Gedanken an eine entsprechende wissenschaftliche Karriere, änderte seine beruflichen Pläne erneut und studierte Philosophie. Jahrzehntelang widmete sich Musil der Arbeit an seinem monumentalen Romanwerk «Der Mann ohne Eigenschaften». Robert Musil starb am 15. April 1942 in der Schweizer Emigration. Sieben Jahre nach seinem Tod nannte ihn die Londoner *Times* «den bedeutendsten deutschschreibenden Romancier dieser Jahrhunderthälfte und zugleich unbekanntesten Schriftsteller dieses Zeitalters».

Robert Musil

Die Verwirrungen des Zöglings Törleß

Rowohlt Taschenbuch Verlag

Einmalige Sonderausgabe
November 2004

Veröffentlicht im Rowohlt Taschenbuch Verlag,
Hamburg, März 1959

Umschlaggestaltung any.way, Wiebke Jakobs
(Umschlagabbildung: August Macke «Tegernseer Bauernjunge» /
Städtische Galerie im Lenbachhaus, München)
Gesamtherstellung Clausen & Bosse, Leck
Printed in Germany
ISBN 3 499 23924 8

Die Verwirrungen des Zöglings Törleß

«Sobald wir etwas aussprechen, entwerten wir es seltsam. Wir glauben in die Tiefe der Abgründe hinabgetaucht zu sein, und wenn wir wieder an die Oberfläche kommen, gleicht der Wassertropfen an unseren bleichen Fingerspitzen nicht mehr dem Meere, dem er entstammt. Wir wähnen eine Schatzgrube wunderbarer Schätze entdeckt zu haben, und wenn wir wieder ans Tageslicht kommen, haben wir nur falsche Steine und Glasscherben mitgebracht; und trotzdem schimmert der Schatz im Finstern unverändert.»

Maeterlinck

Eine kleine Station an der Strecke, welche nach Rußland führt.

Endlos gerade liefen vier parallele Eisenstränge nach beiden Seiten zwischen dem gelben Kies des breiten Fahrdammes; neben jedem wie ein schmutziger Schatten der dunkle, von dem Abdampfe in den Boden gebrannte Strich.

Hinter dem niederen, ölgestrichenen Stationsgebäude führte eine breite, ausgefahrene Straße zur Bahnhofsrampe herauf. Ihre Ränder verloren sich in dem ringsum zertretenen Boden und waren nur an zwei Reihen Akazienbäumen kenntlich, die traurig mit verdursteten, von Staub und Ruß erdrosselten Blättern zu beiden Seiten standen.

Machten es diese traurigen Farben, machte es das bleiche, kraftlose, durch den Dunst ermüdete Licht der Nachmittagssonne: Gegenstände und Menschen hatten etwas Gleichgültiges, Lebloses, Mechanisches an sich, als seien sie aus der Szene eines Puppentheaters genommen. Von Zeit zu Zeit, in gleichen Intervallen, trat der Bahnhofsvorstand aus seinem Amtszimmer heraus, sah mit der gleichen Wendung des Kopfes die weite Strecke hinauf nach den Signalen der Wächterhäuschen, die immer noch nicht das Nahen des Eilzuges anzeigen wollten, der an der Grenze große Verspätung erlitten hatte; mit ein und derselben Bewegung des Armes zog er sodann seine Taschenuhr hervor, schüttelte den Kopf und verschwand wieder; so wie die Figuren kommen und gehen, die aus alten Turmuhren treten, wenn die Stunde voll ist.

Auf dem breiten, festgestampften Streifen zwischen Schienenstrang und Gebäude promenierte eine heitere Gesellschaft junger Leute, links und rechts eines älteren Ehepaares schreitend, das den Mittelpunkt der etwas lauten Unterhaltung bildete. Aber auch die Fröhlichkeit dieser Gruppe war keine rechte; der Lärm des lustigen Lachens schien schon auf wenige Schritte zu verstummen, gleichsam an einem zähen, unsichtbaren Widerstande zu Boden zu sinken.

Frau Hofrat Törleß, dies war die Dame von vielleicht vierzig Jahren, verbarg hinter ihrem dichten Schleier traurige, vom Weinen ein wenig gerötete Augen. Es galt Abschied zu nehmen. Und es fiel ihr schwer, ihr einziges Kind nun wieder auf so lange Zeit unter fremden Leuten lassen zu müssen, ohne Möglichkeit, selbst schützend über ihren Liebling zu wachen.

Denn die kleine Stadt lag weitab von der Residenz, im Osten des Reiches, in spärlich besiedeltem, trockenem Ackerland.

Der Grund, dessentwegen Frau Törleß es dulden mußte, ihren Jungen in so ferner, unwirtlicher Fremde zu wissen, war, daß sich in dieser Stadt ein berühmtes Konvikt befand, welches man schon seit dem vorigen Jahrhunderte, wo es auf dem Boden einer frommen Stiftung errichtet worden war, da draußen beließ, wohl um die aufwachsende Jugend vor den verderblichen Einflüssen einer Großstadt zu bewahren.

Denn hier erhielten die Söhne der besten Familien des Landes ihre Ausbildung, um nach Verlassen des Institutes die Hochschule zu beziehen oder in den Militär- oder Staatsdienst einzutreten, und in allen diesen Fällen sowie für den Verkehr in den Kreisen der guten Gesellschaft galt es als besondere Empfehlung, im Konvikte zu W. aufgewachsen zu sein.

Vor vier Jahren hatte dies das Elternpaar Törleß bewogen, dem ehrgeizigen Drängen seines Knaben nachzugeben und seine Aufnahme in das Institut zu erwirken.

Dieser Entschluß hatte später viele Tränen gekostet. Denn fast seit dem Augenblicke, da sich das Tor des Institutes unwiderruflich hinter ihm geschlossen hatte, litt der kleine Törleß an fürchterlichem, leidenschaftlichem Heimweh. Weder die Unterrichtsstunden, noch die Spiele auf den großen üppigen Wiesen des Parkes, noch die anderen Zerstreuungen, die das Konvikt seinen Zöglingen bot, vermochten ihn zu fesseln; er beteiligte sich kaum an ihnen. Er sah alles nur wie durch einen Schleier und hatte selbst untertags häufig Mühe, ein hartnäckiges Schluchzen hinabzuwürgen; des Abends schlief er aber stets unter Tränen ein.

Er schrieb Briefe nach Hause, beinahe täglich, und er lebte nur in diesen Briefen; alles andere, was er tat, schien ihm nur ein schattenhaftes, bedeutungsloses Geschehen zu sein, gleichgültige Stationen wie die Stundenziffern eines Uhrblattes. Wenn er aber schrieb, fühlte er etwas Auszeichnendes, Exklusives in sich; wie eine Insel voll wunderbarer Sonnen und Farben hob sich etwas in ihm aus dem Meere grauer Empfindungen heraus, das ihn Tag um Tag kalt und gleichgültig umdrängte. Und wenn er untertags, bei den Spielen oder im Unterrichte, daran dachte, daß er abends seinen Brief schreiben werde, so war ihm, als trüge er an unsichtbarer Kette einen goldenen Schlüssel verborgen, mit dem er, wenn es niemand sieht, das Tor von wunderbaren Gärten öffnen werde.

Das Merkwürdige daran war, daß diese jähe, verzehrende Hinneigung zu seinen Eltern für ihn selbst etwas Neues und Befremdendes hatte. Er hatte sie vorher nicht geahnt, er war gern und freiwillig ins Institut gegangen, ja er hatte gelacht, als sich seine Mutter beim ersten Abschied vor Tränen nicht fassen konnte, und dann erst, nachdem er schon einige Tage allein gewesen war und sich verhältnismäßig wohl befunden hatte, brach es plötzlich und elementar in ihm empor.

Er hielt es für Heimweh, für Verlangen nach seinen Eltern. In Wirklichkeit war es aber etwas viel Unbestimmteres und Zusammengesetzteres. Denn der «Gegenstand dieser Sehnsucht», das Bild seiner Eltern, war darin eigentlich gar nicht mehr enthalten. Ich meine diese gewisse plastische, nicht bloß gedächtnismäßige, sondern körperliche Erinnerung an eine geliebte Person, die zu allen Sinnen spricht und in allen Sinnen bewahrt wird, so daß man nichts tun kann, ohne schweigend und unsichtbar den anderen zur Seite zu fühlen. Diese verklang bald wie eine Resonanz, die nur noch eine Weile fortgezittert hatte. Törleß konnte sich damals beispielsweise nicht mehr das Bild seiner «lieben, lieben Eltern» – dermaßen sprach er es meist vor sich hin – vor Augen zaubern. Versuchte er es, so kam an dessen Stelle der grenzenlose Schmerz in ihm empor, dessen Sehnsucht ihn züchtigte und ihn doch eigenwillig festhielt, weil ihre heißen Flammen ihn zugleich schmerzten und entzückten. Der Gedanke an seine Eltern wurde ihm hiebei mehr und mehr zu einer bloßen Gelegenheitsursache, dieses egoistische Leiden in sich zu erzeugen, das ihn in seinen wollüstigen Stolz einschloß wie in die Abgeschiedenheit einer Kapelle, in der von hundert flammenden Kerzen und von hundert Augen heiliger Bilder Weihrauch zwischen die Schmerzen der sich selbst Geißelnden gestreut wird. ---

Als dann sein «Heimweh» weniger heftig wurde und sich allgemach verlor, zeigte sich diese seine Art auch ziemlich deutlich. Sein Verschwinden führte nicht eine endlich erwartete Zufriedenheit nach sich, sondern ließ in der Seele des jungen Törleß eine Leere zurück. Und an diesem Nichts, an diesem Unausgefüllten in sich erkannte er, daß es nicht eine bloße Sehnsucht gewesen war, die ihm abhanden kam, sondern etwas Positives, eine seelische Kraft, etwas, das sich in ihm unter dem Vorwand des Schmerzes ausgeblüht hatte.

Nun aber war es vorbei, und diese Quelle einer ersten höheren Seligkeit hatte sich ihm erst durch ihr Versiegen fühlbar gemacht.

Zu dieser Zeit verloren sich die leidenschaftlichen Spuren der im Erwachen gewesenen Seele wieder aus seinen Briefen, und an ihre Stelle traten ausführliche Beschreibungen des Lebens im Institute und der neugewonnenen Freunde.

Er selbst fühlte sich dabei verarmt und kahl, wie ein Bäumchen, das nach der noch fruchtlosen Blüte den ersten Winter erlebt.

Seine Eltern aber waren es zufrieden. Sie liebten ihn mit einer starken, gedankenlosen, tierischen Zärtlichkeit. Jedesmal, wenn er vom Konvikte Ferien bekommen hatte, erschien der Hofrätin nachher ihr Haus von neuem leer und ausgestorben, und noch einige Tage nach jedem solchen Besuche ging sie mit Tränen in den Augen durch die Zimmer, da und dort einen Gegenstand liebkosend berührend, auf dem das Auge des Knaben geruht oder den seine Finger gehalten hatten. Und beide hätten sie sich für ihn in Stücke reißen lassen.

Die unbeholfene Rührung und leidenschaftliche, trotzige Trauer seiner Briefe beschäftigte sie schmerzlich und versetzte sie in einen Zustand hochgespannter Empfindsamkeit; der heitere, zufriedene Leichtsinn, der darauf folgte, machte auch sie wieder froh, und in dem Gefühle, daß dadurch eine Krise überwunden worden sei, unterstützten sie ihn nach Kräften.

Weder in dem einen noch in dem andern erkannten sie das Symptom einer bestimmten seelischen Entwicklung, vielmehr hatten sie Schmerz und Beruhigung gleichermaßen als eine natürliche Folge der gegebenen Verhältnisse hingenommen. Daß es der erste, mißglückte Versuch des jungen, auf sich selbst gestellten Menschen gewesen war, die Kräfte des Inneren zu entfalten, entging ihnen.

Törleß fühlte sich nun sehr unzufrieden und tastete da und dort vergeblich nach etwas Neuem, das ihm als Stütze hätte dienen können.

Eine Episode dieser Zeit war für das charakteristisch, was sich damals in Törleß zu späterer Entwicklung vorbereitete.

Eines Tages war nämlich der junge Fürst H. ins Institut eingetreten, der aus einem der einflußreichsten, ältesten und konservativsten Adelsgeschlechter des Reiches stammte.

Alle anderen fanden seine sanften Augen fad und affektiert; die Art und Weise, wie er im Stehen die eine Hüfte herausdrückte und beim Sprechen langsam mit den Fingern spielte, verlachten sie als weibisch. Besonders aber spotteten sie darüber, daß er nicht von seinen Eltern ins Konvikt gebracht worden war, sondern von seinem bisherigen Erzieher, einem doctor theologiae und Ordensgeistlichen.

Törleß aber hatte vom ersten Augenblicke an einen

starken Eindruck empfangen. Vielleicht wirkte dabei der Umstand mit, daß es ein hoffähiger Prinz war, jedenfalls war es aber auch eine andere Art Mensch, die er da kennen lernte.

Das Schweigen eines alten Landedelschlosses und frommer Übungen schien irgendwie noch an ihm zu haften. Wenn er ging, so geschah es mit weichen, geschmeidigen Bewegungen, mit diesem etwas schüchternen Sichzusammenziehen und Schmalmachen, das der Gewohnheit eigen ist, aufrecht durch die Flucht leerer Säle zu schreiten, wo ein anderer an unsichtbaren Ecken des leeren Raumes schwer anzurennen scheint.

Der Umgang mit dem Prinzen wurde so zur Quelle eines feinen psychologischen Genusses für Törleß. Er bahnte in ihm jene Art Menschenkenntnis an, die es lehrt, einen anderen nach dem Fall der Stimme, nach der Art, wie er etwas in die Hand nimmt, ja selbst nach dem Timbre seines Schweigens und dem Ausdruck der körperlichen Haltung, mit der er sich in einen Raum fügt, kurz nach dieser beweglichen, kaum greifbaren und doch erst eigentlichen, vollen Art etwas Seelisch-Menschliches zu sein, die um den Kern, das Greif- und Besprechbare, wie um ein bloßes Skelett herumgelagert ist, so zu erkennen und zu genießen, daß man die geistige Persönlichkeit dabei vorwegnimmt.

Törleß lebte während dieser kurzen Zeit wie in einer Idylle. Er stieß sich nicht an der Religiosität seines neuen Freundes, die ihm, der aus einem bürgerlich-freidenkenden Hause stammte, eigentlich etwas ganz Fremdes war. Er nahm sie vielmehr ohne alles Bedenken hin, ja sie bildete in seinen Augen sogar einen besonderen Vorzug des Prinzen, denn sie steigerte das Wesen dieses Menschen, das er dem seinen völlig unähnlich, aber auch ganz unvergleichlich fühlte.

In der Gesellschaft dieses Prinzen fühlte er sich etwa wie in einer abseits des Weges liegenden Kapelle, so daß der Gedanke, daß er eigentlich nicht dorthin gehöre, ganz gegen den Genuß verschwand, das Tageslicht einmal durch Kirchenfenster anzusehen und das Auge so lange über den nutzlosen, vergoldeten Zierat gleiten zu lassen, der in der Seele dieses Menschen aufgehäuft war, bis er von dieser selbst ein undeutliches Bild empfing, so, als ob er, ohne sich Gedanken darüber machen zu können, mit dem Finger eine schöne, aber nach seltsamen Gesetzen verschlungene Arabeske nachzöge.

Dann kam es plötzlich zum Bruche zwischen beiden.

Wegen einer Dummheit, wie sich Törleß selbst hinterher sagen mußte.

Sie waren nämlich doch einmal ins Streiten über religiöse Dinge gekommen. Und in diesem Augenblicke war es eigentlich schon um alles geschehen. Denn wie von Törleß unabhängig, schlug nun der Verstand in ihm unaufhaltsam auf den zarten Prinzen los. Er überschüttete ihn mit dem Spotte des Vernünftigen, zerstörte barbarisch das filigrane Gebäude, in dem dessen Seele heimisch war, und sie gingen im Zorne auseinander.

Seit der Zeit hatten sie auch kein Wort wieder zueinander gesprochen. Törleß war sich wohl dunkel bewußt, daß er etwas Sinnloses getan hatte, und eine unklare, gefühlsmäßige Einsicht sagte ihm, daß da dieser hölzerne Zollstab des Verstandes zu ganz unrechter Zeit etwas Feines und Genußreiches zerschlagen habe. Aber dies war etwas, das ganz außer seiner Macht lag. Eine Art Sehnsucht nach dem Früheren war wohl für immer in ihm zurückgeblieben, aber er schien in einen anderen Strom geraten zu sein, der ihn immer weiter davon entfernte.

Nach einiger Zeit trat dann auch der Prinz, der sich im Konvikte nicht wohl befunden hatte, wieder aus.

Nun wurde es ganz leer und langweilig um Törleß. Aber er war einstweilen älter geworden, und die beginnende Geschlechtsreife fing an, sich dunkel und allmählich in ihm emporzuheben. In diesem Abschnitt seiner Entwicklung schloß er einige neue, dementsprechende Freundschaften, die für ihn später von größter Wichtigkeit wurden. So mit Beineberg und Reiting, mit Moté und Hofmeier, eben jenen jungen Leuten, in deren Gesellschaft er heute seine Eltern zur Bahn begleitete.

Merkwürdigerweise waren dies gerade die übelsten seines Jahrganges, zwar talentiert und selbstverständlich auch von guter Herkunft, aber bisweilen bis zur Roheit wild und ungebärdig. Und daß gerade ihre Gesellschaft Törleß nun fesselte, lag wohl an seiner eigenen Unselbständigkeit, die, seitdem es ihn von dem Prinzen wieder fortgetrieben hatte, sehr arg war. Es lag sogar in der geradlinigen Verlängerung dieses Abschwenkens, denn es bedeutete wie dieses eine Angst vor allzu subtilen Empfindeleien, gegen die das Wesen der anderen Kameraden gesund, kernig und lebensgerecht abstach.

Törleß überließ sich gänzlich ihrem Einflusse, denn seine geistige Situation war nun ungefähr diese: In seinem Alter hat man am Gymnasium Goethe, Schiller, Shakespeare, vielleicht sogar schon die Modernen gelesen. Das schreibt sich dann halbverdaut aus den Fingerspitzen wieder heraus. Römertragödien entstehen oder sensitivste Lyrik, die im Gewande seitenlanger Interpunktionen wie in der Zartheit durchbrochener Spitzenarbeit einherschreitet: Dinge, die an und für sich lächerlich sind, für die Sicherheit der Entwicklung aber einen unschätzbaren Wert bedeuten. Denn diese von außen kommenden Assoziationen und erborgten Gefühle tragen die jungen Leute über den gefährlich weichen seelischen Boden dieser Jahre hinweg, wo man sich selbst etwas bedeuten muß und doch noch zu unfertig ist, um wirklich etwas zu bedeuten. Ob für später bei dem einen etwas davon zurückbleibt oder bei dem andern nichts, ist gleichgültig; dann findet sich schon jeder mit sich ab, und die Gefahr besteht nur in dem Alter des Überganges. Wenn man da solch einem jungen Menschen das Lächerliche seiner Person zur Einsicht bringen könnte, so würde der Boden unter ihm einbrechen, oder er würde wie ein erwachter Nachtwandler herabstürzen, der plötzlich nichts als Leere sieht.

Diese Illusion, dieser Trick zugunsten der Entwicklung fehlte im Institute. Denn dort waren in der Büchersammlung wohl die Klassiker enthalten, aber diese galten als langweilig, und sonst fanden sich nur sentimentale Novellenbände und witzlose Militärhumoresken.

Der kleine Törleß hatte sie wohl alle förmlich in einer Gier nach Büchern durchgelesen, irgendeine banal zärtliche Vorstellung aus ein oder der anderen Novelle wirkte manchmal auch noch eine Weile nach, allein einen Einfluß, einen wirklichen Einfluß, nahm dies auf seinen Charakter nicht.

Es schien damals, daß er überhaupt keinen Charakter habe.

Er schrieb zum Beispiel unter dem Einflusse dieser Lektüre selbst hie und da eine kleine Erzählung oder begann ein romantisches Epos zu dichten. In der Erregung über die Liebesleiden seiner Helden röteten sich dann seine Wangen, seine Pulse beschleunigten sich und seine Augen glänzten.

Wie er aber die Feder aus der Hand legte, war alles vorbei; gewissermaßen nur in der Bewegung lebte sein Geist. Daher war es ihm auch möglich, ein Gedicht oder eine Erzählung wann immer, auf jede Aufforderung hin, niederzuschreiben. Er regte sich dabei auf, aber trotzdem nahm er es nie ganz ernst, und die Tätigkeit erschien ihm nicht wichtig. Es ging von ihr nichts auf seine Person über, und sie ging nicht von seiner Person aus. Er hatte nur unter irgendeinem äußeren Zwang Empfindungen, die über das Gleichgültige hinausgingen, wie ein Schauspieler dazu des Zwanges einer Rolle bedarf.

Es waren Reaktionen des Gehirns. Das aber, was man als Charakter oder Seele, Linie oder Klangfarbe eines Menschen fühlt, jedenfalls dasjenige, wogegen die Gedanken, Entschlüsse und Handlungen wenig bezeichnend, zufällig und auswechselbar erscheinen, dasjenige, was beispielsweise Törleß an den Prinzen jenseits alles verständlichen Beurteilens geknüpft hatte, dieser letzte, unbewegliche Hintergrund, war zu jener Zeit in Törleß gänzlich verloren gegangen.

In seinen Kameraden war es die Freude am Sport, das Animalische, welches sie eines solchen gar nicht bedürfen ließ, so wie am Gymnasium das Spiel mit der Literatur dafür sorgt.

Törleß war aber für das eine zu geistig angelegt und dem anderen brachte er jene scharfe Feinfühligkeit für das Lächerliche solcher erborgter Sentiments entgegen, die das Leben im Institute durch seine Nötigung steter Bereitschaft zu Streitigkeiten und Faustkämpfen erzeugt. So erhielt sein Wesen etwas Unbestimmtes, eine innere Hilflosigkeit, die ihn nicht zu sich selbst finden ließ.

Er schloß sich seinen neuen Freunden an, weil ihm ihre Wildheit imponierte. Da er ehrgeizig war, versuchte er hie und da, es ihnen darin sogar zuvorzutun. Aber jedesmal blieb er wieder auf halbem Wege stehen und hatte nicht wenig Spott deswegen zu erleiden. Dies verschüchterte ihn dann wieder. Sein ganzes Leben bestand in dieser kritischen Periode eigentlich nur in diesem immer erneuten Bemühen, seinen rauhen, männlicheren Freunden nachzueifern, und in einer tief innerlichen Gleichgültigkeit gegen dieses Bestreben.

Besuchten ihn jetzt seine Eltern, so war er, solange sie allein waren, still und scheu. Den zärtlichen Berührungen seiner Mutter entzog er sich jedesmal unter einem anderen Vorwande. In Wahrheit hätte er ihnen gern nachgegeben, aber er schämte sich, als seien die Augen seiner Kameraden auf ihn gerichtet.

Seine Eltern nahmen es als die Ungelenkigkeit der Entwicklungsjahre hin.

Nachmittags kam dann die ganze laute Schar. Man spielte Karten, aß, trank, erzählte Anekdoten über die Lehrer und rauchte die Zigaretten, die der Hofrat aus der Residenz mitgebracht hatte.

Diese Heiterkeit erfreute und beruhigte das Ehepaar.

Daß für Törleß mitunter auch andere Stunden kamen, wußten sie nicht. Und in der letzten Zeit immer zahlreichere. Er hatte Augenblicke, wo ihm das Leben im Institute völlig gleichgültig wurde. Der Kitt seiner täglichen Sorgen löste sich da, und die Stunden seines Lebens fielen ohne innerlichen Zusammenhang auseinander.

Er saß oft lange – in finsterem Nachdenken – gleichsam über sich selbst gebeugt.

Zwei Besuchstage waren es auch diesmal gewesen. Man hatte gespeist, geraucht, eine Spazierfahrt unternommen, und nun sollte der Eilzug das Ehepaar wieder in die Residenz zurückführen.

Ein leises Rollen in den Schienen kündigte sein Nahen an, und die Signale der Glocke am Dache des Stationsgebäudes klangen der Hofrätin unerbittlich ins Ohr.

«Also nicht wahr, lieber Beineberg, Sie geben mir auf meinen Buben acht?» wandte sich Hofrat Törleß an den jungen Baron Beineberg, einen langen, knochigen Burschen mit mächtig abstehenden Ohren, aber ausdrucksvollen, gescheiten Augen.

Der kleine Törleß schnitt ob dieser Bevormundung ein mißmutiges Gesicht, und Beineberg grinste geschmeichelt und ein wenig schadenfroh.

«Überhaupt» – wandte sich der Hofrat an die übrigen – «möchte ich Sie alle gebeten haben, falls meinem Sohne irgend etwas sein sollte, mich gleich davon zu verständigen.»

Dies entlockte nun doch dem jungen Törleß ein unendlich gelangweiltes: «Aber Papa, was soll mir denn passieren?!» obwohl er schon daran gewöhnt war, bei jedem Abschiede diese allzu große Sorgsamkeit über sich ergehen lassen zu müssen.

Die anderen schlugen indessen die Hacken zusammen, wobei sie die zierlichen Degen straff an die Seite zogen, und der Hofrat fügte noch hinzu: «Man kann nie wissen, was vorkommt, und der Gedanke, sofort von allem verständigt zu werden, bereitet mir eine große Beruhigung; schließlich könntest du doch auch am Schreiben behindert sein.»

Dann fuhr der Zug ein. Hofrat Törleß umarmte seinen Sohn, Frau von Törleß drückte den Schleier fester ans Gesicht, um ihre Tränen zu verbergen, die Freunde bedankten sich der Reihe nach, dann schloß der Schaffner die Wagentür.

Noch einmal sah das Ehepaar die hohe, kahle Rückfront des Institutsgebäudes, – die mächtige, langgestreckte Mauer, welche den Park umschloß, dann kamen rechts und links nur mehr graubraune Felder und vereinzelte Obstbäume.

Die jungen Leute hatten unterdessen den Bahnhof verlassen und gingen in zwei Reihen hintereinander auf den beiden Rändern der Straße – so wenigstens dem dicksten und zähesten Staube ausweichend – der Stadt zu, ohne viel miteinander zu reden.

Es war fünf Uhr vorbei, und über die Felder kam es ernst und kalt, wie ein Vorbote des Abends.

Törleß wurde sehr traurig.

Vielleicht war daran die Abreise seiner Eltern schuld, vielleicht war es jedoch nur die abweisende, stumpfe Melancholie, die jetzt auf der ganzen Natur ringsumher lastete und schon auf wenige Schritte die Formen der Gegenstände mit schweren glanzlosen Farben verwischte.

Dieselbe furchtbare Gleichgültigkeit, die schon den ganzen Nachmittag über allerorts gelegen war, kroch nun über die Ebene heran, und hinter ihr her wie eine schleimige Fährte der Nebel, der über den Sturzäckern und bleigrauen Rübenfeldern klebte.

Törleß sah nicht rechts noch links, aber er fühlte es. Schritt für Schritt trat er in die Spuren, die soeben erst vom Fuße des Vordermanns in dem Staube aufklafften, – und so fühlte er es: als ob es so sein müßte: als einen steinernen Zwang, der sein ganzes Leben in diese Bewegung – Schritt für Schritt – auf dieser einen Linie, auf diesem einen schmalen Streifen, der sich durch den Staub zog, einfing und zusammenpreßte.

Als sie an einer Kreuzung stehen blieben, wo ein zweiter Weg mit dem ihren in einen runden, ausgetretenen Fleck zusammenfloß, und als dort ein morschgewordener Wegweiser schief in die Luft hineinragte, wirkte diese, zu ihrer Umgebung in Widerspruch stehende, Linie wie ein verzweifelter Schrei auf Törleß.

Wieder gingen sie weiter. Törleß dachte an seine Eltern, an Bekannte, an das Leben. Um diese Stunde kleidet man sich für eine Gesellschaft an oder beschließt ins Theater zu fahren. Und nachher geht man ins Restaurant, hört eine

Kapelle, besucht das Kaffeehaus. Man macht eine interessante Bekanntschaft. Ein galantes Abenteuer hält bis zum Morgen in Erwartung. Das Leben rollt wie ein wunderbares Rad immer Neues, Unerwartetes aus sich heraus ...

Törleß seufzte unter diesen Gedanken, und bei jedem Schritte, der ihn der Enge des Institutes nähertrug, schnürte sich etwas immer fester in ihm zusammen.

Jetzt schon klang ihm das Glockenzeichen in den Ohren. Nichts fürchtete er nämlich so sehr wie dieses Glockenzeichen, das unwiderruflich das Ende des Tages bestimmte – wie ein brutaler Messerschnitt.

Er erlebte ja nichts, und sein Leben dämmerte in steter Gleichgültigkeit dahin, aber dieses Glockenzeichen fügte dem auch noch den Hohn hinzu und ließ ihn in ohnmächtiger Wut über sich selbst, über sein Schicksal, über den begrabenen Tag erzittern.

Nun kannst du gar nichts mehr erleben, während zwölf Stunden kannst du nichts mehr erleben, für zwölf Stunden bist du tot ...: das war der Sinn dieses Glockenzeichens.

Als die Gesellschaft junger Leute zwischen die ersten niedrigen, hüttenartigen Häuser kam, wich dieses dumpfe Brüten von Törleß. Wie von einem plötzlichen Interesse erfaßt, hob er den Kopf und blickte angestrengt in das dunstige Innere der kleinen, schmutzigen Gebäude, an denen sie vorübergingen.

Vor den Türen der meisten standen die Weiber, in Kitteln und groben Hemden, mit breiten, beschmutzten Füßen und nackten, braunen Armen.

Waren sie jung und drall, so flog ihnen manches derbe slawische Scherzwort zu. Sie stießen sich an und kicherten über die «jungen Herren»; manchmal schrie eine auch auf, wenn im Vorübergehen allzu hart ihre Brüste gestreift wurden, oder erwiderte mit einem lachenden Schimpfwort einen Schlag auf die Schenkel. Manche sah auch bloß mit zornigem Ernste hinter den Eilenden drein; und der Bauer lächelte verlegen, – halb unsicher, halb gutmütig, – wenn er zufällig hinzugekommen war.

Törleß beteiligte sich nicht an dieser übermütigen, frühreifen Männlichkeit seiner Freunde.

Der Grund hiezu lag wohl teilweise in einer gewissen Schüchternheit in geschlechtlichen Sachen, wie sie fast allen einzigen Kindern eigentümlich ist, zum größeren Teile jedoch in der ihm besonderen Art der sinnlichen Veranlagung, welche verborgener, mächtiger und dunkler gefärbt war als die seiner Freunde und sich schwerer äußerte.

Während die anderen mit den Weibern schamlos taten, beinahe mehr um «fesch» zu sein, als aus Begierde, war die Seele des schweigsamen, kleinen Törleß aufgewühlt und von wirklicher Schamlosigkeit gepeitscht.

Er blickte mit so brennenden Augen durch die kleinen Fenster und winkligen, schmalen Torwege in das Innere der Häuser, daß es ihm beständig wie ein feines Netz vor den Augen tanzte.

Fast nackte Kinder wälzten sich in dem Kot der Höfe, da und dort gab der Rock eines arbeitenden Weibes die Kniekehlen frei oder drückte sich eine schwere Brust straff in die Falten der Leinwand. Und als ob all dies sogar unter einer ganz anderen, tierischen, drückenden Atmosphäre sich abspielte, floß aus dem Flur der Häuser eine träge, schwere Luft, die Törleß begierig einatmete.

Er dachte an alte Malereien, die er in Museen gesehen hatte, ohne sie recht zu verstehen. Er wartete auf irgend etwas, so wie er vor diesen Bildern immer auf etwas gewartet hatte, das sich nie ereignete. Worauf …? … Auf etwas Überraschendes, noch nie Gesehenes; auf einen ungeheuerlichen Anblick, von dem er sich nicht die geringste Vorstellung machen konnte; auf irgend etwas von fürchterlicher, tierischer Sinnlichkeit; das ihn wie mit Krallen packe und von den Augen aus zerreiße; auf ein Erlebnis, das in irgendeiner noch ganz unklaren Weise mit den schmutzigen Kitteln der Weiber, mit ihren rauhen Händen, mit der Niedrigkeit ihrer Stuben, mit .... mit einer Beschmutzung an dem Kot der Höfe ... zusammenhängen müsse .... Nein, nein; ... er fühlte jetzt nur mehr das feurige Netz vor den Augen; die Worte sagten es nicht; so arg, wie es die Worte machen, ist es gar nicht; es ist etwas ganz Stummes, – ein Würgen in der Kehle, ein kaum merkbarer Gedanke, und nur dann, wenn man es durchaus mit Worten sagen wollte, käme es so heraus; aber dann ist es auch nur mehr entfernt ähnlich, wie in einer riesigen Vergrößerung, wo man nicht nur alles deutlicher sieht, sondern auch Dinge, die gar nicht da sind .... Dennoch war es zum Schämen.

«Hat das Bubi Heimweh?» fragte ihn plötzlich spöttisch der lange und um zwei Jahre ältere v. Reiting, welchem Törleß' Schweigsamkeit und die verdunkelten Augen aufgefallen waren. Törleß lächelte gemacht und verlegen, und ihm war, als hätte der boshafte Reiting die Vorgänge in seinem Innern belauscht.

Er gab keine Antwort. Aber sie waren mittlerweile auf den Kirchplatz des Städtchens gelangt, der die Form eines Quadrates hatte und mit Katzenköpfen gepflastert war, und trennten sich nun voneinander.

Törleß und Beineberg wollten noch nicht ins Institut zurück, während die andern keine Erlaubnis zu längerem Ausbleiben hatten und nach Hause gingen.

Die beiden waren in der Konditorei eingekehrt.

Dort saßen sie an einem kleinen Tische mit runder Platte, neben einem Fenster, das auf den Garten hinausging, unter einer Gaskrone, deren Lichter hinter den milchigen Glaskugeln leise summten.

Sie hatten es sich bequem gemacht, ließen sich die Gläschen mit wechselnden Schnäpsen füllen, rauchten Zigaretten, aßen dazwischen etwas Bäckerei und genossen das Behagen, die einzigen Gäste zu sein. Denn höchstens in den hinteren Räumen saß noch ein vereinzelter Besucher vor seinem Glase Wein; vorne war es still, und selbst die feiste, angejährte Konditorin schien hinter ihrem Ladentische zu schlafen.

Törleß sah – nur so ganz unbestimmt – durch das Fenster – in den leeren Garten hinaus, der allgemach verdunkelte.

Beineberg erzählte. Von Indien. Wie gewöhnlich. Denn sein Vater, der General war, war dort als junger Offizier in englischen Diensten gestanden. Und nicht nur hatte er wie sonstige Europäer Schnitzereien, Gewebe und kleine Industriegötzen mit herübergebracht, sondern auch etwas von dem geheimnisvollen, bizarren Dämmern des esoterischen Buddhismus gefühlt und sich bewahrt. Auf seinen Sohn hatte er das, was er von da her wußte und später noch hinzulas, schon von dessen Kindheit an übertragen.

Mit dem Lesen war es übrigens bei ihm ganz eigen. Er war Reiteroffizier und liebte durchaus nicht die Bücher im allgemeinen. Romane und Philosophie verachtete er gleichermaßen. Wenn er las, wollte er nicht über Meinungen und Streitfragen nachdenken, sondern schon beim Aufschlagen der Bücher wie durch eine heimliche Pforte in die Mitte auserlesener Erkenntnisse treten. Es mußten Bücher sein, deren Besitz allein schon wie ein geheimes Ordenszeichen war und wie eine Gewährleistung überirdischer Offenbarungen. Und solches fand er nur in den Büchern der indischen Philosophie, die für ihn eben nicht bloß Bücher zu sein schienen, sondern Offenbarungen, Wirkliches, – Schlüsselwerke wie die alchimistischen und Zauberbücher des Mittelalters.

Mit ihnen schloß sich dieser gesunde, tatkräftige Mann, der strenge seinen Dienst versah und überdies seine drei Pferde fast täglich selber ritt, meist gegen Abend ein.

Dann griff er aufs Geratewohl eine Stelle heraus und sann, ob sich ihr geheimster Sinn ihm nicht heute erschlösse. Und nie war er enttäuscht, so oft er auch einsehen mußte, daß er noch nicht weiter als zum Vorhof des geheiligten Tempels gelangt sei.

So schwebte um diesen nervigen, gebräunten Freiluftmenschen etwas wie ein weihevolles Geheimnis. Seine Überzeugung, täglich am Vorabend einer niederschmetternd großen Enthüllung zu stehen, gab ihm eine verschlossene Überlegenheit. Seine Augen waren nicht träumerisch, sondern ruhig und hart. Die Gewohnheit, in Büchern zu lesen, in denen kein Wort von seinem Platze gerückt werden durfte, ohne den geheimen Sinn zu stören, das vorsichtige, achtungsvolle Abwägen eines jeden Satzes nach Sinn und Doppelsinn, hatte ihren Ausdruck geformt.

Nur mitunter verloren sich seine Gedanken in ein Dämmern von wohliger Melancholie. Das geschah, wenn er an den geheimen Kult dachte, der sich an die Originale der vor ihm liegenden Schriften knüpfte, an die Wunder, die von ihnen ausgegangen waren und Tausende ergriffen hatten, Tausende von Menschen, die ihm wegen der großen Entfernung, die ihn von ihnen trennte, nun wie Brüder erschienen, während er doch die Menschen seiner Umgebung, die er mit allen ihren Details sah, verachtete. In diesen Stunden wurde er mißmutig. Der Gedanke, daß sein Leben verurteilt sei, ferne von den Quellen der heiligen Kräfte zu verlaufen, seine Anstrengungen verurteilt, an der Ungunst der Verhältnisse vielleicht doch zu erlahmen, drückte ihn nieder. Wenn er aber dann eine Weile betrübt vor seinen Büchern gesessen war, wurde ihm eigentümlich zumute. Seine Melancholie verlor zwar nichts von ihrer Schwere, im Gegenteil, ihre Traurigkeit steigerte sich noch, aber sie drückte ihn nicht mehr. Er fühlte sich mehr denn je verlassen und auf verlornem Posten, aber in dieser Wehmut lag ein feines Vergnügen, ein Stolz, etwas Fremdes zu tun, einer unverstandenen Gottheit zu dienen. Und dann konnte wohl auch vorübergehend in seinen Augen etwas aufleuchten, das an den Aberwitz religiöser Ekstase gemahnte.

Beineberg hatte sich müde gesprochen. In ihm lebte das Bild seines wunderlichen Vaters in einer Art verzerrender Vergrößerung weiter. Jeder Zug war zwar bewahrt; aber das, was bei jenem ursprünglich vielleicht nur eine Laune gewesen war, die ihrer Exklusivität halber konserviert und gesteigert wurde, hatte sich in ihm zu einer phantastischen Hoffnung ausgewachsen. Jene Eigenheit seines Vaters, die für diesen im Grunde genommen vielleicht doch nur den gewissen letzten Schlupfwinkel der Individualität bedeutete, den sich jeder Mensch – und sei es auch nur durch die Wahl seiner Kleider – schaffen muß, um etwas zu haben, das ihn vor anderen auszeichne, war in ihm zu dem festen Glauben geworden, sich mittels ungewöhnlicher seelischer Kräfte eine Herrschaft sichern zu können.

Törleß kannte diese Gespräche zur Genüge. Sie gingen an ihm vorbei und berührten ihn kaum.

Er hatte sich jetzt halb vom Fenster abgewandt und beobachtete Beineberg, der sich eine Zigarette drehte. Und er fühlte wieder jenen merkwürdigen Widerwillen gegen diesen, der zuzeiten in ihm aufstieg. Diese schmalen dunklen Hände, die eben geschickt den Tabak in das Papier rollten, waren doch eigentlich schön. Magere Finger, ovale, schön gewölbte Nägel: es lag eine gewisse Vornehmheit in ihnen. Auch in den dunkelbraunen Augen. Auch in der gestreckten Magerkeit des ganzen Körpers lag eine solche. Freilich, – die Ohren standen mächtig ab, das Gesicht war klein und unregelmäßig, und der Gesamteindruck des Kopfes erinnerte an den einer Fledermaus. Dennoch – das fühlte Törleß, indem er die Einzelheiten gegeneinander abwog, ganz deutlich – waren es nicht die häßlichen, sondern gerade die vorzüglicheren derselben, die ihn so eigentümlich beunruhigten.

Die Magerkeit des Körpers – Beineberg selbst pflegte die stahlschlanken Beine homerischer Wettläufer als sein Vorbild zu preisen – wirkte auf ihn durchaus nicht in dieser Weise. Törleß hatte sich darüber bisher noch nicht Rechenschaft gegeben, und nun fiel ihm im Augenblicke kein befriedigender Vergleich ein. Er hätte Beineberg gern scharf ins Auge gefaßt, aber dann hätte es dieser gemerkt, und er hätte irgendein Gespräch beginnen müssen. Aber gerade so – da er ihn nur halb ansah und halb in der Phantasie das Bild ergänzte – fiel ihm der Unterschied auf. Wenn er sich die Kleider von dem Körper wegdachte, so war es ihm ganz unmöglich, die Vorstellung einer ruhigen Schlankheit festzuhalten, vielmehr traten ihm augenblicklich unruhige, sich windende Bewegungen vor das Auge, ein Verdrehen der Gliedmaßen und Verkrümmen der Wirbelsäule, wie man es in allen Darstellungen des Martyriums oder in den grotesken Schaubietungen der Jahrmarktsartisten finden kann.

Auch die Hände, die er ja gewiß ebensogut in dem Eindrucke irgendeiner formvollen Geste hätte festhalten können, dachte er nicht anders als in einer fingernden Beweglichkeit. Und gerade an ihnen, die doch eigentlich das Schönste an Beineberg waren, konzentrierte sich der größte Widerwille. Sie hatten etwas Unzüchtiges an sich. Das war wohl der richtige Vergleich. Und etwas Unzüchtiges lag auch in dem Eindrucke verrenkter Bewegungen, den der Körper machte. In den Händen schien es sich nur gewissermaßen anzusammeln und schien von ihnen wie das Vorgefühl einer Berührung auszustrahlen, das Törleß einen ekligen Schauer über die Haut jagte. Er war selbst über seinen Einfall verwundert und ein wenig erschrocken. Denn schon zum zweitenmal an diesem Tage geschah es, daß sich etwas Geschlechtliches unvermutet und ohne rechten Zusammenhang zwischen seine Gedanken drängte.

Beineberg hatte sich eine Zeitung genommen, und Törleß konnte ihn jetzt genau betrachten.

Da war tatsächlich kaum etwas zu finden, das dem plötzlichen Auftauchen einer solchen Ideenverknüpfung auch nur einigermaßen hätte zur Entschuldigung dienen können.

Und doch wurde das Mißbehagen aller Unbegründung zu Trotz immer lebhafter. Es waren noch keine zehn Minuten des Schweigens zwischen den beiden verstrichen, und dennoch fühlte Törleß seinen Widerwillen bereits auf das äußerste gesteigert. Eine Grundstimmung, Grundbeziehung zwischen ihm und Beineberg schien sich darin zum ersten Male zu äußern, ein immer schon lauernd dagewesenes Mißtrauen schien mit einem Male in das bewußte Empfinden aufgestiegen zu sein.

Die Situation zwischen den beiden spitzte sich immer mehr zu. Beleidigungen, für die er keine Worte wußte, drängten sich Törleß auf. Eine Art Scham, so als ob zwischen ihm und Beineberg wirklich etwas vorgefallen wäre, versetzte ihn in Unruhe. Seine Finger begannen unruhig auf der Tischplatte zu trommeln.

Endlich sah er, um diesen sonderbaren Zustand loszuwerden, wieder zum Fenster hinaus.

Beineberg blickte jetzt von der Zeitung auf; dann las er irgendeine Stelle vor, legte das Blatt weg und gähnte.

Mit dem Schweigen war auch der Zwang gebrochen, der auf Törleß gelastet hatte. Belanglose Worte rannen nun vollends über diesen Augenblick hinweg und verlöschten ihn. Es war ein plötzliches Aufhorchen gewesen, dem nun wieder die alte Gleichgültigkeit folgte ...

«Wie lange haben wir noch Zeit?» fragte Törleß.

«Zweieinhalb Stunden.»

Dann zog er fröstelnd die Schultern hoch. Er fühlte wieder die lähmende Gewalt der Enge, der es entgegenging. Der Stundenplan, der tägliche Umgang mit den Freunden. Selbst jener Widerwille gegen Beineberg wird nicht mehr sein, der für einen Augenblick eine neue Situation geschaffen zu haben schien.

«... Was gibt es heute zum Abendessen?»

«Ich weiß nicht.»

«Was für Gegenstände haben wir morgen?»

«Mathematik.»

«Oh? Haben wir etwas auf?»

«Ja, ein paar neue Sätze aus der Trigonometrie; doch du wirst sie treffen, es ist nichts Besonderes an ihnen.»

«Und dann?»

«Religion.»

«Religion? Ach ja. Das wird wieder etwas werden .... Ich glaube, wenn ich so recht im Zug bin, könnte ich gerade so gut beweisen, daß zweimal zwei fünf ist, wie daß es nur einen Gott geben kann ....»

Beineberg blickte spöttisch zu Törleß auf. «Du bist darin überhaupt komisch; mir scheint fast, daß es dir selbst Vergnügen bereitet; wenigstens glänzt der Eifer nur so aus den Augen ....»

«Warum nicht?! Ist es nicht hübsch? Es gibt immer einen Punkt dabei, wo man dann nicht mehr weiß, ob man lügt oder ob das, was man erfunden hat, wahrer ist als man selber.»

«Wieso?»

«Nun, ich meine es ja nicht wörtlich. Man weiß ja gewiß immer, daß man schwindelt; aber trotzdem erscheint einem selbst die Sache mitunter so glaubwürdig, daß man gewissermaßen, von seinen eigenen Gedanken gefangengenommen, stillsteht.»

«Ja, aber was bereitet dir denn daran Vergnügen?»

«Eben dies. Es geht einem so ein Ruck durch den Kopf, ein Schwindel, ein Erschrecken ....»

«Ach hör auf, das sind Spielereien.»

«Ich habe ja nicht das Gegenteil behauptet. Aber jedenfalls ist mir dies in der ganzen Schule noch das Interessanteste.»

«Es ist so eine Art, mit dem Gehirn zu turnen; aber es hat doch keinen rechten Zweck.»

«Nein», sagte Törleß und sah wieder in den Garten hinaus. In seinem Rücken – ferne – hörte er die Gasflammen summen. Er verfolgte ein Gefühl, das melancholisch, wie ein Nebel, in ihm aufstieg.

«Es hat keinen Zweck. Du hast recht. Aber man darf sich das gar nicht sagen. Von alldem, was wir den ganzen Tag lang in der Schule tun, – was davon hat eigentlich einen Zweck? Wovon hat man etwas? Ich meine etwas für sich haben, – du verstehst? Man weiß am Abend, daß man wieder einen Tag gelebt hat, daß man so und so viel gelernt hat, man hat dem Stundenplan genügt, aber man ist dabei leer geblieben, – innerlich meine ich, man hat sozusagen einen ganz innerlichen Hunger ....»

Beineberg brummte etwas von Üben, Geist vorbereiten, – noch nichts anfangen können, – später ....

«Vorbereiten? Üben? Wofür denn? Weißt du etwas Bestimmtes? Du hoffst vielleicht auf etwas, aber auch dir ist es ganz ungewiß. Es ist so: Ein ewiges Warten auf etwas, von dem man nichts anderes weiß, als daß man darauf wartet .... Das ist so langweilig ....»

«Langweilig ...» dehnte Beineberg nach und wiegte mit dem Kopfe.

Törleß sah noch immer in den Garten. Er glaubte das Rascheln der welken Blätter zu hören, die der Wind zusammentrug. Dann kam jener Augenblick intensivster Stille, der stets dem völligen Dunkelwerden kurz vorangeht. Die Formen, welche sich immer tiefer in die Dämmerung gebettet hatten, und die Farben, welche zerflossen, schienen für Sekunden still zu stehen, den Atem anzuhalten ....

«Höre, Beineberg,» sprach Törleß, ohne sich zurückzuwenden, «es muß während des Dämmerns immer einige Augenblicke geben, die ganz eigener Art sind. So oft ich es beobachte, kehrt mir dieselbe Erinnerung wieder. Ich war noch sehr klein, als ich um diese Stunde einmal im Walde spielte. Das Dienstmädchen hatte sich entfernt; ich wußte das nicht und glaubte es noch in meiner Nähe zu empfinden. Plötzlich zwang mich etwas aufzusehen. Ich fühlte, daß ich allein sei. Es war plötzlich so still. Und als ich um mich blickte, war mir, als stünden die Bäume schweigend im Kreise und sähen mir zu. Ich weinte; ich fühlte mich so verlassen von den Großen, den leblosen Geschöpfen preisgegeben .... Was ist das? Ich fühle es oft wieder. Dieses plötzliche Schweigen, das wie eine Sprache ist, die wir nicht hören?»

«Ich kenne das nicht, was du meinst; aber warum sollten nicht die Dinge eine Sprache haben? Können wir doch nicht einmal mit Bestimmtheit behaupten, daß ihnen keine Seele zukommt!»

Törleß gab keine Antwort. Beinebergs spekulative Auffassung behagte ihm nicht.

Nach einer Weile begann aber dieser: «Warum siehst du noch fortwährend zum Fenster hinaus? Was findest denn du daran?»

«Ich denke noch immer nach, was das sein mag?» In Wahrheit hatte er aber bereits an etwas Weiteres gedacht, was er nur nicht eingestehen wollte. Die hohe Anspannung, das Lauschen auf ein ernstes Geheimnis und die Verantwortung, mitten in noch unbeschriebene Beziehungen des Lebens zu blicken, hatte er nur für einen Augenblick aushalten können. Dann war wieder jenes Gefühl des Allein- und Verlassenseins über ihn gekommen, das stets dieser zu hohen Anforderung folgte. Er fühlte: hierin liegt etwas, das jetzt noch zu schwer für mich ist, und seine Gedanken flüchteten zu etwas anderem, das auch darin lag, aber gewissermaßen nur im Hintergrunde und auf der Lauer: Die Einsamkeit.

Aus dem verlassenen Garten tanzte hie und da ein Blatt an das erleuchtete Fenster und riß auf seinem Rücken einen hellen Streifen in das Dunkel hinein. Dieses schien auszuweichen, sich zurückzuziehen, um im nächsten Augenblicke wieder vorzurücken und unbeweglich wie eine Mauer vor den Fenstern zu stehen. Es war eine Welt für sich, dieses Dunkel. Wie ein Schwarm schwarzer Feinde war es über die Erde gekommen und hatte die Menschen erschlagen oder vertrieben oder was immer getan, das jede Spur von ihnen auslöschte.

Und Törleß schien es, daß er sich darüber freue. Er mochte in diesem Augenblick die Menschen nicht, die Großen und Erwachsenen. Er mochte sie nie, wenn es dunkel war. Er war gewöhnt, sich dann die Menschen wegzudenken. Die Welt erschien ihm danach wie ein leeres, finsteres Haus, und in seiner Brust war ein Schauer, als sollte er nun von Zimmer zu Zimmer suchen, – dunkle Zimmer, von denen man nicht wußte, was ihre Ecken bargen, – tastend über die Schwellen schreiten, die keines Menschen Fuß außer dem seinen mehr betreten sollte, bis – in einem Zimmer sich die Türen plötzlich vor und hinter ihm schlössen und er der Herrin selbst der schwarzen Scharen gegenüberstünde. Und in diesem Augenblicke würden auch die Schlösser aller anderen Türen zufallen, durch die er gekommen, und nur weit vor den Mauern würden die Schatten der Dunkelheit wie schwarze Eunuchen auf Wache stehen und die Nähe der Menschen fernhalten.

Das war seine Art der Einsamkeit, seit man ihn damals im Stiche gelassen hatte – im Walde, wo er so weinte. Sie hatte für ihn den Reiz eines Weibes und einer Unmenschlichkeit. Er fühlte sie als eine Frau, aber ihr Atem war nur ein Würgen in seiner Brust, ihr Gesicht ein wirbelndes Vergessen aller menschlichen Gesichter und die Bewegungen ihrer Hände Schauer, die ihm über den Leib jagten ....

Er fürchtete diese Phantasie, denn er war sich ihrer ausschweifenden Heimlichkeit bewußt, und der Gedanke, daß solche Vorstellungen immer mehr Herrschaft über ihn gewinnen könnten, beunruhigte ihn. Aber gerade dann, wenn er sich am ernstesten und reinsten glaubte, überkamen sie ihn. Man könnte sagen, als eine Reaktion auf diese Augenblicke, wo er empfindsame Erkenntnisse ahnte, die sich zwar in ihm schon vorbereiteten, aber seinem Alter noch nicht entsprachen. Denn in der Entwicklung einer jeden feinen moralischen Kraft gibt es einen solchen frühen Punkt, wo sie die Seele schwächt, deren kühnste Erfahrung sie einst vielleicht sein wird, – so als ob sich ihre Wurzeln erst suchend senken und den Boden zerwühlen müßten, den sie nachher zu stützen bestimmt sind, – weswegen Jünglinge mit großer Zukunft meist eine an Demütigungen reiche Vergangenheit besitzen.

Törleß' Vorliebe für gewisse Stimmungen war die erste

Andeutung einer seelischen Entwicklung, die sich später als ein Talent des Staunens äußerte. Späterhin wurde er nämlich von einer eigentümlichen Fähigkeit geradezu beherrscht. Er war dann gezwungen, Ereignisse, Menschen, Dinge, ja sich selbst häufig so zu empfinden, daß er dabei das Gefühl sowohl einer unauflöslichen Unverständlichkeit als einer unerklärlichen, nie völlig zu rechtfertigenden Verwandtschaft hatte. Sie schienen ihm zum Greifen verständlich zu sein und sich doch nie restlos in Worte und Gedanken auflösen zu lassen. Zwischen den Ereignissen und seinem Ich, ja zwischen seinen eigenen Gefühlen und irgendeinem innersten Ich, das nach ihrem Verständnis begehrte, blieb immer eine Scheidelinie, die wie ein Horizont vor seinem Verlangen zurückwich, je näher er ihr kam. Ja, je genauer er seine Empfindungen mit den Gedanken umfaßte, je bekannter sie ihm wurden, desto fremder und unverständlicher schienen sie ihm gleichzeitig zu werden, so daß es nicht einmal mehr schien, als ob sie vor ihm zurückwichen, sondern als ob er selbst sich von ihnen entfernen würde, und doch die Einbildung, sich ihnen zu nähern, nicht abschütteln könnte.

Dieser merkwürdige, schwer zugängliche Widerspruch füllte später eine weite Strecke seiner geistigen Entwicklung, er schien seine Seele zerreißen zu wollen und bedrohte sie lange als ihr oberstes Problem.

Vorläufig kündigte sich die Schwere dieser Kämpfe aber nur in einer häufigen plötzlichen Ermüdung an und schreckte Törleß gleichsam schon von ferne, sobald ihm aus irgendeiner fragwürdigen sonderbaren Stimmung – wie vorhin – eine Ahnung davon wurde. Er kam sich dann so kraftlos vor wie ein Gefangener und Aufgegebener, gleichermaßen von sich wie von den anderen Abgeschlossener; er hätte schreien mögen vor Leere und Verzweiflung, und statt dessen wandte er sich gleichsam von diesem ernsten und erwartungsvollen, gepeinigten und ermüdeten Menschen in sich ab und lauschte – noch geschreckt von diesem jähen Verzichten und schon entzückt von ihrem warmen, sündigen Atem – auf die flüsternden Stimmen, welche die Einsamkeit für ihn hatte. – – –

Törleß machte plötzlich den Vorschlag zu zahlen. In Beinebergs Augen blitzte ein Verstehen auf; er kannte die Stimmung. Törleß war dieses Einverständnis zuwider; seine Abneigung gegen Beineberg wurde wieder lebendig, und er fühlte sich durch die Gemeinschaft mit ihm geschändet.

Aber das gehörte fast schon mit dazu. Das Schändliche ist eine Einsamkeit mehr und eine neue finstere Mauer.

Und ohne miteinander zu sprechen, schlugen sie einen bestimmten Weg ein.

Es mußte in den letzten Minuten ein leichter Regen gefallen sein, – die Luft war feucht und schwer, um die Laternen zitterte ein bunter Nebel und die Bürgersteige glänzten stellenweise auf.

Törleß nahm den Degen, der aufs Pflaster schlug, eng an den Leib, allein selbst das Geräusch der aufklappernden Absätze überrieselte ihn eigentümlich.

Nach einer Weile hatten sie weichen Boden unter den Füßen, sie entfernten sich von der inneren Stadt und schritten durch breite Dorfstraßen dem Flusse zu.

Dieser wälzte sich schwarz und träge, mit tiefen, glucksenden Lauten unter der hölzernen Brücke. Eine einzige Laterne, mit verstaubten und zerschlagenen Scheiben, stand da. Der Schein des unruhig vor den Windstößen sich duckenden Lichtes fiel dann und wann auf eine treibende Welle und zerfloß auf ihrem Rücken. Die runden Streuhölzer gaben unter jedem Schritte nach ... rollten vor und wieder zurück ....

Beineberg stand still. Das jenseitige Ufer war mit dichten Bäumen bestanden, welche, da die Straße rechtwinklig abbog und längs des Wassers weiterführte, wie eine schwarze, undurchdringliche Mauer drohten. Erst nach vorsichtigem Suchen fand sich ein schmaler, versteckter Weg, der geradeaus hineinführte. Von dem dichten, üppig wuchernden Unterholze, an das die Kleider streiften, ging jedesmal ein Schauer von Tropfen nieder. Nach einer Weile mußten sie wieder stehenbleiben und ein Streichholz anreiben. Es war ganz still, sogar das Gurgeln des Flusses war nicht mehr zu hören. Plötzlich kam von ferne ein unbestimmter, gebrochener Ton zu ihnen. Er hörte sich wie ein Schrei oder eine Warnung an. Oder auch wie der bloße Zuruf eines unverständlichen Geschöpfes, das irgendwo gleich ihnen durch die Büsche brach. Sie schritten auf den Ton zu, blieben stehen, schritten wieder weiter. Im ganzen mochte es wohl eine Viertelstunde gedauert haben, als sie aufatmend laute Stimmen und die Klänge einer Ziehharmonika unterschieden.

Zwischen den Bäumen wurde es nun lichter, und nach wenigen Schritten standen sie am Rande einer Blöße, in deren Mitte ein quadratisches, zwei Stock hohes Gebäude massig aufgebaut war.

Es war das alte Badhaus. Seinerzeit von den Bürgern des Städtchens und den Bauern der Umgegend als Heilstätte benützt, stand es jetzt schon seit Jahren fast leer. Nur in seinem Erdgeschosse bot es einem verrufenen Wirtshause Unterkunft.

Die beiden standen einen Augenblick still und horchten hinüber.

Eben setzte Törleß den Fuß vor, um aus dem Gebüsch herauszutreten, als drüben schwere Stiefel auf der Diele des Flures knarrten und ein Betrunkener mit unsicheren Schritten ins Freie trat. Hinter ihm, in dem Schatten des Flurs, stand ein Weib, und man hörte es mit hastender, zorniger Stimme etwas flüstern, so als ob es etwas von ihm forderte. Der Mann lachte dazu und wiegte sich in den Beinen. Dann kam es wie ein Bitten herüber. Aber auch das konnte man nicht verstehen. Nur der schmeichelnde, zuredende Klang der Stimme war fühlbar. Das Weib trat jetzt weiter heraus und legte dem Manne eine Hand auf die Schulter. Der Mond beleuchtete sie, – ihren Unterrock, ihre Jacke, ihr bittendes Lächeln. Der Mann sah geradeaus, schüttelte mit dem Kopfe und hielt die Hände fest in den Taschen. Dann spuckte er aus und stieß das Weib weg. Es mochte wohl irgend etwas gesagt haben. Nun konnte man auch ihre Stimmen verstehen, die lauter geworden waren.

«... Du willst also nichts geben? Du ...!»

«Schau, daß du hinaufkommst, du Dreckfink!»

«Was? So ein Bauernlümmel!»

Zur Antwort klaubte der Trunkene mit schwerfälliger Bewegung einen Stein auf: «Wenn du nicht gleich abfahrst, du dummes Mensch, so schlag' ich dir den Buckel ein!» und er holte zum Wurfe aus. Törleß hörte das Weib mit einem letzten Schimpfworte die Stiege hinaufflüchten.

Der Mann stand eine Weile still und hielt unschlüssig den Stein in der Hand. Er lachte; sah nach dem Himmel, wo zwischen schwarzen Wolken weingelb der Mond schwamm; dann glotzte er die dunkle Hecke der Gebüsche an, als überlege er darauf loszugehen. Törleß zog vorsichtig den Fuß zurück, er fühlte sein Herz bis zum Halse hinauf schlagen. Endlich schien sich der Trunkene doch besonnen zu haben. Seine Hand ließ den Stein fallen. Mit rohem, triumphierendem Lachen rief er eine grobe Unanständigkeit zu dem Fenster hinauf, dann drückte er sich um die Ecke.

Die beiden standen noch immer bewegungslos. «Hast du sie erkannt?» flüsterte Beineberg; «es war Božena.» Törleß gab keine Antwort; er horchte, ob der Betrunkene nicht wiederkehre. Dann wurde er von Beineberg vorwärts geschoben. Mit raschen, vorsichtigen Sätzen waren sie – an dem Lichtschein, der keilförmig durch die Fenster des Erdgeschosses fiel, vorbei – in dem dunklen Hausflur. Eine hölzerne Treppe führte in engen Windungen in das erste Stockwerk hinauf. Hier mußte man ihre Schritte auf den knarrenden Stufen gehört haben, oder hatte ein Degen gegen das Holz geschlagen: – die Türe der Schankstube wurde geöffnet und jemand kam nachsehen, wer im Hause sei, während die Ziehharmonika plötzlich schwieg und das Gewirr der Stimmen einen Augenblick wartend aussetzte.

Törleß preßte sich erschrocken um die Windung der Stiege. Aber man schien ihn trotz des Dunkels bemerkt zu haben, denn er hörte die spöttische Stimme der Kellnerin, während die Türe wieder geschlossen wurde, irgend etwas sagen, worauf ein unbändiges Gelächter folgte.

Auf dem Treppenabsatz des ersten Stockwerkes war es völlig finster. Weder Törleß noch Beineberg trauten sich einen Schritt vorwärts zu tun, ungewiß, ob sie nicht etwas umwerfen und dadurch Lärm verursachen würden. Von der Aufregung angetrieben, suchten sie mit hastenden Fingern nach der Türklinke.

Božena war als Bauernmädchen in die Großstadt gekommen, wo sie in Dienst trat und später Kammerzofe wurde.

Es ging ihr anfangs ganz gut. Die bäurische Art, welche sie so wenig ganz abstreifte wie ihren breiten, festen Gang, sicherte ihr das Vertrauen ihrer Herrinnen, welche an diesem Kuhstallddufte ihres Wesens seine Einfalt liebten, und die Liebe ihrer Herren, welche daran das Parfum schätzten. Wohl nur aus Laune, vielleicht auch aus Unzufriedenheit und dumpfer Sehnsucht nach Leidenschaft gab sie dieses bequeme Leben auf. Sie wurde Kellnerin, erkrankte, fand in einem eleganten öffentlichen Hause Unterkommen und wurde allgemach, in dem Maße, wie das Lotterleben sie verbrauchte, wieder – und immer weiter – in die Provinz hinausgespült.

Hier endlich, wo sie nun schon seit mehreren Jahren wohnte, nicht weit von ihrem Heimatsdorfe, half sie untertags in der Wirtschaft und las des Abends billige Romane, rauchte Zigaretten und empfing hie und da den Besuch eines Mannes.

Sie war noch nicht geradezu häßlich geworden, aber ihr Gesicht entbehrte in auffallender Weise jeglicher Anmut, und sie gab sich förmlich Mühe, dies durch ihr Wesen noch mehr zur Geltung zu bringen. Sie ließ mit Vorliebe durchblicken, daß sie die Eleganz und das Getriebe der vornehmen Welt sehr wohl kenne, jetzt aber schon darüber hinaus sei. Sie äußerte gerne, daß sie darauf, wie auf sich selbst, wie überhaupt auf alles pfeife. Trotz ihrer Verwahrlosung genoß sie deswegen ein gewisses Ansehen bei den Bauernsöhnen der Umgebung. Sie spuckten zwar aus, wenn sie von ihr sprachen, und fühlten sich verpflichtet, mehr noch als gegen andere Mädchen grob gegen sie zu sein, im Grunde waren sie aber doch ganz gewaltig stolz auf dieses «verfluchte Mensch», das aus ihnen hervorgegangen war und der Welt so durch den Lack geguckt hatte. Einzeln zwar und verstohlen, aber doch immer wieder kamen sie, sich mit ihr zu unterhalten. Dadurch fand Božena einen Rest von Stolz und Rechtfertigung in ihrem Leben. Vielleicht eine noch größere Genugtuung bereiteten ihr aber die jungen Herren aus dem Institute. Gegen diese kehrte sie absichtlich ihre rohesten und häßlichsten Eigenschaften heraus, weil sie – wie die Frau sich auszudrücken pflegte – ja trotzdem gerade so zu ihr gekrochen kommen würden.

Als die beiden Freunde eintraten, lag sie wie gewöhnlich rauchend und lesend auf ihrem Bette.

Törleß sog, noch in der Türe stehend, mit begierigen Augen ihr Bild in sich ein.

«Gott, was für süße Buben kommen denn da?» rief sie spöttisch den Eintretenden entgegen, die sie ein wenig verächtlich musterte. «Je, du Baron? Was wird denn die Mama dazu sagen?!» – Das war solch ein Anfang nach ihrer Art.

«Aber halt's ...!» brummte Beineberg und setzte sich zu ihr aufs Bett. Törleß setzte sich abseits; er ärgerte sich, weil Božena sich nicht um ihn bekümmerte und tat, als ob sie ihn nicht kennte.

Die Besuche bei diesem Weib waren in der letzten Zeit zu seiner einzigen und geheimen Freude geworden. Gegen Ende der Woche wurde er schon unruhig und konnte den Sonntag nicht erwarten, wo er am Abend zu ihr schlich. Hauptsächlich dieses Sicheinschleichenmüssen beschäftigte ihn. Wenn es zum Beispiel vorhin den trunkenen Burschen in der Schankstube eingefallen wäre, auf ihn Jagd zu machen? Aus bloßer Lust, dem lasterhaften jungen Herrchen eins auszuwischen? Er war nicht feig, aber er wußte, daß er hier wehrlos sei. Der zierliche Degen kam ihm entgegen diesen groben Fäusten wie ein Spott vor. Außerdem die Schande und die Strafe, die er zu gewärtigen hätte! Es bliebe ihm nur übrig zu fliehen oder sich aufs Bitten zu verlegen. Oder sich von Božena schützen zu lassen. Der Gedanke durchrieselte ihn. Aber das war es! Nur das! Nichts anderes! Diese Angst, dieses Sichaufgeben lockte ihn jedesmal von neuem. Dieses Heraustreten aus seiner bevorzugten Stellung unter die gemeinen Leute; unter sie, – tiefer als sie!

Er war nicht lasterhaft. Bei der Ausführung überwogen stets der Widerwille gegen sein Beginnen und die Angst vor den möglichen Folgen. Nur seine Phantasie war in eine ungesunde Richtung gebracht. Wenn sich die Tage der Woche bleiern einer nach dem andern über sein Leben legten, fingen diese beizenden Reize an, ihn zu locken. Aus den Erinnerungen an seine Besuche bildete sich eine eigenartige Verführung heraus. Božena erschien ihm als ein Geschöpf von ungeheuerlicher Niedrigkeit und sein Verhältnis zu ihr, die Empfindungen, die er dabei zu durchlaufen hatte, als ein grausamer Kultus der Selbstaufopferung. Es reizte ihn, alles zurücklassen zu müssen, worin er sonst eingeschlossen war, seine bevorzugte Stellung, die Gedanken und Gefühle, die man ihm einimpfte, all das, was ihm nichts gab und ihn erdrückte. Es reizte ihn, nackt, von allem entblößt, in rasendem Laufe zu diesem Weibe zu flüchten.

Das war nicht anders als bei jungen Leuten überhaupt. Wäre Božena rein und schön gewesen und hätte er damals lieben können, so hätte er sie vielleicht gebissen, ihr und sich die Wollust bis zum Schmerz gesteigert. Denn die erste Leidenschaft des erwachsenden Menschen ist nicht Liebe zu der einen, sondern Haß gegen alle. Das sich unverstanden Fühlen und das die Welt nicht Verstehen begleitet nicht die erste Leidenschaft, sondern ist ihre einzige nicht zufällige Ursache. Und sie selbst ist eine Flucht, auf der das Zuzweiensein nur eine verdoppelte Einsamkeit bedeutet.

Fast jede erste Leidenschaft dauert nicht lange und hinterläßt einen bitteren Nachgeschmack. Sie ist ein Irrtum, eine Enttäuschung. Man versteht sich hinterher nicht und weiß nicht, was man beschuldigen soll. Dies kommt, weil die Menschen in diesem Drama einander zum größeren Teile zufällig sind: Zufallsgefährten auf einer Flucht. Nach der Beruhigung erkennen sie sich nicht mehr. Sie bemerken aneinander Gegensätze, weil sie das Gemeinsame nicht mehr bemerken.

Bei Törleß war es nur darum anders, daß er allein war. Die alternde, erniedrigte Prostituierte vermochte nicht alles in ihm auszulösen. Doch war sie soweit Weib, daß sie Teile seines Inneren, die wie reifende Keime noch auf den befruchtenden Augenblick warteten, gleichsam frühzeitig an die Oberfläche riß.

Das waren dann seine sonderbaren Vorstellungen und phantastischen Verführungen. Fast ebenso nahe lag es ihm aber manchmal, sich auf die Erde zu werfen und vor Verzweiflung zu schreien.

Božena bekümmerte sich noch immer nicht um Törleß. Sie schien es aus Bosheit zu tun, bloß um ihn zu ärgern. Plötzlich unterbrach sie ihr Gespräch: «Gebt mir Geld, ich werde Tee und Schnaps holen.»

Törleß gab ihr eines der Silberstücke, die er am Nachmittage von seiner Mutter erhalten hatte.

Sie holte vom Fensterbrett einen zerbeulten Schnellsieder und zündete den Spiritus an; dann stieg sie langsam und schlürfend die Treppe hinunter.

Beineberg stieß Törleß an. «Warum bist du denn so fad? Sie wird denken, du traust dich nicht.»

«Laß mich aus dem Spiel», bat Törleß, «ich bin nicht aufgelegt. Unterhalte nur du dich mit ihr. Was will sie übrigens fortwährend mit deiner Mutter?»

«Seit sie weiß, wie ich heiße, behauptet sie, einmal bei meiner Tante in Dienst gewesen zu sein und meine Mutter gekannt zu haben. Zum Teil scheint es wohl wahr zu sein, zum Teil lügt sie aber sicher – rein zum Vergnügen; obwohl ich nicht verstehe, was ihr daran Spaß macht.»

Törleß wurde rot; ein merkwürdiger Gedanke war ihm

eingefallen. – Da kam aber Božena mit dem Schnaps zurück und setzte sich wieder neben Beineberg aufs Bett. Sie griff auch gleich wieder das frühere Gespräch auf.

«... Ja, deine Mama war ein schönes Mädchen. Du siehst ihr eigentlich gar nicht ähnlich mit deinen abstehenden Ohren. Auch lustig war sie. Mehr als einer wird sie sich wohl in den Kopf gesetzt haben. Recht hat sie gehabt.»

Nach einer Pause schien ihr etwas besonders Lustiges eingefallen zu sein: «Dein Onkel, der Dragoneroffizier, weißt du? Karl hat er glaube ich geheißen, er war ein Cousin deiner Mutter, der hat ihr damals den Hof gemacht! Aber Sonntags, wenn die Damen in der Kirche waren, ist er mir nachgestiegen. Alle Augenblicke habe ich ihm etwas anderes aufs Zimmer bringen müssen. Fesch war er, das weiß ich heute noch, nur hat er sich so gar nicht geniert ....» Sie begleitete diese Worte mit einem vielsagenden Lachen. Dann verbreitete sie sich weiter über dieses Thema, das ihr augenscheinlich besonderes Vergnügen bereitete. Ihre Worte waren familiär, und sie brachte sie mit einem Ausdruck vor, der jedes einzelne beschmutzen zu wollen schien. «... Ich meine, er hat auch deiner Mutter gefallen. Wenn sie das nun gewußt hätte! Ich glaube, deine Tante hätte mich und ihn aus dem Hause schmeißen müssen. So sind nun einmal die feinen Damen, gar wenn sie noch keinen Mann haben. Liebe Božena das und liebe Božena jenes – so ist es den ganzen Tag gegangen. Als aber die Köchin in die Hoffnung kam, da hättest du's hören sollen! Ich glaube gar, sie meinten, daß sich unsereins nur einmal im Jahre die Füße wasche. Der Köchin sagten sie zwar nichts, aber ich konnte es hören, wenn ich im Zimmer bediente und sie gerade davon sprachen. Deine Mutter machte ein Gesicht, als möchte sie am liebsten nur Kölnerwasser trinken. Dabei hatte deine Tante gar nicht lange danach selbst einen Bauch bis zur Nase ....»

Während Božena sprach, fühlte sich Törleß ihren gemeinen Anspielungen fast wehrlos preisgegeben.

Was sie schilderte, sah er lebendig vor sich. Beinebergs Mutter wurde zu seiner eigenen. Er erinnerte sich der hellen Räume der elterlichen Wohnung. Der gepflegten, reinen, unnahbaren Gesichter, die ihm zu Hause bei den Diners oft eine gewisse Ehrfurcht eingeflößt hatten. Der vornehmen, kühlen Hände, die sich selbst beim Essen nichts zu vergeben schienen. Eine Menge solcher Einzelheiten fiel ihm ein, und er schämte sich, hier in einem kleinen, übelriechenden Zimmer zu sein und mit einem Zittern auf die demütigenden Worte einer Dirne zu antworten. Die Erinnerung an die vollendete Manier dieser nie formvergessenen Gesellschaft wirkte stärker auf ihn als alle moralische Überlegung. Das Wühlen seiner dunklen Leidenschaften kam ihm lächerlich vor. Mit visionärer Eindringlichkeit sah er eine kühle, abwehrende Handbewegung, ein chokiertes Lächeln, mit dem man ihn wie ein kleines unsauberes Tier von sich weisen würde. Trotzdem blieb er wie festgebunden auf seinem Platze sitzen.

Mit jeder Einzelheit, deren er sich erinnerte, wuchs nämlich neben der Scham auch eine Kette häßlicher Gedanken in ihm groß. Sie hatte begonnen, als Beineberg die Erläuterung zu Boženas Gespräch gab, worauf Törleß errötet war.

Er hatte damals plötzlich an seine eigene Mutter denken müssen, und dies hielt nun fest und war nicht loszubekommen. Es war ihm nur so durch die Grenzen des Bewußtseins geschossen – blitzschnell oder undeutlich weit – am Rande – nur wie im Fluge gesehen – kaum ein Gedanke zu nennen. Und hastig war darauf eine Reihe von Fragen gefolgt, die es verdecken sollten: «Was ist es, das es ermöglicht, daß diese Božena ihre niedrige Existenz an die meiner Mutter heranrücken kann? Daß sie sich in der Enge desselben Gedankens an jene herandrängt? Warum berührt sie nicht mit der Stirne die Erde, wenn sie schon von ihr sprechen muß? Warum ist es nicht wie durch einen Abgrund zum Ausdruck gebracht, daß hier gar keine Gemeinsamkeit besteht? Denn, wie ist es doch? Dieses Weib ist für mich ein Knäuel aller geschlechtlichen Begehrlichkeiten; und meine Mutter ein Geschöpf, das bisher in wolkenloser Entfernung, klar und ohne Tiefen, wie ein Gestirn jenseits alles Begehrens durch mein Leben wandelte ....»

Aber alle diese Fragen waren nicht das Eigentliche. Berührten es kaum. Sie waren etwas Sekundäres; etwas, das Törleß erst nachträglich eingefallen war. Sie vervielfältigten sich nur, weil keine das Rechte bezeichnete. Sie waren nur Ausflüchte, Umschreibungen der Tatsache, daß vorbewußt, plötzlich, instinktiv ein seelischer Zusammenhang gegeben war, der sie vor ihrem Entstehen schon in bösem Sinne beantwortet hatte. Törleß sättigte sich mit den Augen an Božena und konnte dabei seiner Mutter nicht vergessen; durch ihn hindurch verkettete die beiden ein Zusammenhang: Alles andere war nur ein sich Winden unter dieser Ideenverschlingung. Diese war die einzige Tatsache. Aber durch die Vergeblichkeit, ihren Zwang abzuschütteln, gewann sie eine fürchterliche, unklare Bedeutung, die wie ein perfides Lächeln alle Anstrengungen begleitete.

Törleß sah im Zimmer umher, um dies loszuwerden. Aber alles hatte nun schon diese eine Beziehung angenommen. Der kleine eiserne Ofen mit den Rostflecken auf der Platte, das Bett mit den wackligen Pfosten und der gestrichenen Lade, von der die Farbe an vielen Stellen abblätterte, das Bettzeug, das schmutzig durch die Löcher des abgenutzten Lakens sah; Božena, ihr Hemd, das von der einen Schulter geglitten war, das gemeine, wüste Rot ihres Unterrockes, ihr breites, schwatzendes Lachen; endlich Beineberg, dessen Benehmen ihm im Vergleich zu sonst wie das eines unzüchtigen Priesters vorkam, der, toll geworden, zweideutige Worte in die ernsten Formen eines Gebetes flicht...: all das stieß nach der einen Richtung, drängte auf ihn ein und bog seine Gedanken gewaltsam immer wieder zurück.

Nur an einer Stelle fanden seine Blicke, die geschreckt von einem zum andern flüchteten, Frieden. Das war oberhalb der kleinen Gardine. Dort sahen die Wolken vom Himmel herein und reglos der Mond.

Das war, als ob er plötzlich in die frische, ruhige Nachtluft hinausgetreten wäre. Eine Weile wurden alle Gedanken ganz still. Dann kam ihm eine angenehme Erinnerung. Das Landhaus, das sie letzten Sommer bewohnt hatten. Nächte im schweigenden Park. Ein sternzitterndes, samtdunkles Firmament. Die Stimme seiner Mutter aus der Tiefe des Gartens, wo sie mit Papa auf den schwach schimmernden Kieswegen spazierenging. Lieder, die sie halblaut vor sich hinsang. Aber da, ... es fuhr ihm kalt durch den Leib, ... war auch wieder dieses quälende Vergleichen. Was mochten die beiden dabei gefühlt haben? Liebe? Nein, der Gedanke kam ihm jetzt zum erstenmal. Überhaupt war das etwas ganz anderes. Nichts für große und erwachsene Menschen; gar für seine Eltern. Nachts am offenen Fenster sitzen und sich verlassen fühlen, sich anders fühlen als die Großen, von jedem Lachen und von jedem spöttischen Blick mißverstanden, niemandem erklären können, was man schon bedeute, und sich nach einer sehnen, die das verstünde, ... das ist Liebe! Aber dazu muß man jung und einsam sein. Bei ihnen mußte es etwas anderes gewesen sein; etwas Ruhiges und Gleichmütiges. Mama sang einfach am Abend in dem dunklen Garten und war heiter ....

Aber gerade das war es, was Törleß nicht verstand. Die

geduldigen Pläne, welche für den Erwachsenen, ohne daß er es merkt, die Tage zu Monaten und Jahren zusammenketten, waren ihm noch fremd. Und ebenso jenes Abgestumpftsein, für das es nicht einmal mehr eine Frage bedeutet, wenn wieder ein Tag zu Ende geht. Sein Leben war auf jeden Tag gerichtet. Jede Nacht bedeutete für ihn ein Nichts, ein Grab, ein Ausgelöschtwerden. Das Vermögen, sich jeden Tag sterben zu legen, ohne sich darüber Gedanken zu machen, hatte er noch nicht erlernt.

Deswegen hatte er immer etwas dahinter vermutet, das man ihm verberge. Die Nächte erschienen ihm wie dunkle Tore zu geheimnisvollen Freuden, die man ihm verheimlicht hatte, so daß sein Leben leer und unglücklich blieb.

Er erinnerte sich an ein eigentümliches Lachen seiner Mutter und sich wie scherzhaft fester an den Arm ihres Mannes Drücken, das er an einem jener Abende beobachtet hatte. Es schien jeden Zweifel auszuschließen. Auch aus der Welt jener Unantastbaren und Ruhigen mußte eine Pforte herüberführen. Und nun, da er wußte, konnte er nur mit jenem gewissen Lächeln daran denken, gegen dessen böses Mißtrauen er sich vergeblich wehrte ––––

Božena erzählte unterdessen weiter. Törleß hörte mit halber Aufmerksamkeit hin. Sie sprach von einem, der auch fast jeden Sonntag kam .... «Wie heißt er nur? Er ist aus deinem Jahrgang.»

«Reiting?»

«Nein.»

«Wie sieht er aus?»

«Er ist ungefähr so groß wie der da», Božena wies auf Törleß, «nur hat er einen etwas zu großen Kopf.»

«Ah, Basini?»

«Ja, ja, so nannte er sich. Er ist sehr komisch. Und nobel; er trinkt nur Wein. Aber dumm ist er. Es kostet ihm eine Menge Geld, und er tut nichts, als mir erzählen. Er renommiert mit den Liebschaften, die er zu Hause haben will; was er nur davon hat? Ich sehe ja doch, daß er zum erstenmal in seinem Leben bei einem Frauenzimmer ist. Du bist ja auch noch ein Bub, aber du bist frech; er dagegen ist ungeschickt und hat Angst davor, deswegen erzählt er mir lang und breit, wie man als Genußmensch – ja, so hat er gesagt – mit Frauen umgehen müsse. Er sagt, alle Weiber seien nichts anderes wert; woher wollt ihr denn das schon wissen?!»

Beineberg grinste sie zur Antwort spöttisch an.

«Ja lach nur!» herrschte ihn Božena belustigt an, «ich habe ihn einmal gefragt, ob er sich denn nicht vor seiner Mutter schämen würde. ‹Mutter? … Mutter?› sagt er drauf, ‹was ist das? Das existiert jetzt nicht. Das habe ich zu Hause gelassen, bevor ich zu dir ging ….› Ja, mach nur deine langen Ohren auf, so seid ihr! Nette Söhnchen, ihr feinen jungen Herren; eure Mütter könnten mir beinahe leid tun! …»

Bei diesen Worten bekam Törleß wieder die frühere Vorstellung von sich selbst. Wie er alles hinter sich ließ und das Bild seiner Eltern verriet. Und nun mußte er sehen, daß er damit nicht einmal etwas fürchterlich Einsames, sondern nur etwas ganz Gewöhnliches tat. Er schämte sich. Aber auch die anderen Gedanken waren wieder da. Sie tuen es auch! Sie verraten dich! Du hast geheime Mitspieler! Vielleicht ist es bei ihnen irgendwie anders, aber das muß bei ihnen das gleiche sein: eine geheime, fürchterliche Freude. Etwas, in dem man sich mit all seiner Angst vor dem Gleichmaß der Tage ertränken kann …. Vielleicht wissen sie sogar mehr …?! … Etwas ganz Ungewöhnliches? Denn sie sind am Tage so beruhigt; … und dieses Lachen seiner Mutter? … als ob sie mit ruhigem Schritte ginge, alle Türen zu schließen. ––––

In diesem Widerstreite kam ein Augenblick, wo Törleß

sich aufgab und sich mit erwürgtem Herzen dem Sturm überließ.

Und gerade in diesem Augenblicke stand Božena auf und trat zu ihm hin.

«Warum spricht denn der Kleine nichts? Hat er Kummer?»

Beineberg flüsterte etwas und lächelte boshaft.

«Was, Heimweh? Ist wohl die Mama weggefahren? Und der garstige Bub läuft gleich zu so einer!»

Božena vergrub zärtlich ihre Hand mit gespreizten Fingern in sein Haar. «Geh, sei nicht dumm. Da gib mir einen Kuß. Die feinen Menschen sind auch nicht von Zuckerwerk,» und sie bog ihm den Kopf zurück.

Törleß wollte etwas sagen, sich zu einem derben Scherze aufraffen, er fühlte, daß jetzt alles davon abhänge, ein gleichgültiges, beziehungsloses Wort zu sagen, aber er brachte keinen Laut heraus. Er starrte mit einem versteinten Lächeln in das wüste Gesicht über dem seinen, in diese unbestimmten Augen, dann begann die Außenwelt klein zu werden ..., sich immer weiter zurückzuziehen .... Für einen Augenblick tauchte das Bild jenes Bauernburschen auf, der den Stein gehoben hatte, und schien ihn zu höhnen ..., dann war er ganz allein. ––––

«Du, ich hab' ihn», flüsterte Reiting.

«Wen?»

«Den Spielladendieb.»

Törleß war eben mit Beineberg zurückgekommen. Es war knapp vor der Zeit des Nachtmahls, und das diensthabende Aufsichtsorgan war schon weggegangen. Zwischen den grünen Tischen hatten sich plaudernde Gruppen gebildet, und ein warmes Leben summte und surrte durch den Saal.

Es war das gewöhnliche Schulzimmer mit weißgetünchten Wänden, einem großen schwarzen Kruzifix und den Bildnissen des Herrscherpaares zu seiten der Tafel. Neben dem großen eisernen Ofen, der noch nicht geheizt war, saßen, teils auf dem Podium, teils auf umgelegten Stühlen, die jungen Leute, welche nachmittags das Ehepaar Törleß zur Bahn begleitet hatten. Außer Reiting waren es der lange Hofmeier und Dschjusch, unter welchem Spitznamen ein kleiner polnischer Graf verstanden wurde.

Törleß war einigermaßen neugierig.

Die Spielladen standen im Hintergrunde des Zimmers und waren lange Kästen mit vielen versperrbaren Schubfächern, in denen die Pfleglinge des Institutes ihre Briefe, Bücher, Geld und allen möglichen kleinen Kram aufbewahrten.

Und bereits seit geraumer Zeit klagten einzelne, daß ihnen kleinere Geldbeträge fehlten, ohne daß sie jedoch bestimmte Vermutungen hätten aussprechen können.

Beineberg war der erste, der mit Gewißheit sagen konnte, daß ihm – in der Vorwoche – ein größerer Betrag gestohlen worden sei. Aber nur Reiting und Törleß wußten darum.

Sie hatten die Diener im Verdachte.

«So erzähl doch!» bat Törleß, aber Reiting machte ihm rasch ein Zeichen: «Pst! Später. Es weiß noch niemand davon.»

«Ein Diener?» flüsterte Törleß.

«Nein.»

«So deute doch wenigstens an, wer?»

Reiting wandte sich von den übrigen ab und sagte leise: «B.» Niemand außer Törleß hatte etwas von diesem vorsichtig geführten Gespräche verstanden. Aber auf diesen wirkte die Mitteilung wie ein Überfall. B.? – das konnte nur Basini sein. Und das war doch nicht möglich! Seine Mutter war eine vermögende Dame, sein Vormund Exzellenz. Törleß wollte es nicht glauben, und dazwischen schnitt der Gedanke an Boženas Erzählung hindurch.

Er konnte kaum den Augenblick erwarten, da die anderen zum Speisen gingen. Beineberg und Reiting blieben zurück, indem sie vorgaben, noch vom Nachmittage her übersättigt zu sein.

Reiting machte den Vorschlag, doch lieber vorerst «hinauf» zu gehen.

Sie traten auf den Gang hinaus, der sich endlos lang vor dem Lehrsaale dehnte. Die flackernden Gasflammen erhellten ihn nur auf kurze Strecken, und die Schritte hallten von Nische zu Nische, wenn man auch noch so leise auftrat ....

Vielleicht fünfzig Meter von der Türe entfernt, führte eine Stiege in das zweite Stockwerk, in welchem sich das Naturalienkabinett, noch andere Lehrmittelsammlungen und eine Menge leerstehender Zimmer befanden.

Von hier aus wurde die Treppe schmal und stieg in kurzen, rechtwinklig aneinander stoßenden Absätzen zum Dachboden empor. Und – wie alte Gebäude oft unlogisch, mit einer Verschwendung von Winkeln und unmotivierten Stufen gebaut sind – führte sie noch um ein beträchtliches über das Niveau des Bodens hinaus, so daß es jenseits der schweren, eisernen, versperrten Türe, durch welche sie abgeschlossen war, eigens einer Holzstiege bedurfte, um zu ihm hinab zu gelangen.

Diesseits aber entstand auf diese Weise ein mehrere Meter hoher verlorener Raum, der bis zum Gebälke hinaufreichte. In diesem, der wohl niemals betreten wurde, hatte man alte Kulissen gelagert, die von unvordenklichen Theateraufführungen herrührten.

Das Tageslicht erstickte selbst an hellen Mittagen auf

dieser Treppe in einer Dämmerung, die von altem Staube gesättigt war, denn dieser Bodenaufgang, der gegen den Flügel des mächtigen Gebäudes zu lag, wurde fast nie benützt.

Von dem letzten Absatze der Stiege schwang sich Beineberg über das Geländer und ließ sich, indem er sich an dessen Gitterstäben festhielt, zwischen die Kulissen hinunter, welchem Beispiele Reiting und Törleß folgten. Dort konnten sie auf einer Kiste, welche eigens zu diesem Zwecke hingeschafft worden war, festen Fuß fassen und gelangten von ihr mit einem Sprunge auf den Fußboden.

Selbst wenn sich das Auge eines auf der Stiege Stehenden an das Dunkel gewöhnt gehabt hätte, so wäre es ihm doch unmöglich gewesen, von dort aus mehr als ein regelloses Durcheinander zackiger, mannigfach ineinander geschobener Kulissen zu unterscheiden.

Als jedoch Beineberg eine von ihnen ein wenig zur Seite rückte, öffnete sich den unten Stehenden ein schmaler, schlauchartiger Durchgang.

Sie versteckten die Kiste, welche ihnen beim Abstiege gedient hatte, und drangen zwischen die Kulissen ein.

Hier wurde es vollständig dunkel, und es bedurfte einer sehr genauen Kenntnis des Ortes, um weiterzufinden. Hie und da raschelte eine der großen leinenen Wände, wenn sie gestreift wurde, es rieselte über den Fußboden wie von aufgescheuchten Mäusen, und ein modriger Alter-Truhen-Geruch stäubte auf.

Die drei dieses Weges Gewohnten tasteten sich unendlich vorsichtig, Schritt für Schritt bedacht, nicht an eine der als Fallstrick und Warnsignal über den Boden gespannten Schnüre zu stoßen, vorwärts.

Es verging geraume Zeit, bis sie zu einer kleinen Türe gelangten, welche rechter Hand, knapp vor der den Boden abtrennenden Mauer, angebracht war.

Als Beineberg diese öffnete, befanden sie sich in einem schmalen Raume unterhalb des obersten Stiegenabsatzes, der bei dem Lichte einer kleinen, flackernden Öllampe, welche Beineberg angezündet hatte, abenteuerlich genug aussah.

Die Decke war nur in jenem Teile waagrecht, der unmittelbar unter dem Treppenabsatze lag, und auch hier nur so hoch, daß man knapp aufrecht stehen konnte. Nach hinten zu schrägte sie sich aber, dem Profile der Stiege folgend, ab und endigte in einem spitzen Winkel. Mit der diesem gegenüberliegenden Stirnseite stieß der kleine Raum an die dünne Zwischenmauer, welche den Dachboden von dem Stiegenhause trennte, und erhielt eine längsseitige natürliche Begrenzung durch das Gemäuer, an dem die Stiege hochgeführt war. Bloß die zweite Seitenwand, in welcher die Türe angebracht war, schien erst eigens hinzugekommen zu sein. Sie verdankte wohl der Absicht ihr Entstehen, hier eine kleine Kammer für Geräte zu schaffen, vielleicht auch nur einer Laune des Baumeisters, dem beim Anblicke dieses finsteren Winkels der mittelalterliche Einfall gekommen sein mochte, ihn zu einem Versteck vermauern zu lassen.

Jedenfalls gab es außer den Dreien kaum einen Menschen im ganzen Institute, der von dem Bestehen dieses Raumes wußte, geschweige denn daran dachte, ihm irgendeine Bestimmung zu geben.

So konnten sie sich denselben ganz nach ihrem abenteuerlichen Sinne ausstatten.

Die Wände waren vollständig mit einem blutroten Fahnenstoff ausgekleidet, den Reiting und Beineberg aus einem der Bodenräume entwendet hatten, und der Fußboden war mit einer doppelten Lage dicker, wolliger Kotzen bedeckt, wie solche im Winter in den Schlafsälen als zweite Decken dienten. In dem vorderen Teile der Kammer standen niedere, mit Stoff überzogene Kistchen, die als Sitze verwendet wurden; hinten, wo Fußboden und Decke in den spitzen Winkel ausliefen, war eine Schlafstätte hergerichtet. Sie bot ein Lager für drei bis vier Personen, das sich durch einen Vorhang verdunkeln und von dem vorderen Teile der Kammer abtrennen ließ.

An der Wand hing neben der Türe ein geladener Revolver.

Törleß liebte diese Kammer nicht. Ihre Enge und dieses Alleinsein gefielen ihm wohl, man war wie tief in dem Inneren eines Berges, und der Geruch der alten, verstaubten Kulissen durchzog ihn mit unbestimmten Empfindungen. Aber die Verstecktheit, diese Alarmschnüre, dieser Revolver, der eine äußerste Illusion von Trotz und Heimlichkeit geben sollte, kamen ihm lächerlich vor. Es war, als wollte man sich einreden, ein Räuberleben zu führen.

Törleß tat dabei eigentlich nur mit, weil er hinter den beiden anderen nicht zurückstehen wollte. Beineberg und Reiting aber nahmen diese Dinge furchtbar ernst. Das wußte Törleß. Er wußte, daß Beineberg zu allen Keller- und Bodenräumen des Institutes Nachschlüssel besaß. Wußte, daß dieser oft für mehrere Stunden von der Klasse verschwand, um irgendwo – hoch oben in den Sparren des Dachstuhles oder unter der Erde in einem der vielen verzweigten, verfallenden Gewölbe – zu sitzen und bei dem Scheine einer kleinen Laterne, die er stets bei sich trug, abenteuerliche Geschichten zu lesen oder sich Gedanken über die übernatürlichen Dinge eingeben zu lassen.

Ähnliches wußte er auch von Reiting. Dieser hatte gleichfalls seine versteckten Winkel, in denen er geheime Tagebücher aufbewahrte; nur waren diese mit verwogenen Plänen für die Zukunft ausgefüllt und mit genauen Aufzeichnungen über Ursache, Inszenesetzung und Verlauf der zahlreichen Intrigen, die er unter seinen Kameraden anstiftete. Denn Reiting kannte kein größeres Vergnügen, als Menschen gegeneinander zu hetzen, den einen mit Hilfe des anderen unterzukriegen und sich an abgezwungenen Gefälligkeiten und Schmeicheleien zu weiden, hinter deren Hülle er noch das Widerstreben des Hasses fühlen konnte.

«Ich übe mich dabei», war die einzige Entschuldigung, und er gab sie mit liebenswürdigem Lachen. Zur Übung sollte ihm auch gereichen, daß er fast täglich an irgendeinem entlegenen Orte, sei es gegen eine Wand, sei es gegen einen Baum oder einen Tisch, boxte, um seine Arme zu stärken und seine Hände durch Schwielen abzuhärten.

Törleß wußte um all dies, aber er verstand es nur bis zu einem gewissen Punkte. Er war einige Male sowohl Reiting als Beineberg auf ihren eigenwilligen Wegen gefolgt. Das Ungewöhnliche daran hatte ihm ja gefallen. Und auch das liebte er, hernach in die Tageshelle zu treten, unter alle Kameraden, mitten in die Heiterkeit hinein, während er in sich, in seinen Augen und Ohren, noch die Erregungen der Einsamkeit und die Halluzinationen der Dunkelheit zittern fühlte. Wenn ihm aber Beineberg oder Reiting bei solcher Gelegenheit, um jemanden zu haben, vor dem sie von sich sprechen konnten, auseinandersetzten, was sie bei all dem bewegte, versagte sein Verständnis. Er fand Reiting sogar überspannt. Dieser sprach nämlich mit Vorliebe davon, daß sein Vater eine merkwürdig unstete, später verschollene Person gewesen sei. Sein Name sollte überhaupt nur ein Inkognito für den eines sehr hohen Geschlechtes sein. Er dachte von seiner Mutter noch einmal in weitgehnde Ansprüche eingeweiht zu werden, rechnete mit Staatsstreichen und großer Politik und wollte demzufolge Offizier werden.

Solche Absichten konnte sich Törleß ernstlich gar nicht vorstellen. Die Jahrhunderte der Revolutionen schienen

..m ein für alle Male vorbei. Dennoch verstand Reiting Ernst zu machen. Vorläufig freilich nur im kleinen. Er war ein Tyrann und unnachsichtig gegen den, der sich ihm widersetzte. Sein Anhang wechselte von Tag zu Tag, aber immer war die Majorität auf seiner Seite. Darin bestand sein Talent. – Gegen Beineberg hatte er vor ein oder zwei Jahren einen großen Krieg geführt, der mit dessen Niederlage endete. Beineberg war zum Schlusse ziemlich isoliert dagestanden, obwohl er in der Beurteilung der Personen, an Kaltblütigkeit und dem Vermögen, Antipathien gegen ihm Mißliebige zu erregen, kaum hinter seinem Gegner zurückstand. Aber ihm fehlte das Liebenswürdige und Gewinnende desselben. Seine Gelassenheit und seine philosophische Salbung flößten fast allen Mißtrauen ein. Man vermutete garstige Exzesse irgendwelcher Art am Grunde seines Wesens. Dennoch hatte er Reiting große Schwierigkeiten bereitet, und dessen Sieg war fast nur ein zufälliger gewesen. Seit der Zeit hielten sie aus gemeinschaftlichem Interesse zusammen.

Törleß hingegen wurde von diesen Dingen gleichgültig gelassen. Er besaß daher auch kein Geschick in ihnen. Dennoch war er mit in diese Welt eingeschlossen und konnte täglich vor Augen sehen, was es bedeute, in einem Staate – denn jede Klasse ist in einem solchen Institute ein kleiner Staat für sich – die erste Rolle innezuhaben. Deswegen hatte er einen gewissen scheuen Respekt vor seinen beiden Freunden. Die Anwandlungen, die er manchmal hatte, es ihnen gleichzutun, blieben in dilettantischen Versuchen stecken. Dadurch geriet er, der ohnedies jünger war, in das Verhältnis eines Schülers oder Gehilfen zu ihnen. Er genoß ihren Schutz, sie aber hörten gerne seinen Rat. Denn Törleß' Geist war der beweglichste. Einmal auf eine Fährte gesetzt, war er im Ausdenken der winkelzügigsten Kombinationen überaus fruchtbar. Es vermochte auch keiner so genau wie er die verschiedenen, von dem Verhalten eines Menschen in einer gegebenen Lage zu erwartenden Möglichkeiten vorauszusagen. Nur wo es sich darum handelte, einen Entschluß zu fassen, von den vorhandenen psychologischen Möglichkeiten eine auf eigene Gefahr als bestimmt anzunehmen und danach zu handeln, versagte er, verlor das Interesse und hatte keine Energie. Seine Rolle als geheimer Generalstabschef machte ihm aber Spaß. Um so mehr, als sie so ziemlich das einzige war, das in seine tiefinnerliche Langweile einige Bewegung brachte.

Manchmal kam ihm aber doch zu Bewußtsein, was er durch diese innerliche Abhängigkeit einbüßte. Er fühlte, daß ihm alles, was er tat, nur ein Spiel war. Nur etwas, das ihm half, über die Zeit dieser Larvenexistenz im Institute hinwegzukommen. Ohne Bezug auf sein eigentliches Wesen, das erst dahinter, in noch unbestimmter zeitlicher Entfernung kommen werde.

Wenn er nämlich bei gewissen Gelegenheiten sah, wie sehr seine beiden Freunde diese Dinge ernstnahmen, fühlte er sein Verständnis versagen. Er hätte sich gerne über sie lustig gemacht, hatte aber doch Angst, daß hinter ihren Phantastereien mehr Wahres stecken könnte, als er einzusehen vermochte. Er fühlte sich gewissermaßen zwischen zwei Welten zerrissen: Einer solid bürgerlichen, in der schließlich doch alles geregelt und vernünftig zuging, wie er es von zu Hause her gewohnt war, und einer abenteuerlichen, voll Dunkelheit, Geheimnis, Blut und ungeahnter Überraschungen. Die eine schien dann die andere auszuschließen. Ein spöttisches Lächeln, das er gerne auf seinen Lippen festgehalten hätte, und ein Schauer, der ihm über den Rücken fuhr, kreuzten sich. Ein Flimmern der Gedanken entstand ...

Dann sehnte er sich danach, endlich etwas Bestimmtes

in sich zu fühlen; feste Bedürfnisse, die zwischen Gutem und Schlechtem, Brauchbarem und Unbrauchbarem schieden; sich wählen zu wissen, wenn auch falsch – besser doch, als überempfänglich alles in sich aufzunehmen ...

Als er in die Kammer getreten war, hatte sich diese innere Zwiespältigkeit, wie stets an diesem Orte, wieder seiner bemächtigt.

Reiting hatte unterdessen zu erzählen angefangen:

Basini war ihm Geld schuldig gewesen, hatte ihn von einem Termin zum andern vertröstet; jedesmal unter Ehrenwort. «Ich hatte ja soweit nichts dagegen», meinte Reiting, «je länger es so ging, desto mehr wurde er von mir abhängig. Ein drei- oder vierfach gebrochenes Ehrenwort ist am Ende doch keine Kleinigkeit? Aber schließlich brauchte ich mein Geld selbst. Ich machte ihn darauf aufmerksam, und er schwor hoch und heilig. Hielt natürlich wieder nicht Wort. Da erklärte ich ihm, daß ich ihn anzeigen würde. Er bat um zwei Tage Zeit, weil er eine Sendung von seinem Vormunde erwarte. Ich aber erkundigte mich einstweilen ein wenig um seine Verhältnisse. Wollte wissen, von wem er etwa noch abhängig sei; – man muß doch damit rechnen können.

Was ich erfuhr, war mir nicht gerade angenehm. Er hatte bei Dschjusch Schulden und noch bei einigen anderen. Einen Teil davon hatte er schon gezahlt, natürlich von dem Gelde, das er mir schuldig blieb. Die anderen brannten ihm unter den Nägeln. Mich ärgerte das. Hielt er mich für den Gutmütigsten? Das wäre mir kaum sympathisch gewesen. Aber ich dachte mir: «Abwarten. Es wird sich schon Gelegenheit finden, ihm solche Irrtümer auszutreiben.» Gesprächsweise hatte er mir einmal die Summe des erwarteten Betrags genannt, um mich zu beruhigen, daß diese größer sei als mein Guthaben. Ich fragte nun genau herum und brachte heraus, daß für die Gesamtsumme der Schulden der Betrag beiweitem nicht ausreiche. «Aha,» dachte ich mir, «jetzt wird er es wohl noch einmal probieren.»

Und richtig kam er ganz vertraulich zu mir und bat, weil die andern so sehr drängten, um ein wenig Nachsicht. Ich blieb aber diesmal ganz kalt. «Bettel die andern,» sagte ich ihm, «ich bin nicht gewohnt, nach ihnen zu kommen.» «Dich kenne ich besser, zu dir habe ich mehr Vertrauen», versuchte er. «Mein letztes Wort: Du bringst mir morgen das Geld oder ich lege dir meine Bedingungen auf.» «Was für Bedingungen?» erkundigte er sich. Das hättet ihr hören sollen! Als ob er bereit wäre, seine Seele zu verkaufen. «Was für Bedingungen? Oho! Du mußt mir in allem, was ich unternehme, Gefolgschaft leisten.» «Wenn es weiter nichts ist? Das tue ich gewiß, ich halte von selbst gerne zu dir.» «Oh, nicht nur wenn es *dir* Vergnügen macht; du mußt ausführen, was immer ich will, – in blindem Gehorsam!» Jetzt sah er mich so schief, halb grinsend und halb verlegen, an. Er wußte nicht, wie weit er sich einlassen könne, wie weit es mir Ernst sei. Er hätte mir wahrscheinlich gerne alles versprochen, aber er mußte wohl fürchten, daß ich ihn nur auf die Probe stelle. Schließlich sagte er daher und wurde rot: «Ich werde dir das Geld bringen.» Mir machte er Spaß, das war so ein Mensch, den ich bisher unter den funfzig anderen gar nicht beachtet hatte. Er zählte doch nie mit, nicht? Und nun war er mir plötzlich so ganz nahe getreten, daß ich ihn bis ins kleinste sah. Ich wußte gewiß, daß der bereit sei, sich zu verkaufen; ohne viel Aufhebens, wenn nur niemand darum wußte. Es war wirklich eine Überraschung, und es gibt gar nichts Schöneres, als wenn einem ein Mensch plötzlich auf solche Weise offenbar wird, seine bisher unbeachtete Art zu leben plötzlich vor einem liegt wie die Gänge eines Wurms, wenn das Holz entzwei springt ....

Am nächsten Tage brachte er mir richtig das Geld. Ja mehr als das, er lud mich ein, mit ihm im Kasino etwas zu trinken. Er bestellte Wein, Torte, Zigaretten und bat mich, mir aufwarten zu dürfen – aus «Dankbarkeit», weil ich so geduldig gewesen sei. Mir war nur unangenehm, daß er dabei so furchtbar harmlos tat. So als ob nie zwischen uns ein verletzendes Wort gefallen wäre. Ich deutete darauf hin; er wurde nur noch herzlicher. Es war so, als ob er sich mir entwinden, sich mir wieder gleichsetzen wollte. Er machte sich von nichts mehr wissen, mit jedem zweiten Worte drängte er mir eine Beteuerung seiner Freundschaft auf; nur in seinen Augen war etwas, das sich an mich klammerte, als ob er sich fürchte, das künstlich geschaffene Gefühl der Nähe wieder zu verlieren. Schließlich wurde er mir zuwider. Ich dachte: «glaubt er denn, ich müsse mir das gefallen lassen?» und sann nach, wie ich ihm eins moralisch vor den Kopf geben könnte. Nach etwas recht Verletzendem suchte ich. Dabei fiel mir ein, daß mir Beineberg am Morgen erzählt hatte, ihm sei Geld gestohlen worden. Ganz nebenbei fiel es mir ein. Aber es kehrte wieder. Und es schnürte mir förmlich den Hals zusammen. ‹Es käme doch wunderbar gelegen›, dachte ich mir und fragte ihn beiläufig, wieviel Geld er denn noch besitze. Die Rechnung, die ich daraufhin anstellte, stimmte. «Wer war denn so dumm, dir trotz allem noch Geld zu borgen?» fragte ich lachend. «Hofmeier.»

Ich glaube, ich zitterte vor Freude. Hofmeier war nämlich zwei Stunden vorher bei mir gewesen, um sich selbst etwas Geld zu entleihen. So war das, was mir vor ein paar Minuten durch den Kopf gefahren war, plötzlich Wirklichkeit geworden. Nicht anders, als wenn du zufällig, scherzend denkst: Dieses Haus sollte jetzt brennen, und im nächsten Augenblick schießt das Feuer schon meterhoch empor ....

Ich überschlug rasch noch einmal alle Möglichkeiten; freilich, Gewißheit war ja nicht zu gewinnen, aber mein Gefühl genügte mir. So neigte ich mich denn zu ihm hin und sagte in wirklich liebenswürdigster Weise, so als ob ich ihm ganz sanft ein schlankes, spitzes Stäbchen ins Gehirn hineintriebe: «Schau doch, lieber Basini, warum willst du mich anlügen?» Wie ich das sagte, schienen seine Augen ängstlich im Kopfe zu schwimmen, ich aber fuhr fort: «Du kannst ja vielleicht bald jemandem etwas vormachen, aber gerade ich bin nicht der Richtige. Du weißt doch, Beineberg ....» Er wurde nicht rot und nicht bleich, es schien, als warte er auf Lösung eines Mißverständnisses. «Na, um es kurz zu machen,» sagte ich da, «das Geld, wovon du mir deine Schuld bezahltest, hast du heute nacht aus Beinebergs Schublade genommen!»

Ich lehnte mich zurück, um den Eindruck zu beobachten. Er war kirschrot geworden; die Worte, an denen er würgte, trieben ihm den Speichel auf die Lippen; endlich vermochte er zu sprechen. Es war ein ganzer Guß von Beschuldigungen gegen mich: wie ich mich unterstehen könne, so etwas zu behaupten; was denn eine solche schimpfliche Vermutung auch nur im entferntesten rechtfertige; daß ich nur Streit mit ihm suche, weil er der Schwächere sei; daß ich es nur aus Ärger tue, weil er nach Zahlung seiner Schulden von mir erlöst sei; daß er aber die Klasse anrufen werde, ... den Präfekten, ... den Direktor; daß Gott seine Unschuld bezeugen möge, und so weiter ins Unendliche. Mir wurde wirklich schon bange, daß ich ihm unrecht getan und ihn unnötig verletzt habe, so hübsch stand ihm die Röte im Gesicht; ... wie ein gequältes, wehrloses, kleines Tierchen sah er aus. Aber es litt mich doch nicht, so ohne weiteres beizugeben. So hielt ich denn ein spöttisches Lächeln fest, – eigentlich fast nur aus Verlegenheit, – mit dem ich alle seine Reden anhörte. Hie und da nickte ich dazu und sagte ruhig: «Aber ich weiß es doch.»

Nach einer Weile wurde auch er ruhig. Ich lächelte weiter. Ich hatte ein Gefühl, als ob ich ihn durch dieses Lächeln allein zum Diebe machen könnte, selbst wenn er es noch nicht gewesen wäre. «Und zum Gutmachen», dachte ich mir, «ist auch später immer noch Zeit.»

Wieder nach einer Weile, während deren er mich von Zeit zu Zeit heimlich angesehen hatte, wurde er plötzlich bleich. Eine merkwürdige Veränderung ging mit seinem Gesichte vor. Die förmlich unschuldige Anmut, die es vorher verschönt hatte, schwand; wie es schien, mit der Farbe. Es sah nun grünlich aus, käsig, verquollen. Ich hatte so etwas vorher nur ein einziges Mal gesehen, – als ich auf der Straße hinzukam, wie man einen Mörder arretierte. Der war auch unter den anderen Leuten umhergegangen, ohne daß man ihm das geringste hätte anmerken können. Als ihm aber der Schutzmann die Hand auf die Schulter legte, war er plötzlich ein anderer Mensch geworden. Sein Gesicht hatte sich verwandelt, und seine Augen starrten erschrocken und nach einem Ausweg suchend aus einer wahren Galgenphysiognomie.

Daran wurde ich durch den Wechsel in Basinis Ausdruck erinnert; ich wußte nun alles und wartete nur noch ....

Und es kam auch so. Ohne daß ich etwas gesagt hätte, fing Basini – von dem Schweigen erschöpft – zu weinen an und bat mich um Gnade. Er habe das Geld ja nur in der Not genommen; wenn ich nicht daraufgekommen wäre, hätte er es so bald wieder zurückgegeben, daß niemand darum gewußt hätte. Ich solle doch nicht sagen, er habe gestohlen; er habe es sich ja nur heimlich ausgeliehen ...; weiter kam er nicht vor Tränen.

Danach aber bettelte er mich von neuem. Er wolle mir

gehorsam sein, alles tun, was überhaupt ich wünsche, nur solle ich niemandem davon erzählen. Um diesen Preis bot er sich mir förmlich zum Sklaven an, und die Mischung von List und gieriger Angst, die sich dabei in seinen Augen krümmte, war widerwärtig. Ich versprach ihm daher auch nur kurz, mir noch überlegen zu wollen, was mit ihm geschehen werde, sagte aber, daß dies in erster Linie Beinebergs Sache sei. «Was sollen wir nun eurer Meinung nach mit ihm anfangen?»

Während Reiting erzählte, hatte Törleß wortlos, mit geschlossenen Augen zugehört. Von Zeit zu Zeit war ihm ein Frösteln bis in die Fingerspitzen gelaufen, und in seinem Kopfe stießen die Gedanken wild und ungeordnet in die Höhe wie Blasen in siedendem Wasser. Man sagt, daß es so dem ergehe, der zum ersten Male das Weib sehe, welches bestimmt ist, ihn in eine vernichtende Leidenschaft zu verwickeln. Man behauptet, daß es einen solchen Augenblick des Sichbückens, Kräfteheraufholens, Atemanhaltens, einen Augenblick äußeren Schweigens über gespanntester Innerlichkeit zwischen zwei Menschen gebe. Keinesfalls ist zu sagen, was in diesem Augenblicke vorgeht. Er ist gleichsam der Schatten, den die Leidenschaft vorauswirft. Ein organischer Schatten; eine Lockerung aller früheren Spannungen und zugleich ein Zustand plötzlicher, neuer Gebundenheit, in dem schon die ganze Zukunft enthalten ist; eine auf die Schärfe eines Nadelstichs konzentrierte Inkubation .... Und er ist andrerseits ein Nichts, ein dumpfes, unbestimmtes Gefühl, eine Schwäche, eine Angst ....

So fühlte es Törleß. Was Reiting von sich und Basini erzählte, schien ihm, wenn er sich darüber befragte, ohne Belang zu sein. Ein leichtsinniges Vergehen und eine feige Schlechtigkeit von seiten Basinis, worauf nun sicher irgendeine grausame Laune Reitings folgen werde. Andrerseits aber fühlte er wie in einer bangen Ahnung, daß die Ereignisse nun eine ganz persönliche Wendung gegen ihn genommen hatten, und in dem Zwischenfalle lag etwas, das ihn wie mit einer scharfen Spitze bedrohte.

Er mußte sich Basini bei Božena vorstellen, und er sah in der Kammer umher. Ihre Wände schienen ihm zu drohen, sich auf ihn zu senken, wie mit blutigen Händen nach ihm zu greifen, der Revolver rückte auf seinem Platze hin und her ....

Da war nun etwas zum ersten Male wie ein Stein in die unbestimmte Einsamkeit seiner Träumereien gefallen; es war da; da ließ sich nichts machen; es war Wirklichkeit. Gestern war Basini noch genau so wie er selbst gewesen; eine Falltüre hatte sich geöffnet, und Basini war gestürzt. Genau so, wie es Reiting schilderte: eine plötzliche Veränderung, und der Mensch hat gewechselt ....

Und wieder verknüpfte sich das irgendwie mit Božena. Seine Gedanken hatten Blasphemie getrieben. Ein fauler, süßer Geruch, der aus ihnen aufgestiegen war, hatte ihn verwirrt. Und diese tiefe Erniedrigung, diese Selbstaufgabe, dieses von den schweren, blassen, giftigen Blättern der Schande Bedecktwerden, das wie ein unkörperliches, fernes Spiegelbild durch seine Träume gezogen war, war nun plötzlich mit Basini – geschehen.

Es war also etwas, womit man wirklich rechnen muß, vor dem man sich hüten muß, das plötzlich aus den schweigsamen Spiegeln der Gedanken hervorspringen kann? ...

Dann war aber auch alles andere möglich. Dann waren Reiting und Beineberg möglich. War diese Kammer möglich .... Dann war es auch möglich, daß von der hellen, täglichen Welt, die er bisher allein gekannt hatte, ein Tor zu einer anderen, dumpfen, brandenden, leidenschaftlichen, nackten, vernichtenden führe. Daß zwischen jenen

Menschen, deren Leben sich wie in einem durchsichtigen und festen Bau von Glas und Eisen geregelt zwischen Bureau und Familie bewegt, und anderen, Herabgestoßenen, Blutigen, ausschweifend Schmutzigen, in verwirrten Gängen voll brüllender Stimmen Irrenden, nicht nur ein Übergang besteht, sondern ihre Grenzen heimlich und nahe und jeden Augenblick überschreitbar aneinanderstoßen ....

Und die Frage bliebe nur: wie ist es möglich? Was geschieht in solchem Augenblicke? Was schießt da schreiend in die Höhe und was verlischt plötzlich? ...

Das waren die Fragen, die für Törleß mit diesem Ereignisse heraufstiegen. Sie stiegen undeutlich herauf, mit verschlossenen Lippen, von einem dumpfen, unbestimmten Gefühl ... einer Schwäche, einer Angst verhüllt.

Aber doch klang wie von ferne, abgerissen und vereinzelt, manches ihrer Worte in Törleß auf und erfüllte ihn mit banger Erwartung.

In diesen Augenblick fiel Reitings Anfrage.

Törleß begann sofort zu sprechen. Er gehorchte dabei einem plötzlichen Antriebe, einer Bestürzung. Es schien ihm, daß irgend etwas Entscheidendes bevorstehe, und er erschrak vor diesem Heranrückenden, wollte ausweichen, eine Frist gewinnen .... Er sprach, aber im selben Augenblicke fühlte er, daß er nur Uneigentliches vorzubringen habe, daß seine Worte ohne inneren Rückhalt seien und gar nicht seine wirkliche Meinung ....

Er sagte: «Basini ist ein Dieb.» Und der bestimmte, harte Klang dieses Wortes tat ihm so wohl, daß er zweimal wiederholte. «... ein Dieb. Und einen solchen bestraft man – überall, in der ganzen Welt. Er muß angezeigt, aus dem Institute entfernt werden! Mag er sich draußen bessern, zu uns paßt er nicht mehr!»

Aber Reiting sagte mit einem Ausdrucke unangenehmen Betroffenseins: «Nein, wozu es gleich zum Äußersten treiben?»

«Wozu? Ja, findest du denn das nicht selbstverständlich?»

«Durchaus nicht. Du machst ja gerade so, als ob der Schwefelregen schon vor der Tür stünde, um uns alle zu vernichten, wenn wir Basini noch länger unter uns behielten. Dabei ist die Sache doch nicht gar so fürchterlich.»

«Wie kannst du das sagen! Du willst also mit einem Menschen, der gestohlen hat, der sich dir dann zur Magd, zum Sklaven angeboten hat, tagtäglich weiter zusammen sitzen, zusammen essen, zusammen schlafen?! Ich verstehe das gar nicht. Wir werden doch gemeinsam erzogen, weil wir gemeinsam zur selben Gesellschaft gehören. Wird es dir gleich sein, wenn du seinerzeit vielleicht im selben Regiment mit ihm stehst oder im selben Ministerium arbeitest, wenn er in denselben Familien verkehrt wie du, – vielleicht deiner eigenen Schwester den Hof macht ...?»

«Nun seh einer, ob du nicht übertreibst?!» lachte Reiting, «du tust, als ob wir einer Brüderschaft fürs Leben angehörten! Glaubst du denn, daß wir immer ein Siegel an uns herumtragen werden: Stammt aus dem Konvikte zu W. Ist mit besonderen Vorrechten und Verpflichtungen behaftet? Später geht ja doch jeder von uns seinen eigenen Weg, und jeder wird das, wozu er berechtigt ist, denn es gibt nicht nur eine Gesellschaft. Ich meine daher, wir brauchen uns nicht über die Zukunft den Kopf zu zerbrechen. Und was das Gegenwärtige betrifft, habe ich ja nicht gesagt, daß wir mit Basini Kameradschaft halten sollen. Es wird sich schon irgendwie so finden lassen, daß die Distanz gewahrt bleibt. Basini ist in unserer Hand, wir können mit ihm machen, was wir wollen, meinetwegen kannst du ihn zweimal täglich anspucken: wo bleibt da, solange er es sich gefallen läßt, die Gemeinsamkeit? Und lehnt er sich auf, können wir ihm immer noch den Herrn zeigen .... Du mußt nur die Idee fallen lassen, daß zwischen uns und Basini irgendeine andere Zusammengehörigkeit bestehe, als die, daß uns seine Gemeinheit Vergnügen bereitet!»

Obgleich Törleß gar nicht von seiner Sache überzeugt war, ereiferte er sich weiter: «Höre, Reiting, warum nimmst du dich Basinis so warm an?»

«Nehme ich mich seiner an? Das weiß ich gar nicht. Überhaupt habe ich gewiß keinen besonderen Grund; mir ist die ganze Geschichte grenzenlos gleichgültig. Mich ärgert ja nur, daß du übertreibst. Was steckt dir im Kopfe? So eine Art Idealismus, meine ich. Heilige Begeisterung für das Institut oder für die Gerechtigkeit. Du hast keine Ahnung, wie fad und musterhaft das klingt. Oder hast du am Ende», und Reiting blinzelte verdächtigend zu Törleß hinüber, «irgendeinen anderen Grund, weswegen Basini hinausfliegen soll, und willst bloß nicht Farbe bekennen? Irgendeine alte Rache? Dann sag es doch! Denn, wenn es dafür steht, können wir ja wirklich die günstige Gelegenheit benützen.»

Törleß wandte sich an Beineberg. Aber dieser grinste nur. Er sog zwischen dem Sprechen an einem langen Tschibuk, saß mit orientalisch gekreuzten Beinen und sah mit seinen abstehenden Ohren in der zweifelhaften Beleuchtung wie ein groteskes Götzenbild aus. «Meinetwegen könnt ihr machen, was ihr wollt; mir ist es nicht um das Geld zu tun und um die Gerechtigkeit auch nicht. In Indien würde man ihm einen gespitzten Bambus durch den Darm treiben; das wäre wenigstens ein Vergnügen. Er ist dumm und feig, da ist es weiter nicht schade um ihn, und es war mir wirklich Zeit meines Lebens höchst egal, was mit solchen Leuten geschieht. Sie selbst sind nichts, und was aus ihrer Seele noch werden mag, wissen wir nicht. Allah schenke eurem Urteil seine Gnade!»

Törleß erwiderte nichts. Nachdem ihm Reiting widersprochen und Beineberg die Entscheidung zwischen ihnen unbeeinflußt gelassen hatte, war er am Ende. Er vermochte keinen Widerstand mehr entgegenzusetzen; er fühlte, daß er gar kein Verlangen mehr habe, das Ungewisse, Kommende aufzuhalten.

Also wurde ein Vorschlag angenommen, den Reiting nun machte. Es wurde beschlossen, Basini vorderhand unter Aufsicht, gewissermaßen unter Kuratel zu stellen und ihm so Gelegenheit zu bieten, daß er sich wieder herausarbeiten könne. Seine Einnahmen und Ausgaben sollten von nun an strenge geprüft werden und seine Beziehungen zu den übrigen von der Erlaubnis der drei abhängen.

Dieser Beschluß war scheinbar sehr korrekt und wohlwollend. «Musterhaft fad», wie Reiting diesmal *nicht* sagte. Denn, ohne daß sie es sich eingestanden, fühlte jeder, daß hier nur eine Art Zwischenzustand geschaffen werden sollte. Reiting hätte ungerne auf eine Fortsetzung dieser Angelegenheit verzichtet, da sie ihm Vergnügen bereitete, aber andererseits war er sich noch nicht klar, welche Wendung er ihr weiter geben sollte. Und Törleß war durch den bloßen Gedanken, daß er nun täglich mit Basini zu tun haben werde, wie gelähmt.

Als er vorhin das Wort «Dieb» ausgesprochen hatte, war ihm für einen Augenblick leichter geworden. Es war wie ein Hinausstellen, Vonsichwegschieben der Dinge gewesen, die in ihm wühlten.

Aber die Fragen, die gleich darauf wieder auftauchten, vermochte dieses einfache Wort nicht zu lösen. Sie waren jetzt deutlicher geworden, wo es nicht mehr galt ihnen auszuweichen.

Törleß sah von Reiting zu Beineberg, schloß die Augen,

wiederholte sich den gefaßten Beschluß, sah wieder auf .... Er wußte ja selbst nicht mehr, war es nur seine Phantasie, die sich wie ein riesiges Zerrglas über die Dinge legte, oder war es wahr, war alles so, wie es unheimlich vor ihm aufdämmerte? Und wußten nur Beineberg und Reiting nichts von diesen Fragen? Obwohl gerade sie sich von Anfang an heimisch in dieser Welt bewegt hatten, die ihm nun auf einmal erst so fremd erschien?

Törleß fürchtete sich vor ihnen. Aber er fürchtete sich nur so, wie man sich vor einem Riesen fürchtet, den man blind und dumm weiß ....

Eines aber war entschieden: Er war jetzt viel weiter als vor einer Viertelstunde noch. Die Möglichkeit einer Umkehr war vorüber. Eine leise Neugierde stieg auf, wie es nun wohl kommen werde, da er gegen seinen Willen festgehalten sei. Alles, was sich in ihm regte, lag noch im Dunkeln, aber doch spürte er schon eine Lust, in die Gebilde dieser Finsternis hineinzustarren, welche die anderen nicht bemerkten. Ein feines Frösteln war in diese Lust gemengt. Als ob über seinem Leben nun beständig ein grauer, verhängter Himmel stehen werde – mit großen Wolken, ungeheuren, wechselnden Gestalten und der immer neuen Frage: Sind es Ungeheuer? Sind es nur Wolken?

Und diese Frage nur für ihn! Als Geheimes, den anderen Fremdes, Verbotenes ....

So begann Basini sich zum ersten Male jener Bedeutung zu nähern, die er späterhin in Törleß' Leben einnehmen sollte.

Am nächsten Tage wurde Basini unter Kuratel gesetzt.

Nicht ganz ohne einige Feierlichkeit. Man benützte eine Morgenstunde, während welcher man sich den Freiübungen, die auf einer großen Wiese im Parke stattfanden, entzogen hatte.

Reiting hielt eine Art Ansprache. Nicht gerade kurz. Er wies Basini darauf hin, daß er seine Existenz verscherzt habe, eigentlich angezeigt werden müßte und es nur einer besonderen Gnade zu danken habe, daß man ihm vorläufig die Schande einer strafweisen Entfernung noch erlasse.

Dann wurden ihm die besonderen Bedingungen mitgeteilt. Die Überwachung ihrer Einhaltung übernahm Reiting.

Basini war während des ganzen Auftrittes sehr bleich gewesen, hatte jedoch kein Wort erwidert, und aus seinem Gesichte war nicht zu entnehmen gewesen, was währenddem in ihm vorgegangen war.

Törleß war die Szene abwechselnd sehr geschmacklos und sehr bedeutend vorgekommen.

Beineberg hatte mehr auf Reiting als auf Basini geachtet.

Während der nächsten Tage schien die Angelegenheit beinahe vergessen zu sein. Reiting war außer im Unterrichte und beim Speisen kaum zu sehen, Beineberg war schweigsamer denn je, und Törleß schob es immer wieder hinaus, über die Geschichte nachzudenken.

Basini bewegte sich unter den Kameraden, als wäre niemals etwas vorgefallen.

Er war etwas größer als Törleß, jedoch sehr schwächlich gebaut, hatte weiche, träge Bewegungen und weibische Gesichtszüge. Sein Verstand war gering, im Fechten und Turnen war er einer der letzten, doch war ihm eine angenehme Art koketter Liebenswürdigkeit eigen.

Zu Božena war er seinerzeit nur gekommen, um den

Mann zu spielen. Eine wirkliche Begierde dürfte ihm bei seiner zurückgebliebenen Entwicklung durchaus noch fremd gewesen sein. Er empfand es vielmehr bloß als Nötigung, als Angemessenheit oder Verpflichtung, daß man den Duft galanter Erlebnisse an ihm nicht vermisse. Sein schönster Augenblick war der, wenn er von Božena wegging und es hinter sich hatte, denn es war ihm nur um den Besitz der Erinnerung zu tun.

Mitunter log er auch aus Eitelkeit. So kam er nach jedem Urlaube mit Andenken an kleine Abenteuer zurück, – Bändern, Locken, schmalen Briefchen. Als er aber einmal ein Strumpfband in seinem Koffer mitgebracht hatte, ein liebes, kleines, duftendes, himmelblaues, und nachträglich sich herausstellte, daß es von niemand anderem als seiner eigenen zwölfjährigen Schwester war, wurde er wegen dieses lächerlichen Großtuns viel verlacht.

Die moralische Minderwertigkeit, die sich an ihm herausstellte, und seine Dummheit wuchsen auf einem Stamm. Er vermochte keiner Eingebung Widerstand entgegenzusetzen und wurde von den Folgen stets überrascht. Er war darin wie jene Frauen mit niedlichen Löckchen über der Stirne, die ihrem Gatten in mahlzeitweisen Dosen Gift beibringen und sich dann voller Schrecken über die fremden, harten Worte des Staatsanwaltes wundern und über ihr Todesurteil.

Törleß wich ihm aus. Dadurch verlor sich allmählich auch jenes tiefinnerliche Erschrecken, das ihn im ersten Augenblicke gleichsam unter den Wurzeln seiner Gedanken gepackt und erschüttert hatte. Es wurde wieder vernünftig um Törleß; das Befremden wich und wurde Tag um Tag unwirklicher, wie Spuren eines Traumes, die sich in der realen, festen, sonnenbeschienenen Welt nicht behaupten können.

Um sich dieses Zustandes noch mehr zu versichern, teilte er alles in einem Briefe seinen Eltern mit. Nur das, was er selbst dabei empfunden hatte, verschwieg er.

Er war nun wieder auf den Standpunkt gelangt, daß es doch am besten sei, bei nächster Gelegenheit Basinis Entfernung aus dem Institute durchzusetzen. Er vermochte sich gar nicht vorzustellen, daß seine Eltern anders darüber denken könnten. Er erwartete von ihnen eine strenge, angewiderte Beurteilung Basinis, eine Art, denselben mit den Fingerspitzen wegzuschnellen wie ein unsauberes Insekt, das man in der Nähe ihres Sohnes nicht dulden dürfe.

Nichts von alledem stand in dem Briefe, den er als Antwort erhielt. Seine Eltern hatten sich rechtschaffene Mühe gegeben und wie vernünftige Leute alle Umstände erwogen, soweit sie sich eben nach den abgerissenen, lückenhaften Mitteilungen jenes hastigen Briefes eine Vorstellung davon machen konnten. Es folgte daraus, daß sie die nachsichtigste und zurückhaltendste Beurteilung bevorzugten, um so mehr als sie in der Darstellung ihres Sohnes möglicherweise mit mancher aus jugendlicher Empörung hervorgegangenen Übertreibung zu rechnen hatten. Sie billigten also den Entschluß, Basini Gelegenheit zur Besserung zu geben, und meinten, daß man nicht gleich wegen eines kleinen Fehltrittes ein Menschenschicksal aus seiner Bahn stoßen dürfe. Um so mehr – und das betonten sie wie billig ganz besonders – als man es hier noch nicht mit fertigen Menschen zu tun habe, sondern erst mit weichen, in der Entwicklung begriffenen Charakteren. Man müsse Basini gegenüber wohl für jeden Fall Ernst und Strenge herauskehren, stets aber auch ihm mit Wohlwollen entgegentreten und ihn zu bessern suchen.

Dies erhärteten sie durch eine ganze Reihe von Beispielen, die Törleß wohlbekannt waren. Denn er erinnerte sich genau, daß viele in den ersten Jahrgängen, wo es die Direktion noch liebte, drakonische Sitten herauszukehren, und dem Taschengelde enge Grenzen zog, sich oft nicht enthalten konnten, Glücklichere von den gefräßigen Kleinen, die sie alle miteinander nun einmal waren, um einen Teil ihres Schinkenbrotes oder dergleichen zu betteln. Auch er selbst war nicht immer frei davon geblieben, wenn er auch seine Scham dahinter versteckte, daß er auf die boshafte, übelwollende Direktion schimpfte. Und nicht nur den Jahren, sondern auch den sowohl ernsten als gütigen Ermahnungen seiner Eltern dankte er es, daß er allmählich gelernt hatte, solche Schwächen mit Stolz zu vermeiden.

Aber all das verfehlte heute seine Wirkung.

Er mußte ja einsehen, daß seine Eltern in vieler Beziehung recht hatten, auch wußte er, daß es kaum möglich sei, so von fernher ganz richtig zu urteilen; ihrem Briefe schien jedoch etwas viel Wichtigeres zu fehlen.

Das war das Verständnis dafür, daß da etwas Unwiderrufliches geschehen sei, etwas, das unter Menschen eines gewissen Kreises nie geschehen dürfe. Das Staunen und die Betroffenheit fehlten. Sie sprachen, als ob es eine gewohnte Sache wäre, die man mit Takt, aber ohne viel Aufhebens erledigen müsse. Ein Makel, der so wenig schön, aber so unausweichlich ist wie die tägliche Notdurft. Von einer persönlicheren, beunruhigten Auffassung so wenig eine Spur wie bei Beineberg und Reiting.

Törleß hätte sich auch dies gesagt sein lassen können. Statt dessen zerriß er aber den Brief in kleine Stückchen und verbrannte ihn. Es geschah zum erstenmal in seinem Leben, daß er sich eine solche Pietätlosigkeit zuschulden kommen ließ.

In ihm war eine der beabsichtigten entgegengesetzte Wirkung ausgelöst worden. Im Gegensatze zu der schlichten Auffassung, die man ihm vortrug, war ihm mit einem Male wieder das Problematische, Fragwürdige von Basinis Vergehen eingefallen. Er sagte sich kopfschüttelnd, daß man darüber noch nachdenken müsse, obwohl er sich über das Warum keine genaue Rechenschaft geben konnte ....

Am merkwürdigsten war es, wenn er mehr mit Träumen als mit Überlegungen dem nachging. Dann erschien ihm Basini verständlich, alltäglich, mit klaren Konturen, so wie ihn seine Eltern und seine Freunde sehen mochten: und im nächsten Augenblicke verschwand er und kam wieder, immer wieder, als eine kleine, ganz kleine Figur, die zeitweilig vor einem tiefen, sehr tiefen Hintergrunde aufleuchtete ....

Da wurde Törleß einmal während der Nacht – es war sehr spät und alle schliefen schon – wachgerüttelt.

An seinem Bette saß Beineberg. Das war so ungewöhnlich, daß er sofort ahnte, es müsse sich um etwas Besonderes handeln.

«Steh auf. Aber mach keinen Lärm, damit uns niemand bemerkt; wir wollen hinaufgehen, ich muß dir etwas erzählen.»

Törleß kleidete sich flüchtig an, nahm seinen Mantel um und schlüpfte in die Hausschuhe ....

Oben stellte Beineberg mit besonderer Sorgfalt alle Hindernisse wieder her, dann bereitete er Tee.

Törleß, welchem der Schlaf noch in den Gliedern lag, ließ sich von der goldgelben, duftenden Wärme mit Behagen durchströmen. Er lehnte sich in eine Ecke und machte sich klein; er erwartete eine Überraschung.

Endlich sagte Beineberg: «Reiting betrügt uns.»

Törleß fühlte sich gar nicht erstaunt; er nahm es wie etwas Selbstverständliches auf, daß die Angelegenheit irgendeine solche Fortsetzung finden mußte; ihm war fast, als hätte er nur darauf gewartet. Ganz unwillkürlich sagte er: «Ich habe es mir gedacht!»

«So? Gedacht? Aber bemerkt wirst du wohl kaum etwas haben? Das würde dir gar nicht ähnlich sehen.»

«Allerdings, mir ist nichts aufgefallen; ich habe mich auch weiter nicht darum gekümmert.»

«Aber dafür habe ich gut achtgegeben; ich traute Reiting vom ersten Tage an nicht. Du weißt doch, daß mir Basini mein Geld zurückgegeben hat. Und wovon glaubst du? Aus eigenem? – Nein.»

«Und du glaubst, daß Reiting seine Hand dabei im Spiele hat?»

«Gewiß.»

Im ersten Augenblicke dachte Törleß nichts anderes, als daß sich nun auch Reiting in eine solche Sache verwickelt habe.

«Du glaubst also, daß Reiting ebenso wie Basini …?»

«Wo denkst du hin! Reiting hat einfach von seinem eigenen Gelde das Nötige gegeben, damit Basini seine Schuld bei mir ablösen könne.»

«Dafür sehe ich aber doch keinen rechten Grund.»

«Das konnte ich auch durch lange Zeit nicht. Jedenfalls wird aber auch dir aufgefallen sein, daß sich Reiting von allem Anfang an so kräftig für Basini einsetzte. Du hast ja damals ganz recht gehabt; es wäre wirklich das natürlichste gewesen, wenn der Kerl hinausgeflogen wäre. Aber ich habe damals absichtlich nicht für dich gestimmt, weil ich mir dachte: ich muß doch sehen, was da alles noch mit im Spiele ist. Ich weiß zwar wirklich nicht genau, ob er damals schon ganz klare Absichten hatte oder nur zuwarten wollte, nachdem er Basinis ein für allemal versichert war. Jedenfalls weiß ich, wie es heute steht.»

«Nun?»

«Warte, das ist nicht so rasch erzählt. Du kennst doch die Geschichte, die vor vier Jahren im Institute stattgefunden hat?»

«Welche Geschichte?»

«Nun, die gewisse!»

«Nur beiläufig. Ich weiß bloß, daß es damals wegen irgendwelcher Schweinereien einen großen Skandal gegeben hat und daß eine ganze Anzahl deswegen strafweise entlassen werden mußte.»

«Ja, das meine ich. Ich habe näheres darüber einmal auf Urlaub von einem aus jener Klasse erfahren. Sie haben einen hübschen Burschen unter sich gehabt, in den viele von ihnen verliebt waren. Das kennst du ja, denn das kommt alle Jahre vor. Die aber haben damals die Sache zu weit getrieben.»

«Wieso?»

«Nun, ... wie ...?! Frag doch nicht so dumm! Und dasselbe tut Reiting mit Basini!»

Törleß verstand, worum es sich zwischen den beiden handelte, und er fühlte in seiner Kehle ein Würgen, als ob Sand darinnen wäre.

«Das hätte ich nicht von Reiting gedacht.» Er wußte nichts Besseres zu sagen. Beineberg zuckte die Achseln.

«Er glaubt uns betrügen zu können.»

«Ist er verliebt?»

«Gar keine Spur. So ein Narr ist er nicht. Es unterhält ihn, höchstens reizt es ihn sinnlich.»

«Und Basini?»

«Der? ... Ist dir nicht aufgefallen, wie frech er in der letzten Zeit geworden ist? Von mir hat er sich kaum mehr etwas sagen lassen. Immer hieß es nur Reiting und wieder Reiting, – als ob der sein persönlicher Schutzheiliger wäre. Es ist besser, hat er sich wahrscheinlich gedacht, von dem einen sich alles gefallen zu lassen als von jedem etwas. Und Reiting wird ihm versprochen haben, ihn zu schützen, wenn er ihm in allem zu Willen ist. Aber sie sollen sich geirrt haben, und ich werde es Basini noch austreiben!»

«Wie bist du darauf gekommen?»

«Ich bin ihnen einmal nachgegangen.»

«Wohin?»

«Da nebenan auf den Boden. Reiting hatte von mir den Schlüssel zum andern Eingang. Ich bin dann hieher, habe vorsichtig das Loch freigemacht und mich an sie herangeschlichen.»

In die dünne Zwischenwand, welche die Kammer vom Dachboden trennte, war nämlich ein Durchlaß gebrochen, gerade so breit, daß sich ein menschlicher Körper hindurchzwängen konnte. Er sollte im Falle einer Überraschung als Notausgang dienen und war für gewöhnlich durch eingeschobene Ziegel verschlossen.

Es war eine lange Pause eingetreten, in der man nur das Aufglimmen des Tabaks vernahm.

Törleß vermochte nichts zu denken; er sah .... Er sah hinter seinen geschlossenen Augen wie mit einem Schlage ein tolles Wirbeln von Vorgängen, ... Menschen; Menschen in einer grellen Beleuchtung, mit hellen Lichtern und beweglichen, tief eingegrabenen Schatten; Gesichter, ... ein Gesicht; ein Lächeln, ... einen Augenaufschlag, ein Zittern der Haut; er sah Menschen in einer Weise, wie er sie noch nie gesehen, noch nie gefühlt hatte: Aber er sah sie, ohne zu sehen, ohne Vorstellungen, ohne Bilder; so als ob nur seine Seele sie sähe; sie waren so deutlich, daß er von ihrer Eindringlichkeit tausendfach durchbohrt wurde, aber, als ob sie an einer Schwelle Halt machten, die sie nicht überschreiten konnten, wichen sie zurück, sobald er nach Worten suchte, um ihrer Herr zu werden.

Er mußte weiter fragen. Seine Stimme vibrierte. «Und ... hast du gesehen?»

«Ja.»

«Und ... wie war Basini?»

Aber Beineberg schwieg, und wieder hörte man nur das unruhige Knistern der Zigaretten. Erst lange nachher begann Beineberg wieder zu sprechen.

«Ich habe mir die Sache hin und her überlegt, und du weißt, daß ich darin ganz besonders denke. Was zunächst Basini anlangt, meine ich, daß es um ihn in keinem Falle schade wäre. Sei es, daß wir ihn jetzt anzeigen oder schlagen, oder ihn selbst rein des Vergnügens halber zu Tode martern würden. Denn ich kann mir nicht vorstellen, daß so ein Mensch in dem wundervollen Mechanismus der Welt irgend etwas bedeuten soll. Er erscheint mir nur zufällig, außerhalb der Reihe geschaffen zu sein. Das heißt – irgend etwas muß ja auch der bedeuten, aber sicher nur etwas so Unbestimmtes wie irgendein Wurm oder ein Stein am Wege, von dem wir nicht wissen, ob wir an ihm vorübergehen oder ihn zertreten sollen. Und das ist so gut wie nichts. Denn, wenn die Weltseele will, daß einer ihrer Teile erhalten bleibe, so spricht sie sich deutlicher aus. Sie sagt dann nein und schafft einen Widerstand, sie läßt uns an dem Wurm vorübergehen und gibt dem Stein eine so große Härte, daß wir ihn nicht ohne Werkzeug zerschlagen können. Denn bevor wir solches holen, hat sie längst die Widerstände einer Menge kleiner, zäher Bedenken eingeschoben, und überwinden wir diese, so hatte die Sache eben von vorneherein andere Bedeutung.

Bei einem Menschen legt sie diese Härte in seinen Charakter, in sein Bewußtsein als Mensch, in sein Verantwortlichkeitsgefühl, ein Teil der Weltseele zu sein. Verliert nun ein Mensch dieses Bewußtsein, so verliert er sich selbst. Hat aber ein Mensch sich selbst verloren und sich aufgegeben, so hat er das Besondere, das Eigentliche verloren, weswegen ihn die Natur als Mensch geschaffen hat. Und niemals kann man so sicher sein als in diesem Falle, daß man es mit etwas Unnotwendigem zu tun habe, mit einer leeren Form, mit etwas, das von der Weltseele schon längst verlassen wurde.»

Törleß fühlte keinen Widerspruch. Er hörte auch gar nicht mit Aufmerksamkeit zu. Er hatte bisher noch nie Veranlassung zu solchen metaphysischen Gedankengängen gehabt, und hatte auch nie darüber nachgedacht, wieso ein Mensch von Beinebergs Verstande auf derartiges verfallen könne. Die ganze Frage war überhaupt noch nicht in den Horizont seines Lebens getreten.

Demgemäß gab er sich auch gar keine Mühe, Beinebergs Ausführungen auf ihren Sinn zu prüfen; er hörte nur halb auf sie hin.

Er verstand bloß nicht, wie man so breit und weit ausholen könne. In ihm zitterte alles, und die Umsicht, mit der Beineberg seine Gedanken weiß Gott wo herholte, erschien ihm lächerlich, unangebracht, machte ihn ungeduldig. Aber Beineberg fuhr gelassen fort: «Mit Reiting jedoch steht die Sache ganz anders. Auch er hat sich durch das, was er getan hat, in meine Hand gegeben, aber sein Schicksal ist mir gewiß nicht so gleichgültig wie das Basinis. Du weißt, seine Mutter hat kein großes Vermögen; wenn er aus dem Institute ausgeschlossen wird, ist es daher für ihn mit allen Plänen zu Ende. Von hier aus kann er es zu etwas bringen, sonst aber dürfte sich wohl wenig Gelegenheit dazu finden. Und Reiting hat mich nie mögen, … verstehst du? … er hat mich gehaßt, … hat mir früher zu schaden getrachtet, wo er nur konnte, … ich glaube, er würde sich heute noch freuen, wenn er mich los werden könnte. Siehst du jetzt, was ich aus dem Besitz dieses Geheimnisses alles machen kann? …»

Törleß erschrak. Aber so sonderbar, als ob das Schicksal Reitings ihn selbst beträfe. Er blickte erschrocken auf Beineberg. Dieser hatte die Augen bis auf einen kleinen Spalt geschlossen und erschien ihm wie eine unheimliche, große, ruhig in ihrem Netze lauernde Spinne. Seine letzten Worte klangen kalt und deutlich wie die Sätze eines Diktats in Törleß' Ohren.

Er hatte das Vorangegangene nicht verfolgt, hatte nur gewußt: Beineberg spricht jetzt wieder von seinen Ideen, die doch mit dem Gegebenen gar nichts zu tun haben, ... und nun wußte er auf einmal nicht, wie es gekommen war.

Das Gewebe, das doch irgendwo draußen im Abstrakten angeknüpft worden war, wie er sich erinnerte, mußte sich mit fabelhafter Geschwindigkeit plötzlich zusammengezogen haben. Denn mit einem Male war es nun konkret, wirklich, lebendig, und ein Kopf zappelte darin ... mit zugeschnürtem Halse.

Er liebte Reiting durchaus nicht, aber er erinnerte sich jetzt seiner liebenswürdigen, frechen, unbekümmerten Art, mit der er alle Intrigen anfaßte, und Beineberg erschien ihm dagegen schändlich, wie er ruhig und grinsend seine vielarmigen, grauen, abscheulichen Gedankengespinste um jenen zusammenzog.

Unwillkürlich fuhr ihn Törleß an: «Du darfst es nicht gegen ihn ausnützen.» Es mochte wohl auch sein steter, heimlicher Widerwille gegen Beineberg mit im Spiele gewesen sein.

Aber Beineberg sagte von selbst, nach kurzem Besinnen: «Wozu auch?! Um ihn wäre wirklich schade. Mir ist er von jetzt an ohnedies ungefährlich, und er ist doch zu viel wert, um ihn über eine solche Dummheit stolpern zu lassen.» Damit war dieser Teil der Angelegenheit erledigt. Aber Beineberg sprach weiter und wandte sich nun wieder Basinis Schicksal zu.

«Meinst du noch immer, daß wir Basini anzeigen sollen?» Aber Törleß gab keine Antwort. Er wollte Beineberg sprechen hören, dessen Worte klangen ihm wie das Hallen von Schritten auf hohlem, untergrabenem Erdreich, und er wollte diesen Zustand auskosten.

Beineberg verfolgte seine Gedanken weiter. «Ich denke, wir behalten ihn vorderhand für uns und strafen ihn selbst. Denn bestraft muß er werden – allein schon wegen seiner Anmaßung. Die vom Institute würden ihn höchstens entlassen und seinem Onkel einen langen Brief dazu schreiben; – du weißt ja beiläufig, wie geschäftsmäßig das geht. Eure Exzellenz, Ihr Neffe hat sich vergessen ... irregeleitet ... geben ihn Ihnen zurück ... hoffen, daß es Ihnen gelingen wird ... Weg der Besserung ... einstweilen jedoch unter den anderen unmöglich ... usw. Hat denn so ein Fall ein Interesse oder einen Wert für sie?»

«Und was für einen Wert soll er für uns haben?»

«Was für einen Wert? Für dich vielleicht keinen, denn du wirst einmal Hofrat werden oder Gedichte machen; – du brauchst das schließlich nicht, vielleicht hast du sogar Angst davor. Aber ich denke mir mein Leben anders!»

Törleß horchte diesmal auf.

«Für mich hat Basini einen Wert, – einen sehr großen sogar. Denn sieh, – du ließest ihn einfach laufen und würdest dich ganz damit beruhigen, daß er ein schlechter Mensch war.» Törleß unterdrückte ein Lächeln. «Damit bist du fertig, weil du kein Talent oder kein Interesse hast, dich selbst an einem solchen Fall zu schulen. Ich aber habe dieses Interesse. Wenn man meinen Weg vor sich hat, muß man die Menschen ganz anders auffassen. Deswegen will ich mir Basini erhalten, um an ihm zu lernen.»

«Wie willst du ihn aber bestrafen?»

Beineberg hielt einen Augenblick mit der Antwort aus, als überlegte er noch die zu erwartende Wirkung. Dann sagte er vorsichtig und zögernd: «Du irrst, wenn du glaubst, daß mir so sehr um das Strafen zu tun ist. Freilich wird man es ja am Ende auch eine Strafe für ihn nennen können, … aber, um nicht lange Worte zu machen, ich habe etwas anderes im Sinn, ich will ihn … nun sagen wir einmal …: quälen ….»

Törleß hütete sich ein Wort zu sagen. Er sah noch durchaus nicht klar, aber er fühlte, daß dies alles so kam, wie es für ihn – innerlich – kommen mußte. Beineberg, der nicht entnehmen konnte, wie seine Worte gewirkt hatten, fuhr fort: «… Du brauchst nicht zu erschrecken, es ist nicht so arg. Denn zunächst auf Basini ist doch, wie ich dir ausführte, keine Rücksicht zu nehmen. Die Entscheidung, ob wir ihn quälen oder etwa schonen sollen, ist nur in unserem Bedürfnisse nach dem einen oder dem anderen zu suchen. In inneren Gründen. Hast du solche? Das mit Moral, Gesellschaft und so weiter, was du damals vorgebracht hast, kann natürlich nicht zählen; du hast hoffentlich selbst nie daran geglaubt. Du bist also vermutlich indifferent. Aber immerhin kannst du dich ja noch von der ganzen Sache zurückziehen, falls du nichts aufs Spiel setzen willst.

Mein Weg wird jedoch nicht zurück oder vorbei, sondern mitten hindurch führen. Das muß so sein. Auch Reiting wird nicht von der Sache lassen, denn auch für ihn hat es einen besonderen Wert, einen Menschen ganz in seiner Hand zu haben und sich üben zu können, ihn wie ein Werkzeug zu behandeln. Er will herrschen und würde *dir* es gerade so machen wie Basini, wenn die Gelegenheit zufällig dich träfe. Für mich handelt es sich jedoch noch um mehr. Fast um eine Verpflichtung gegen mich selbst; wie soll ich dir nur diesen Unterschied zwischen uns klar machen? Du weißt, wie sehr Reiting Napoleon verehrt: halte nun dagegen, daß der Mensch, welcher mir vor allen gefällt, mehr irgendeinem Philosophen und indischen Heiligen ähnelt. Reiting würde Basini opfern und nichts als Interesse dabei empfinden. Er würde ihn moralisch zerschneiden, um zu erfahren, worauf man sich bei solchen Unternehmungen gefaßt zu machen hat. Und wie gesagt, dich oder mich geradeso gut wie Basini und ohne daß es ihm im geringsten nahe ginge. Ich dagegen habe geradeso gut wie du diese gewisse Empfindung, daß Basini schließlich und endlich doch auch ein Mensch sei. Auch in mir wird etwas durch eine begangene Grausamkeit verletzt. Aber gerade darum handelt es sich! Förmlich um ein Opfer! Siehst du, auch ich bin an zwei Fäden geknüpft. An diesen einen, unbestimmten, der mich in Widerspruch zu meiner klaren Überzeugung an eine mitleidige Tatlosigkeit bindet, aber auch an einen zweiten, der zu meiner Seele hinläuft, zu innersten Erkenntnissen, und mich an den Kosmos fesselt. Solche Menschen wie Basini, sagte ich dir schon früher, bedeuten nichts – eine leere, zufällige Form. Die wahren Menschen sind nur die, welche in sich selbst eindringen können, kosmische Menschen, welche imstande sind, sich bis zu ihrem Zusammenhange mit dem großen Weltprozesse zu versenken. Diese verrichten Wunder mit geschlossenen Augen, weil sie die gesamte Kraft der Welt zu gebrauchen verstehen, die in ihnen gerade so ist wie außer ihnen. Aber alle Menschen, die bis dahin dem zweiten Faden folgten, mußten den ersten vorher zerreißen. Ich habe von schauerlichen Bußopfern erleuchteter Mönche gelesen, und die Mittel der indischen Heiligen sind ja auch dir nicht ganz unbekannt. Alle grausamen Dinge, die dabei geschehen, haben nur den Zweck, die elenden nach außen gerichteten Begierden abzutöten, welche, ob sie nun Eitelkeit oder Hunger, Freude oder Mitleid seien, nur von dem Feuer abziehen, das jeder in sich zu erwecken vermag.

Reiting kennt nur das Außen, ich folge dem zweiten Faden. Jetzt hat er in den Augen aller einen Vorsprung, denn mein Weg ist langsamer und unsicherer. Aber mit einem Schlage kann ich ihn wie einen Wurm überholen. Siehst du, man behauptet, die Welt bestünde aus mechanischen Gesetzen, an denen sich nicht rütteln lasse. Das ist ganz falsch, das steht nur in den Schulbüchern! Die Außenwelt ist wohl hartnäckig, und ihre sogenannten Gesetze lassen sich bis zu einem gewissen Grade nicht beeinflussen, aber es hat doch Menschen gegeben, denen das gelang. Das steht in heiligen, vielgeprüften Büchern, von denen die meisten nur nichts wissen. Von dorther weiß ich, daß es Menschen gegeben hat, die Steine und Luft und Wasser durch eine bloße Regung ihres Willens bewegen konnten und vor derem Gebete keine Kraft der Erde fest genug war. Aber auch das sind erst die äußerlichen Triumphe des Geistes. Denn wem es *ganz* gelingt, seine Seele zu schauen, für den löst sich sein körperliches Leben, das nur ein zufälliges ist; es steht in den Büchern, daß solche direkt in ein höheres Reich der Seelen eingingen.»

Beineberg sprach völlig ernsthaft, mit verhaltener Erregung. Törleß hielt noch immer fast ununterbrochen die Augen geschlossen; er fühlte Beinebergs Atem zu sich herüberdringen und sog ihn wie ein beklemmendes Betäubungsmittel ein. Indessen beendete Beineberg seine Rede:

«Du kannst also sehen, worum es sich mir handelt. Was mir einredet, Basini laufen zu lassen, ist von niederer, äußerlicher Herkunft. Du magst dem folgen. Für mich ist es ein Vorurteil, von dem ich los muß wie von allem, das von dem Wege zu meinem Innersten ablenkt.

Gerade daß es mir schwer fällt, Basini zu quälen, – ich meine, ihn zu demütigen, herabzudrücken, von mir zu entfernen, – ist gut. Es erfordert ein Opfer. Es wird reinigend wirken. Ich bin mir schuldig, täglich an ihm zu lernen, daß das bloße Menschsein gar nichts bedeutet, – eine bloße äffende, äußerliche Ähnlichkeit.»

Törleß verstand nicht alles. Er hatte nur wieder die Vorstellung, daß sich eine unsichtbare Schlinge plötzlich zu einem greifbaren, tödlichen Knoten zusammengezogen habe. Beinebergs letzte Worte klangen in ihm nach: «Eine bloße äußerliche, äffende Ähnlichkeit», wiederholte er sich. Das schien auch auf sein Verhältnis zu Basini zu passen. Bestand nicht der sonderbare Reiz, den dieser auf ihn ausübte, in solchen Gesichten? Einfach darin, daß er sich nicht in ihn hineindenken konnte und ihn daher stets wie in unbestimmten Bildern empfand? War nicht, als er sich vorhin Basini vorgestellt hatte, hinter dessen Gesicht ein zweites, verschwimmendes gestanden? Von einer greifbaren Ähnlichkeit, die sich doch an nichts anknüpfen ließ?

So kam es, daß Törleß, statt daß er über die ganz sonderbaren Absichten Beinebergs nachgedacht hätte, von den neuen, ungewöhnlichen Eindrücken halb betäubt, versuchte, über sich selbst klar zu werden. Er erinnerte sich an den Nachmittag, bevor er von Basinis Vergehen erfahren hatte. Da waren diese Gesichte eigentlich auch schon dagewesen. Es hatte sich immer etwas gefunden, womit seine Gedanken nicht fertig werden konnten. Etwas, das so einfach und so fremd erschien. Er hatte Bilder gesehen, die doch keine Bilder waren. Vor jenen Hütten, ja selbst als er mit Beineberg in der Konditorei saß.

Es waren Ähnlichkeiten und unüberbrückbare Unähnlichkeiten zugleich. Und dieses Spiel, diese geheime, ganz persönliche Perspektive hatte ihn erregt.

Und nun riß ein Mensch dies an sich. All das war nun in einem Menschen verkörpert, wirklich geworden. Dadurch ging die ganze Sonderbarkeit auf diesen Menschen über.

Dadurch rückte sie aus der Phantasie ins Leben und wurde bedrohlich ...

Die Aufregungen hatten Törleß ermüdet, seine Gedanken ketteten sich nur mehr lose aneinander.

Ihm blieb nur die Erinnerung, daß er diesen Basini nicht loslassen dürfe, daß dieser bestimmt sei, auch für ihn eine wichtige und bereits unklar erkannte Rolle zu spielen.

Dazwischen schüttelte er verwundert den Kopf, wenn er an Beinebergs Worte dachte. Auch der ...?

Er kann doch nicht dasselbe suchen wie ich, und doch fand gerade er die richtige Bezeichnung dafür ...

Törleß träumte mehr als er dachte. Er war nicht mehr imstande, sein psychologisches Problem von Beinebergs Phantastereien zu unterscheiden. Er hatte schließlich nur das eine Gefühl, daß sich die riesige Schlinge immer fester um alles zusammenziehe.

Das Gespräch fand keine Fortsetzung. Sie löschten das Licht aus und schlichen vorsichtig in ihren Schlafsaal zurück.

Die nächsten Tage brachten keine Entscheidung. Es gab in der Schule viel zu tun, Reiting wich vorsichtig jedem Alleinsein aus, und auch Beineberg ging einer erneuten Aussprache aus dem Wege.

So geschah es, daß sich während dieser Tage wie ein in seinem Lauf gehemmter Strom das Geschehene tiefer in Törleß eingrub und seinen Gedanken eine unwiderrufliche Richtung gab.

Mit der Absicht, Basini zu entfernen, war es dadurch endgültig vorbei. Törleß fühlte sich jetzt zum ersten Male voll auf sich selbst konzentriert und vermochte an gar nichts anderes mehr zu denken. Auch Božena war ihm gleichgültig geworden; was er für sie empfunden hatte, wurde ihm zu einer phantastischen Erinnerung, an deren Stelle nun der Ernst getreten war.

Freilich schien dieser Ernst nicht weniger phantastisch zu sein.

Von seinen Gedanken beschäftigt, war Törleß allein im Parke spazieren gegangen. Es war um die Mittagszeit, und die Spätherbstsonne legte blasse Erinnerungen über Wiesen und Wege. Da Törleß in seiner Unruhe keine Lust zu weiterem Spaziergange hatte, umschritt er bloß das Gebäude und warf sich am Fuße der fast fensterlosen Seitenmauer in das fahle, raschelnde Gras. Über ihm spannte sich der Himmel, ganz in jenem verblichenen, leidenden Blau, das dem Herbste eigen ist, und kleine, weiße, geballte Wölkchen hasteten darüber hin.

Törleß lag lang ausgestreckt am Rücken und blinzelte unbestimmt träumend zwischen den sich entblätternden Kronen zweier vor ihm stehenden Bäume hindurch.

Er dachte an Beineberg; wie sonderbar doch dieser Mensch war! Seine Worte würden zu einem zerbröckelnden indischen Tempel gehören, in die Gesellschaft unheimlicher Götzenbilder und zauberkundiger Schlangen in tiefen Verstecken; was sollten sie aber am Tage, im Konvikte, im modernen Europa? Und doch schienen diese Worte, nachdem sie sich ewig lange, wie ein Weg ohne Ende und Übersicht in tausend Windungen hingezogen hatten, plötzlich vor einem greifbaren Ziele gestanden zu sein …

Und plötzlich bemerkte er, – und es war ihm, als geschähe dies zum ersten Male, – wie hoch eigentlich der Himmel sei.

Es war wie ein Erschrecken. Gerade über ihm leuchtete ein kleines, blaues, unsagbar tiefes Loch zwischen den Wolken.

Ihm war, als müßte man da mit einer langen, langen Leiter hineinsteigen können. Aber je weiter er hineindrang und sich mit den Augen hob, desto tiefer zog sich der blaue, leuchtende Grund zurück. Und es war doch, als müßte man ihn einmal erreichen und mit den Blicken ihn aufhalten können. Dieser Wunsch wurde quälend heftig.

Es war, als ob die aufs äußerste gespannte Sehkraft Blicke wie Pfeile zwischen die Wolken hineinschleuderte und als ob sie, je weiter sie auch zielte, immer um ein weniges zu kurz träfe.

Darüber dachte nun Törleß nach; er bemühte sich möglichst ruhig und vernünftig zu bleiben. «Freilich gibt es kein Ende», sagte er sich, «es geht immer weiter, fortwährend weiter, ins Unendliche.» Er hielt die Augen auf den Himmel gerichtet und sagte sich dies vor, als gälte es die Kraft einer Beschwörungsformel zu erproben. Aber erfolglos; die Worte sagten nichts, oder vielmehr sie sagten etwas ganz anderes, so als ob sie zwar von dem gleichen Gegenstande, aber von einer anderen, fremden, gleichgültigen Seite desselben redeten.

«Das Unendliche!» Törleß kannte das Wort aus dem Mathematikunterrichte. Er hatte sich nie etwas Besonderes darunter vorgestellt. Es kehrte immer wieder; irgend jemand hatte es einst erfunden, und seither war es möglich, so sicher damit zu rechnen wie nur mit irgend etwas Festem. Es war, was es gerade in der Rechnung galt; darüber hinaus hatte Törleß nie etwas gesucht.

Und nun durchzuckte es ihn wie mit einem Schlage, daß an diesem Worte etwas furchtbar Beunruhigendes hafte. Es kam ihm vor wie ein gezähmter Begriff, mit dem er täglich seine kleinen Kunststückchen gemacht hatte und der nun plötzlich entfesselt worden war. Etwas über den Verstand Gehendes, Wildes, Vernichtendes schien durch die Arbeit irgendwelcher Erfinder hineingeschläfert worden zu sein und war nun plötzlich aufgewacht und wieder furchtbar geworden. Da, in diesem Himmel, stand es nun lebendig über ihm und drohte und höhnte.

Endlich schloß er die Augen, weil ihn dieser Anblick so sehr quälte.

Als er bald darauf durch einen Windstoß, der durch das welke Gras raschelte, wieder geweckt wurde, spürte er seinen Körper kaum, und von den Füßen herauf strömte eine angenehme Kühle, die seine Glieder in einem Zustand süßer Trägheit festhielt. In sein früheres Erschrecken hatte sich nun etwas Mildes und Müdes gemischt. Noch immer fühlte er den Himmel riesig und schweigend auf sich herunterstarren, aber er erinnerte sich nun, wie oft er schon vordem einen solchen Eindruck empfangen hatte, und wie zwischen Wachen und Träumen ging er alle diese Erinnerungen durch und fühlte sich in ihre Beziehungen eingesponnen.

Da war zunächst jene Kindheitserinnerung, in der die Bäume so ernst und schweigend standen wie verzauberte Menschen. Schon damals mußte er es empfunden haben, was später immer wieder kam. Selbst jene Gedanken bei Božena hatten etwas davon an sich gehabt, etwas Besonderes, etwas Ahnungsvolles, das mehr war als sie besagten. Und jener Augenblick der Stille im Garten vor den Fenstern der Konditorei, ehe sich die dunklen Schleier der Sinnlichkeit niedersenkten, war so gewesen. Und Beineberg und Reiting waren oft während des Bruchteils eines Gedankens zu etwas Fremdem, Unwirklichem geworden; und endlich Basini? Die Vorstellung dessen, was mit dem geschah, hatte Törleß völlig entzweigerissen; sie war bald vernünftig und alltäglich, bald von jenem bilderdurchzuckten Schweigen, das allen diesen Eindrücken gemeinsam war, das nach und nach in Törleß' Wahrnehmung gesickert war und nun mit einem Male beanspruchte, als etwas Wirkliches, Lebendiges behandelt zu werden; genau so wie vorhin die Vorstellung der Unendlichkeit.

Törleß fühlte nun, daß es ihn von allen Seiten umschloß. Wie ferne, dunkle Kräfte hatte es wohl schon seit je gedroht, aber er war instinktiv davor zurückgewichen und hatte es nur zeitweilig mit einem scheuen Blick gestreift. Nun aber hatte ein Zufall, ein Ereignis seine Aufmerksamkeit verschärft und darauf gerichtet, und wie auf ein Zeichen brach es nun von allen Seiten herein; eine ungeheure Verwirrung mit sich reißend, die jeder Augenblick aufs neue weiter breitete.

Es kam wie eine Tollheit über Törleß, Dinge, Vorgänge und Menschen als etwas Doppelsinniges zu empfinden. Als etwas, das durch die Kraft irgendwelcher Erfinder an ein harmloses, erklärendes Wort gefesselt war, und als etwas ganz Fremdes, das jeden Augenblick sich davon loszureißen drohte.

Gewiß: es gibt für alles eine einfache, natürliche Erklärung, und auch Törleß wußte sie, aber zu seinem furchtsamen Erstaunen schien sie nur eine ganz äußere Hülle fortzureißen, ohne das Innere bloßzulegen, das Törleß wie mit unnatürlich gewordenen Augen stets noch als zweites dahinter schimmern sah.

So lag Törleß und war ganz eingesponnen von Erinnerungen, aus denen wie fremde Blüten seltsame Gedanken wuchsen. Jene Augenblicke, die keiner vergißt, Situationen, wo der Zusammenhang versagt, der sonst unser Leben sich lückenlos in unserem Verstande abspiegeln läßt, als liefen sie parallel und mit gleicher Geschwindigkeit nebeneinander her, – sie schlossen sich verwirrend eng aneinander.

Die Erinnerung an das so furchtbar stille, farbentraurige Schweigen mancher Abende wechselte unvermittelt mit der heißen zitternden Unruhe eines Sommermittags, die einmal seine Seele glühend, wie mit den zuckenden Füßen eines huschenden Schwarms schillernder Eidechsen überlaufen hatte.

Dann fiel ihm plötzlich ein Lächeln jenes kleinen Fürsten ein, – ein Blick, – eine Bewegung – damals, als sie innerlich miteinander fertig wurden, – durch die jener Mensch sich mit einem – sanften – Mal aus allen Beziehungen löste, die Törleß um ihn gesponnen hatte, und in eine neue, fremde Weite hineinschritt, die sich – gleichsam in das Leben einer unbeschreiblichen Sekunde konzentriert – unversehens aufgetan hatte. Dann kamen wieder Erinnerungen aus dem Walde, – zwischen den Feldern. Dann ein schweigsames Bild in einem dunkelnden Zimmer zu Hause, das ihn später an seinen verlorenen Freund plötzlich erinnert hatte. Worte eines Gedichtes fielen ihm ein …

Und es gibt auch sonst Dinge, wo zwischen Erleben und Erfassen diese Unvergleichlichkeit herrscht. Immer aber ist es so, daß das, was wir in einem Augenblick ungeteilt und ohne Fragen erleben, unverständlich und verwirrt wird, wenn wir es mit den Ketten der Gedanken zu unserem bleibenden Besitze fesseln wollen. Und was groß und menschenfremd aussieht, solange unsere Worte von ferne danach langen, wird einfach und verliert das Beunruhigende, sobald es in den Tatkreis unseres Lebens eintritt.

Und so hatten alle diese Erinnerungen auf einmal dasselbe Geheimnis gemeinsam. Als ob sie zusammengehörten, standen sie alle zum Greifen deutlich vor ihm.

Sie waren zu ihrer Zeit von einem dunklen Gefühl begleitet gewesen, das er wenig beachtet hatte.

Gerade um dieses bemühte er sich jetzt. Ihm fiel ein, daß er einstens, als er mit seinem Vater vor einer jener Landschaften stand, unvermittelt gerufen hatte: o es ist schön, – und verlegen wurde, als sich sein Vater freute.

Denn er hätte ebenso gut sagen mögen: es ist schrecklich traurig. Es war ein Versagen der Worte, das ihn da quälte, ein halbes Bewußtsein, daß die Worte nur zufällige Ausflüchte für das Empfundene waren.

Und heute erinnerte er sich des Bildes, erinnerte sich der Worte und deutlich jenes Gefühles zu lügen, ohne zu wissen, wieso. Sein Auge ging in der Erinnerung von neuem alles durch. Aber immer wieder kehrte es ohne Erlösung zurück. Ein Lächeln des Entzückens über den Reichtum der Einfälle, das er noch immer wie zerstreut festhielt, bekam langsam einen kaum merklichen schmerzhaften Zug …

Er hatte das Bedürfnis, rastlos nach einer Brücke, einem Zusammenhange, einem Vergleich zu suchen – zwischen sich und dem, was wortlos vor seinem Geiste stand.

Aber so oft er sich bei einem Gedanken beruhigt hatte, war wieder dieser unverständliche Einspruch da: Du lügst. Es war, als ob er eine unaufhörliche Division durchführen müßte, bei der immer wieder ein hartnäckiger Rest heraussprang, oder als ob er fiebernde Finger wundbemühte, um einen endlosen Knoten zu lösen.

Und endlich ließ er nach. Es schloß sich eng um ihn, und die Erinnerungen wuchsen in unnatürlicher Verzerrung.

Er hatte die Augen wieder auf den Himmel gerichtet. Als könnte er ihm vielleicht noch durch einen Zufall sein Geheimnis entreißen und an ihm erraten, was ihn allerorten verwirrte. Aber er wurde müde, und das Gefühl einer tiefen Einsamkeit schloß sich über ihm zusammen. Der Himmel schwieg. Und Törleß fühlte, daß er unter diesem unbewegten, stummen Gewölbe ganz allein sei, er fühlte sich wie ein kleines lebendes Pünktchen unter dieser riesigen, durchsichtigen Leiche.

Aber es schreckte ihn kaum mehr. Wie ein alter, längst

vertrauter Schmerz hatte es nun auch das letzte Glied ergriffen.

Ihm war, als ob das Licht einen milchigen Schimmer angenommen hätte und wie ein bleicher kalter Nebel vor seinen Augen tanzte.

Langsam und vorsichtig wandte er den Kopf und sah umher, ob sich denn wirklich alles verändert habe. Da streifte sein Blick von ungefähr die graue, fensterlose Mauer, die hinter seinem Haupte stand. Sie schien sich über ihn gebeugt zu haben und ihn schweigend anzusehen. Von Zeit zu Zeit kam ein Rieseln herunter, und ein unheimliches Leben erwachte in der Wand.

So hatte er es oft in dem Versteck belauscht, wenn Beineberg und Reiting ihre phantastische Welt entrollten, und er hatte sich darüber gefreut wie über die seltsame Begleitmusik zu einem grotesken Schauspiel.

Nun aber schien der helle Tag selbst zu einem unergründlichen Versteck geworden zu sein, und das lebendige Schweigen umstand Törleß von allen Seiten.

Er vermochte nicht den Kopf abzuwenden. Neben ihm, in einem feuchten, düsteren Winkel wucherte Huflattich und spreitete seine breiten Blätter zu phantastischen Verstecken den Schnecken und Würmern.

Törleß hörte das Schlagen seines Herzens. Dann kam wieder ein leises, flüsterndes, versickerndes Rieseln ..... Und diese Geräusche waren das einzig Lebendige in einer zeitlosen schweigenden Welt .....

Am nächsten Tage stand Beineberg mit Reiting, als Törleß zu ihnen trat.

«Ich habe schon mit Reiting gesprochen», sagte Beineberg, «und alles vereinbart. Du interessierst dich ja doch nicht recht für solche Sachen.»

Törleß fühlte etwas wie Zorn und Eifersucht über diese plötzliche Wendung in sich aufsteigen, wußte aber doch nicht, ob er der nächtlichen Unterredung vor Reiting erwähnen solle. «Nun, ihr hättet mich wenigstens dazu rufen können, da ich nun einmal geradeso gut wie ihr an der Sache beteiligt bin», meinte er.

«Hätten wir auch getan, lieber Törleß», beeilte sich Reiting, dem offenbar diesmal daran lag, keine unnötigen Schwierigkeiten zu haben, «aber du warst gerade nicht zu finden und wir rechneten auf deine Zustimmung. Was sagst du übrigens zu Basini?» (Kein Wort der Entschuldigung, so als ob sich sein eigenes Verhalten von selbst verstünde.)

«Was ich dazu sage? Nun, er ist ein gemeiner Mensch», antwortete Törleß verlegen.

«Nicht wahr? Sehr gemein.»

«Aber du läßt dich auch in schöne Dinge ein!» Und Törleß lächelte etwas erzwungen, denn er schämte sich, daß er Reiting nicht heftiger zürne.

«Ich?» Reiting zuckte mit den Schultern. «Was ist weiter dabei? Man muß alles mitgemacht haben, und wenn er nun einmal so dumm und so niederträchtig ist ...»

«Hast du seither schon mit ihm gesprochen?» mischte sich nun Beineberg ein.

«Ja; er war gestern am Abend bei mir und bat mich um Geld, da er wieder Schulden hat, die er nicht zahlen kann.»

«Hast du es ihm schon gegeben?»

«Nein, noch nicht.»

«Das ist sehr gut», meinte Beineberg, «da haben wir ja gleich die gesuchte Gelegenheit, ihn zu packen. Du könntest ihn für heute abend irgendwohin bestellen.»

«Wohin? In die Kammer?»

«Ich denke nein, denn von der hat er vorderhand noch

nichts zu wissen. Aber befiehl ihm, auf den Boden zu kommen, wo du damals mit ihm warst.»

«Für wieviel Uhr?»

«Sagen wir ... elf.»

«Gut. – Willst du noch etwas spazieren gehen?»

«Ja. Törleß wird wohl noch zu tun haben, was?»

Törleß hatte zwar nichts mehr zu arbeiten, aber er fühlte, daß die beiden noch etwas miteinander gemein hatten, das sie ihm verheimlichen wollten. Er ärgerte sich über seine Steifheit, die ihn abhielt, sich dazwischen zu drängen.

So sah er ihnen eifersüchtig nach und stellte sich alles mögliche vor, was sie vielleicht heimlich verabreden könnten.

Dabei fiel ihm auf, welche Harmlosigkeit und Liebenswürdigkeit in dem aufrechten, biegsamen Gange Reitings lag; – geradeso wie in seinen Worten. Und dem entgegen versuchte er sich ihn vorzustellen, wie er an jenem Abende gewesen sein mußte; das Innerliche, Seelische davon. Das mußte wie ein langes, langsames Sinken zweier ineinander verbissener Seelen gewesen sein und dann eine Tiefe wie in einem unterirdischen Reich; – dazwischen ein Augenblick, in dem die Geräusche der Welt, oben, weit oben, lautlos wurden und verlöschten.

Kann denn ein Mensch nach etwas Derartigem wieder so vergnügt und leicht sein? Sicher bedeutete es ihm nicht so viel. Törleß hätte ihn so gerne gefragt. Und statt dessen hatte er ihn nun in einer kindischen Scheu diesem spinnenhaften Beineberg überlassen!

Um dreiviertel elf Uhr sah Törleß, daß Beineberg und Reiting aus ihren Betten schlüpften, und zog sich gleichfalls an.

«Pst! – so warte doch. Das fällt ja auf, wenn wir alle drei zugleich weggehen.»

Törleß versteckte sich wieder unter seine Decke.

Auf dem Gange vereinigten sie sich dann und stiegen mit der gewohnten Vorsicht den Bodenaufgang hinan.

«Wo ist Basini?» fragte Törleß.

«Er kommt von der anderen Seite; Reiting hat ihm den Schlüssel dazu gegeben.»

Sie blieben die ganze Zeit über im Dunkeln. Erst oben, vor der großen, eisernen Türe, zündete Beineberg seine kleine Blendlaterne an.

Das Schloß leistete Widerstand. Es saß durch eine jahrelange Ruhe fest und wollte dem Nachschlüssel nicht gehorchen. Endlich schlug es mit einem harten Laut zurück; der schwere Flügel rieb widerstrebend im Roste der Angeln und gab zögernd nach.

Aus dem Bodenraume schlug eine warme, abgestandene Luft heraus, wie die kleiner Treibhäuser.

Beineberg schloß die Türe wieder zu.

Sie stiegen die kleine hölzerne Treppe hinab und kauerten sich neben einem mächtigen Querbalken nieder.

Zu ihrer Seite standen riesige Wasserbottiche, welche bei dem Ausbruche eines Brandes den Löscharbeiten dienen sollten. Das Wasser darin war offenbar schon lange nicht erneuert worden und verbreitete einen süßlichen Geruch.

Überhaupt war die ganze Umgebung äußerst beklemmend: Die Hitze unter dem Dach, die schlechte Luft und das Gewirre der mächtigen Balken, die teils nach oben zu sich im Dunkel verloren, teils in einem gespenstigen Netzwerk am Boden hinkrochen.

Beineberg blendete die Laterne ab, und sie saßen, ohne ein Wort zu reden, regungslos in der Finsternis – durch lange Minuten.

Da knarrte am entgegengesetzten Ende im Dunkeln die Tür. Leise und zögernd. Das war ein Geräusch, welches das Herz bis zum Halse hinauf klopfen machte, wie der erste Laut der sich nähernden Beute.

Es folgten einige unsichere Schritte, das Anschlagen eines Fußes gegen erdröhnendes Holz; ein mattes Geräusch, wie von dem Aufschlagen eines Körpers ... Stille ... Dann wieder zaghafte Schritte ... Warten ... Ein leiser menschlicher Laut ... «Reiting?»

Da zog Beineberg die Kappe von der Blendlaterne und warf einen breiten Strahl gegen den Ort, woher die Stimme kam.

Einige mächtige Balken leuchteten mit scharfen Schatten auf, weiterhin sah man nichts als einen Kegel tanzenden Staubes.

Aber die Schritte wurden bestimmter und kamen näher.

Da schlug – ganz nahe – wieder ein Fuß gegen das Holz, und im nächsten Augenblicke tauchte in der breiten Basis des Lichtkegels das – in der zweifelhaften Beleuchtung aschfahle – Gesicht Basinis auf.

Basini lächelte. Lieblich, süßlich. Starr festgehalten, wie das Lächeln eines Bildes, hob es sich aus dem Rahmen des Lichtes heraus.

Törleß saß an seinen Balken gepreßt und fühlte das Zittern seiner Augenmuskeln.

Nun zählte Beineberg die Schandtaten Basinis auf; gleichmäßig, mit heiseren Worten.

Dann die Frage: «Du schämst dich also gar nicht?» Dann ein Blick Basinis auf Reiting, der zu sagen schien: «Nun ist es wohl schon an der Zeit, daß du mir hilfst.» Und in dem Augenblicke gab ihm Reiting einen Faustschlag ins Gesicht, so daß er rückwärts taumelte, über einen Balken stolperte, stürzte. Beineberg und Reiting sprangen ihm nach.

Die Laterne war umgekippt, und ihr Licht floß verständnislos und träge zu Törleß' Füßen über den Boden hin ....

Törleß unterschied aus den Geräuschen, daß sie Basini die Kleider vom Leibe zogen und ihn mit etwas Dünnem, Geschmeidigem peitschten. Sie hatten dies alles offenbar schon vorbereitet gehabt. Er hörte das Wimmern und die halblauten Klagerufe Basinis, der unausgesetzt um Schonung flehte; schließlich vernahm er nur noch ein Stöhnen, wie ein unterdrücktes Geheul, und dazwischen halblaute Schimpfworte und die heißen leidenschaftlichen Atemstöße Beinebergs.

Er hatte sich nicht vom Platze gerührt. Gleich anfangs hatte ihn wohl eine viehische Lust mit hinzuspringen und zuzuschlagen gepackt, aber das Gefühl, daß er zu spät kommen und überflüssig sein würde, hielt ihn zurück. Über seinen Gliedern lag mit schwerer Hand eine Lähmung.

Scheinbar gleichgültig sah er vor sich hin zu Boden. Er spannte sein Gehör nicht an, um den Geräuschen zu folgen, und er fühlte sein Herz nicht rascher schlagen als sonst. Mit den Augen folgte er dem Lichte, das sich zu seinen Füßen in einer Lache ergoß. Staubflocken leuchteten auf und ein kleines häßliches Spinnengewebe. Weiterhin sickerte der Schein in die Fugen zwischen den Balken und erstickte in einem staubigen, schmutzigen Dämmern.

Törleß wäre auch eine Stunde lang so sitzen geblieben, ohne es zu fühlen. Er dachte an nichts und war doch innerlich vollauf beschäftigt. Dabei beobachtete er sich selbst. Aber so, als ob er eigentlich ins Leere sähe und sich selbst nur wie in einem undeutlichen Schimmer von der Seite her erfaßte. Nun rückte aus diesem Unklaren – von der Seite her – langsam, aber immer sichtlicher ein Verlangen ins deutliche Bewußtsein.

Irgend etwas ließ Törleß darüber lächeln. Dann war wieder das Verlangen stärker. Es zog ihn von seinem Sitze hinunter – auf die Knie; auf den Boden. Es trieb ihn, seinen Leib gegen die Dielen zu pressen; er fühlte, wie seine Augen groß werden würden wie die eines Fisches, er fühlte durch den nackten Leib hindurch sein Herz gegen das Holz schlagen.

Nun war wirklich eine mächtige Aufregung in Törleß, und er mußte sich an seinem Balken festhalten, um sich gegen den Schwindel zu sichern, der ihn hinabzog.

Auf seiner Stirne standen Schweißperlen, und er fragte sich ängstlich, was dies alles zu bedeuten habe?

Aus seiner Gleichgültigkeit aufgeschreckt, horchte er nun auch wieder durch das Dunkel zu den dreien hinüber.

Es war dort still geworden; nur Basini klagte leise vor sich hin, während er nach seinen Kleidern tastete.

Törleß fühlte sich durch diese klagenden Laute angenehm berührt. Wie mit Spinnenfüßen lief ihm ein Schauer den Rücken hinauf und hinunter; dann saß es zwischen den Schulterblättern fest und zog mit feinen Krallen seine Kopfhaut nach hinten. Zu seinem Befremden erkannte Törleß, daß er sich in einem Zustande geschlechtlicher Erregung befand. Er dachte zurück, und ohne sich zu erinnern, wann dieser eingetreten sei, wußte er doch, daß er schon das eigentümliche Verlangen sich gegen den Boden zu drücken begleitet hatte. Er schämte sich dessen; aber es hatte ihm wie eine mächtige Blutwelle daherflutend den Kopf benommen.

Beineberg und Reiting kamen zurückgetastet und setzten sich schweigend neben ihn. Beineberg blickte auf die Lampe.

In diesem Augenblicke zog es Törleß wieder hinunter. Es ging von den Augen aus, – das fühlte er nun, – von den Augen aus wie eine hypnotische Starre zum Gehirn. Es war eine Frage, ja eine ... nein, eine Verzweiflung ... oh es war ihm ja bekannt ...: die Mauer, jener Gastgarten, die niederen Hütten, jene Kindheitserinnerung ... dasselbe! dasselbe! Er sah auf Beineberg. «Fühlt denn der nichts?» dachte er. Aber Beineberg bückte sich und wollte die Lampe aufheben. Törleß hielt seinen Arm zurück. «Ist das nicht wie ein Auge?» sagte er und wies auf den über den Boden fließenden Lichtschein.

«Willst du vielleicht jetzt poetisch werden?»

«Nein. Aber sagst du nicht selbst, daß es mit den Augen eine eigene Bewandtnis hat? Aus ihnen wirkt – denk doch nur an deine hypnotischen Lieblingsideen – mitunter eine Kraft, die in keinem Physikunterricht ihren Platz hat; – sicher ist auch, daß man einen Menschen oft weit besser aus seinen Augen errät als aus seinen Worten ....»

«Nun – und?»

«Mir ist dieses Licht wie ein Auge. Zu einer fremden Welt. Mir ist, als sollte ich etwas erraten. Aber ich kann nicht. Ich möchte es in mich hineintrinken ....»

«Nun, – du fängst doch an poetisch zu werden.»

«Nein, es ist mir ernst. Ich bin ganz verzweifelt. So sieh doch nur hin, und du wirst es auch fühlen. Ein Bedürfnis, sich in dieser Lache zu wälzen, – auf allen vieren, ganz nah in die staubigen Winkel zu kriechen, als ob man es so erraten könnte ....»

«Mein Lieber, das sind Spielereien, Empfindeleien. Laß jetzt gefälligst solche Sachen.»

Beineberg bückte sich vollends und stellte die Lampe wieder auf ihren Platz. Törleß empfand aber Schadenfreude. Er fühlte, daß er diese Ereignisse mit einem Sinne mehr in sich aufnahm als seine Gefährten.

Er wartete nun auf das Wiedererscheinen Basinis und fühlte mit einem heimlichen Schauer, daß sich seine Kopfhaut abermals unter den feinen Krallen anspannte.

Er wußte es ja schon ganz genau, daß für ihn etwas aufgespart war, das immer wieder und in immer kürzeren Zwischenräumen ihn mahnte; eine Empfindung, die für die anderen unverständlich war, für sein Leben aber offenbar große Wichtigkeit haben mußte.

Nur was diese Sinnlichkeit dabei zu bedeuten hatte, wußte er nicht, aber er erinnerte sich, daß sie eigentlich schon jedesmal dabei gewesen war, wenn die Ereignisse angefangen hatten, nur ihm sonderbar zu erscheinen, und ihn quälten, weil er hiefür keinen Grund wußte.

Und er nahm sich vor, bei nächster Gelegenheit ernstlich hierüber nachzudenken. Einstweilen gab er sich ganz dem aufregenden Schauer hin, der Basinis Wiedererscheinen voranging.

Beineberg hatte die Lampe aufgerichtet, und wieder schnitten die Strahlen einen Kreis in das Dunkel, wie einen leeren Rahmen.

Und mit einem Male war Basinis Antlitz wieder darinnen; genau so wie zum ersten Male; mit demselben starr festgehaltenen, süßlichen Lächeln; als ob in der Zwischenzeit nichts geschehen wäre, nur über Oberlippe, Mund und Kinn zeichneten langsame Blutstropfen einen roten, wie ein Wurm sich windenden Weg.

«Dort setze dich nieder!» Reiting wies auf den mächtigen Balken. Basini gehorchte. Reiting hub zu sprechen an: «Du hast wahrscheinlich schon geglaubt, daß du fein heraus bist; was? Du hast wohl geglaubt, ich werde dir helfen? Nun, da hast du dich getäuscht. Was ich mit dir tat, war nur, um zu sehen, wie weit deine Niedrigkeit geht.»

Basini machte eine abwehrende Bewegung. Reiting drohte wieder, auf ihn zu springen. Da sagte Basini: «Aber ich bitte euch um Gottes willen, ich konnte nicht anders.»

«Schweig!» schrie Reiting, «deine Ausreden haben wir satt! Wir wissen nun ein für allemal, wie wir mit dir daran sind, und werden uns danach richten ....»

Es trat ein kurzes Schweigen ein. Da sagte plötzlich Törleß leise, fast freundlich: «Sag doch, ich bin ein Dieb.»

Basini machte große, fast erschrockene Augen; Beineberg lachte beifällig.

Aber Basini schwieg. Da gab ihm Beineberg einen Stoß in die Rippen und schrie ihn an:

«Hörst du nicht, du sollst sagen, daß du ein Dieb bist! Sofort wirst du es sagen!»

Abermals trat eine kurze, kaum wägbare Stille ein; dann sagte Basini leise, in einem Atem und mit möglichst harmloser Betonung: «Ich bin ein Dieb.»

Beineberg und Reiting lachten vergnügt zu Törleß hinüber: «Das war ein guter Einfall von dir, Kleiner», und zu Basini: «Und jetzt wirst du sofort noch sagen: Ich bin ein Tier, ein diebisches Tier, *euer* diebisches, schweinisches Tier!»

Und Basini sagte es, ohne auszusetzen und mit geschlossenen Augen.

Aber Törleß hatte sich schon wieder ins Dunkel zurückgelehnt. Ihm ekelte vor der Szene, und er schämte sich, daß er seinen Einfall den anderen preisgegeben hatte.

Während des Mathematikunterrichtes war Törleß plötzlich ein Einfall gekommen.

Er hatte schon während der letzten Tage den Unterricht in der Schule mit besonderem Interesse verfolgt gehabt, denn er dachte sich: «Wenn dies wirklich die Vorbereitung für das Leben sein soll, wie sie sagen, so muß sich doch auch etwas von dem angedeutet finden, was ich suche.»

Gerade an die Mathematik hatte er dabei gedacht; noch von jenen Gedanken an das Unendliche her.

Und richtig war es ihm mitten im Unterrichte heiß in den Kopf geschossen. Gleich nach Beendigung der Stunde setzte er sich zu Beineberg als dem einzigen, mit dem er über etwas Derartiges sprechen konnte.

«Du, hast du das vorhin ganz verstanden?»

«Was?»

«Die Geschichte mit den imaginären Zahlen?»

«Ja. Das ist doch gar nicht so schwer. Man muß nur festhalten, daß die Quadratwurzel aus negativ Eins die Rechnungseinheit ist.»

«Das ist es aber gerade. Die gibt es doch gar nicht. Jede Zahl, ob sie nun positiv ist oder negativ, gibt zum Quadrat erhoben etwas Positives. Es kann daher gar keine wirkliche Zahl geben, welche die Quadratwurzel von etwas Negativem wäre.»

«Ganz recht; aber warum sollte man nicht trotzdem versuchen, auch bei einer negativen Zahl die Operation des Quadratwurzelziehens anzuwenden? Natürlich kann dies dann keinen wirklichen Wert ergeben, und man nennt doch auch deswegen das Resultat nur ein imaginäres. Es ist so, wie wenn man sagen würde: hier saß sonst immer jemand, stellen wir ihm also auch heute einen Stuhl hin; und selbst, wenn er inzwischen gestorben wäre, so tun wir doch, als ob er käme.»

«Wie kann man aber, wenn man bestimmt, ganz mathematisch bestimmt weiß, daß es unmöglich ist?»

«So tut man eben trotzdem, als ob dem nicht so wäre. Es wird wohl irgendeinen Erfolg haben. Was ist es denn schließlich anderes mit den irrationalen Zahlen? Eine Division, die nie zu Ende kommt, ein Bruch, dessen Wert nie und nie und nie herauskommt, wenn du auch noch so lange rechnest? Und was kannst du dir darunter denken, daß sich parallele Linien im Unendlichen schneiden sollen? Ich glaube, wenn man allzu gewissenhaft wäre, so gäbe es keine Mathematik.»

«Darin hast du recht. Wenn man es sich so vorstellt, ist es eigenartig genug. Aber das Merkwürdige ist ja gerade, daß man trotzdem mit solchen imaginären oder sonstwie unmöglichen Werten ganz wirklich rechnen kann und zum Schlusse ein greifbares Resultat vorhanden ist!»

«Nun, die imaginären Faktoren müssen sich zu diesem Zwecke im Laufe der Rechnung gegenseitig aufheben.»

«Ja, ja; alles, was du sagst, weiß ich auch. Aber bleibt nicht trotzdem etwas ganz Sonderbares an der Sache haften? Wie soll ich das ausdrücken? Denk doch nur einmal so daran: In solch einer Rechnung sind am Anfang ganz solide Zahlen, die Meter oder Gewichte oder irgend etwas anderes Greifbares darstellen können und wenigstens wirkliche Zahlen sind. Am Ende der Rechnung stehen ebensolche. Aber diese beiden hängen miteinander durch etwas zusammen, das es gar nicht gibt. Ist das nicht wie eine Brücke, von der nur Anfangs- und Endpfeiler vorhanden sind und die man dennoch so sicher überschreitet, als ob sie ganz dastünde? Für mich hat so eine Rechnung etwas Schwindliges; als ob es ein Stück des Weges weiß Gott wohin ginge. Das eigentlich Unheimliche ist mir aber die Kraft, die in solch einer Rechnung steckt und einen so festhält, daß man doch wieder richtig landet.»

Beineberg grinste: «Du sprichst ja beinahe schon so wie unser Pfaffe: ‹... Du siehst einen Apfel, – das sind die Lichtschwingungen und das Auge und so weiter, – – und du streckst die Hand aus, um ihn zu stehlen, – das sind die Muskeln und die Nerven, die diese in Bewegung setzen. – Aber zwischen den beiden liegt etwas und bringt eins aus dem andern hervor, – und das ist die unsterbliche Seele, die dabei gesündigt hat ...; ja – ja, – keine eurer Handlungen ist erklärlich ohne die Seele, die auf euch spielt wie auf den Tasten eines Klaviers ...›» Und er ahmte den Stimmfall nach, mit dem der Katechet dieses alte Gleichnis vorzubringen pflegte. – «Übrigens interessiert mich diese ganze Geschichte wenig.»

«Ich dachte, gerade dich müßte sie interessieren. Ich wenigstens mußte gleich an dich denken, weil das – wenn es wirklich so unerklärlich ist – doch fast eine Bestätigung für deinen Glauben wäre.»

«Warum sollte es nicht unerklärlich sein? Ich halte es für ganz wohl möglich, daß hier die Erfinder der Mathematik über ihre eigenen Füße gestolpert sind. Denn warum sollte das, was jenseits unseres Verstandes liegt, sich nicht einen solchen Spaß mit eben diesem Verstande erlaubt haben? Aber ich geb mich damit nicht ab, denn diese Dinge führen doch zu nichts.»

Noch am selben Tage hatte Törleß den Lehrer der Mathematik gebeten, ihn besuchen zu dürfen, um sich über einige Stellen des letzten Vortrages Aufklärung zu holen.

Den nächsten Tag, während der Mittagspause, stieg er nun die Treppe zu der kleinen Professorswohnung hinan.

Er hatte jetzt einen ganz neuen Respekt vor der Mathematik, da sie ihm nun einmal aus einer toten Lernaufgabe unversehens etwas sehr Lebendiges geworden zu sein schien. Und von diesem Respekte aus empfand er eine Art Neid gegen den Professor, dem alle diese Beziehungen vertraut sein mußten und der ihre Kenntnis stets bei sich trug wie den Schlüssel eines versperrten Gartens. Überdies wurde Törleß aber auch von einer, allerdings ein wenig zaghaften, Neugierde angetrieben. Er war noch nie in dem Zimmer eines erwachsenen jungen Mannes gewesen, und es kitzelte ihn zu erfahren, wie denn das Leben eines solchen anderen, wissenden und doch ruhigen Menschen aussehe, wenigstens so weit man aus den äußeren, umgebenden Dingen darauf schließen kann.

Er war sonst seinen Lehrern gegenüber scheu und zurückhaltend und glaubte, daß er sich deswegen nicht ihrer besonderen Zuneigung erfreue. Seine Bitte erschien ihm daher, während er jetzt erregt vor der Türe innehielt, als ein Wagnis, bei dem es sich weniger darum handelte, eine Aufklärung zu erhalten, – denn ganz im stillen zweifelte er schon jetzt daran, – als daß er einen Blick – gewissermaßen hinter den Professor und in dessen tägliches Konkubinat mit der Mathematik hinein – tun könne.

Man führte ihn in das Arbeitszimmer. Es war ein länglicher einfenstriger Raum; ein mit Tintenflecken übertropfter Schreibtisch stand in der Nähe des Fensters und an der Wand ein Sofa, das mit einem gerippten, grünen, kratzigen Stoffe überzogen war und Quasten hatte. Oberhalb dieses Sofas hingen eine ausgeblichene Studentenmütze und eine Anzahl brauner, nachgedunkelter Photographien in Visiteformat aus der Universitätszeit. Auf dem ovalen Tische mit den X-Füßen, deren graziös sein sollende Schnörkel wie eine mißglückte Artigkeit wirkten, lag eine Pfeife und blättriger, großgeschnittener Tabak. Das ganze Zimmer hatte davon einen Geruch nach billigem Knaster.

Kaum hatte Törleß diese Eindrücke in sich aufgenommen und ein gewisses Mißbehagen in sich konstatiert, wie bei der Berührung mit etwas Unappetitlichem, als sein Lehrer eintrat.

Er war ein junger Mann von höchstens dreißig Jahren; blond, nervös und ein ganz tüchtiger Mathematiker, welcher der Akademie schon einige wichtige Abhandlungen eingereicht hatte.

Er setzte sich sofort an seinen Schreibtisch, kramte ein wenig in den umherliegenden Papieren (Törleß kam es später vor, daß er sich geradenwegs dorthin gerettet hatte), putzte seinen Klemmer mit dem Taschentuche, schlug ein Bein über das andere und sah Törleß erwartend an.

Dieser hatte nun auch ihn zu mustern begonnen. Er bemerkte ein Paar grober weißer Wollsocken und darüber, daß die Bänder der Unterhose von der Wichse der Zugstiefel schwarz gescheuert waren.

Dagegen sah das Taschentuch weiß und geziert hervor, und die Krawatte war zwar genäht, aber dafür prächtig buntscheckig wie eine Palette.

Törleß fühlte sich unwillkürlich durch diese kleinen Beobachtungen weiter abgestoßen; er vermochte kaum mehr zu hoffen, daß dieser Mensch wirklich im Besitze bedeutungsvoller Erkenntnisse sei, wenn doch offenbar an seiner Person und ganzen Umgebung nicht das geringste davon zu merken war. Er hatte sich im stillen das Arbeitszimmer eines Mathematikers ganz anders vorgestellt; mit irgendwelchem Ausdrucke für die fürchterlichen Dinge, die darin gedacht wurden. Das Gewöhnliche verletzte ihn; er übertrug es auf die Mathematik, und sein Respekt begann einem mißtrauischen Widerstreben zu weichen.

Da nun auch der Professor ungeduldig auf seinem Platze hin und her rückte und nicht wußte, wie er das lange Schweigen und die musternden Blicke deuten solle, lag zwischen den beiden Menschen schon in diesem Augenblicke die Atmosphäre eines Mißverständnisses.

«Nun wollen wir ... wollen Sie ... ich bin gerne bereit, Ihnen Auskunft zu erteilen», begann der Professor.

Törleß trug seine Einwendungen vor und bemühte sich, deren Bedeutung für ihn auseinanderzusetzen. Aber ihm war, als müßte er durch einen dicken, trüben Nebel hindurch sprechen und seine besten Worte erstickten schon in der Kehle.

Der Professor lächelte, hüstelte einstweilen, sagte: «Sie gestatten» und zündete sich eine Zigarette an, rauchte sie in hastigen Zügen; das Papier – was Törleß alles zwischendurch bemerkte und gewöhnlich fand – lief fett an und bog sich jedesmal knisternd ein; der Professor nahm den Klemmer von der Nase, setzte ihn wieder auf, nickte mit dem Kopfe, ... schließlich ließ er Törleß gar nicht zu Ende kommen. «Es freut mich, ja mein lieber Törleß, es freut mich wirklich sehr,» unterbrach er ihn, «Ihre Bedenken zeugen von Ernst, von eigenem Nachdenken, von ... hm ..., aber es ist gar nicht so leicht, Ihnen die gewünschte Aufklärung zu geben, ... Sie dürfen mich da nicht mißverstehen.

Sehen Sie, Sie sprachen von dem Eingreifen transzendenter, hm ja ... transzendent nennt man das, – Faktoren ...

Nun weiß ich ja allerdings nicht, wie Sie hierüber fühlen; mit dem Übersinnlichen, jenseits der strengen Grenzen des Verstandes Liegenden, ist es eine ganz eigene Sache. Ich bin eigentlich nicht recht befugt, da einzugreifen, es gehört nicht zu meinem Gegenstande; man kann so und so darüber denken, und ich möchte durchaus vermeiden, gegen irgend jemanden zu polemisieren ... Was aber die Mathematik anlangt,» und hiebei betonte er das Wort Mathematik, als ob er eine verhängnisvolle Tür ein für allemal zuschlagen wollte, «was also die Mathematik anlangt, ist es ganz gewiß, daß hier auch ein natürlicher und nur mathematischer Zusammenhang besteht.

Nur müßte ich – um streng wissenschaftlich zu sein – Voraussetzungen machen, die Sie kaum noch verstehen dürften, auch fehlt uns die Zeit dazu.

Wissen Sie, ich gebe ja gerne zu, daß zum Beispiel diese imaginären, diese gar nicht wirklich existierenden Zahlwerte, ha ha, gar keine kleine Nuß für einen jungen Studenten sind. Sie müssen sich damit zufrieden geben, daß solche mathematische Begriffe eben rein mathematische Denknotwendigkeiten sind. Überlegen Sie nur: auf der elementaren Stufe des Unterrichts, auf der Sie sich noch befinden, hält es sehr schwer, für vieles, das man berühren muß, die richtige Erklärung zu geben. Zum Glück fühlen es die wenigsten, wenn aber einer, wie Sie heute, – doch wie gesagt, es hat mich sehr gefreut, – nun wirklich kommt, so kann man nur sagen: Lieber Freund, du mußt einfach glauben; wenn du einmal zehnmal soviel Mathematik können wirst als jetzt, so wirst du verstehen, aber einstweilen: glauben!

Es geht nicht anders, lieber Törleß, die Mathematik ist eine ganze Welt für sich, und man muß reichlich lange in ihr gelebt haben, um alles zu fühlen, was in ihr notwendig ist.»

Törleß war froh, als der Professor schwieg. Seit er die Tür zufallen gehört hatte, war ihm, daß sich die Worte immer weiter und weiter entfernten, ... nach der anderen, gleichgültigen Seite hin, wo alle richtigen und doch nichts besagenden Erklärungen liegen.

Aber er war von dem Schwall der Worte und dem Mißlingen betäubt und verstand nicht gleich, daß er nun aufstehen solle.

Da suchte der Professor, um es endgültig zu erledigen, nach einem letzten, überzeugenden Argumente.

Auf einem kleinen Tischchen lag ein Renommierband Kant. Den nahm der Professor und zeigte ihn Törleß. «Sehen Sie dieses Buch, das ist Philosophie, es enthält die Bestimmungsstücke unseres Handelns. Und wenn Sie dem auf den Grund fühlen könnten, so würden Sie auf lauter solche Denknotwendigkeiten stoßen, die eben alles bestimmen, ohne daß sie selbst so ohne weiteres einzusehen wären. Es ist ganz ähnlich wie mit dem in der Mathematik. Und dennoch handeln wir fortwährend danach: Da haben Sie gleich den Beweis dafür, wie wichtig solche Dinge sind. Aber», lächelte er, als er sah, daß Törleß richtig das

Buch aufschlug und darinnen blätterte: «lassen Sie es doch jetzt noch. Ich wollte Ihnen nur ein Beispiel geben, an das Sie sich später einmal erinnern können; vorläufig dürfte es wohl noch zu schwer für Sie sein.»

Den ganzen Rest des Tages über befand sich Törleß in einem bewegten Zustande.

Der Umstand, daß er Kant in der Hand gehabt hatte, – dieser ganz zufällige Umstand, dem er im Augenblicke wenig Beachtung geschenkt hatte, – wirkte mächtig in ihm nach. Der Name Kants war ihm vom Hörensagen wohl bekannt und hatte für ihn den Kurswert, den er allgemein in der sich mit den Geisteswissenschaften nur von ferne befassenden Gesellschaft hat – als letztes Wort der Philosophie. Und diese Autorität war sogar mit ein Grund gewesen, daß sich Törleß bisher so wenig mit ernsten Büchern beschäftigt hatte. Sehr junge Menschen pflegen sich ja, wenn einmal die Periode überwunden ist, in der sie Kutscher, Gärtner oder Zuckerbäcker werden wollten, mit der Phantasie das Gebiet ihrer Lebensaufgaben zunächst dort abzustecken, wo sich ihrem Ehrgeize die meiste Möglichkeit, Auszeichnendes zu leisten, darzubieten scheint. Wenn sie sagen, sie wollen Arzt werden, so haben sie sicher einmal irgendwo ein hübsches und gefülltes Wartezimmer gesehen oder einen Glasschrank mit unheimlichen chirurgischen Instrumenten oder ähnliches; sprechen sie von der diplomatischen Laufbahn, so denken sie an den Glanz und die Vornehmheit internationaler Salons: kurz sie wählen ihren Beruf nach dem Milieu, in dem sie sich am liebsten sehen möchten, und nach der Pose, in der sie sich am besten gefallen.

Nun war vor Törleß der Name Kant nie anders als gelegentlich und mit einer Miene ausgesprochen worden, wie der eines unheimlichen Heiligen. Und Törleß konnte gar nichts anderes denken, als daß von Kant die Probleme der Philosophie endgültig gelöst seien und diese seither eine zwecklose Beschäftigung bleibe, wie er ja auch glaubte, daß es sich nach Schiller und Goethe nicht mehr lohne zu dichten.

Zu Hause standen diese Bücher in dem Schranke mit den grünen Scheiben in Papas Arbeitszimmer, und Törleß wußte, daß dieser nie geöffnet wurde, außer um ihn einem Besuch zu zeigen. Es war wie das Heiligtum einer Gottheit, der man nicht gerne naht und die man nur verehrt, weil man froh ist, daß man sich dank ihrer Existenz um gewisse Dinge nicht mehr zu kümmern braucht.

Dieses schiefe Verhältnis zu Philosophie und Literatur hatte später auf Törleß' weitere Entwicklung jenen unglücklichen Einfluß ausgeübt, dem er manche traurige Stunde zu danken hatte. Denn sein Ehrgeiz wurde hiedurch von seinen eigentlichen Gegenständen abgedrängt und geriet, während er, seines Zieles beraubt, nach einem neuen suchte, – unter den brutalen und entschlossenen Einfluß seiner Gefährten. Seine Neigungen kehrten nur noch gelegentlich und verschämt zurück und hinterließen jedesmal das Bewußtsein, etwas Unnützes und Lächerliches getan zu haben. Sie waren aber doch so stark, daß es ihm nicht gelang, sich ihrer ganz zu entledigen, und dieser beständige Kampf war es, der sein Wesen der festen Linien und des aufrechten Ganges beraubte.

Mit dem heutigen Tage schien jedoch dieses Verhältnis in eine neue Phase getreten zu sein. Die Gedanken, um derentwillen er heute vergeblich Aufklärung gesucht hatte, waren nicht mehr die wurzellosen Verkettungen einer spielenden Einbildungskraft, vielmehr wühlten sie ihn auf, ließen ihn nicht los, und mit seinem ganzen Körper fühlte er, daß hinter ihnen ein Stück seines Lebens poche.

Dies war für Törleß etwas ganz Neues. In seinem Innern war eine Bestimmtheit, die er sonst nicht an sich gekannt hatte. Es war beinahe träumerisch, geheimnisvoll. Das mußte sich wohl unter den Einflüssen der letzten Zeit in aller Stille entwickelt haben und pochte nun plötzlich mit gebieterischem Finger an. Ihm war zumute wie einer Mutter, die zum ersten Male die herrischen Bewegungen ihrer Leibesfrucht fühlt.

Es wurde ein wundervoll genußreicher Nachmittag.

Törleß holte aus seiner Lade alle seine poetischen Versuche hervor, die er dort verwahrt hatte. Er setzte sich mit ihnen zum Ofen und blieb ganz allein und ungesehen hinter dem mächtigen Schirme. Ein Heft nach dem anderen blätterte er durch, dann zerriß er es ganz langsam in lauter kleine Stücke und warf diese einzeln, immer wieder die feine Rührung des Abschieds verkostend, ins Feuer.

Er wollte damit alles Gepäck von früher hinter sich werfen, gleich als gelte es jetzt – von nichts beschwert – alle Aufmerksamkeit auf die Schritte zu richten, die nach vorwärts zu tun seien.

Endlich stand er auf und trat unter die anderen. Er fühlte sich frei von allen ängstlichen Seitenblicken. Was er getan hatte, war eigentlich nur ganz instinktiv geschehen; nichts bot ihm eine Sicherheit, daß er wirklich von nun an ein Neuer werde sein können, als das bloße Dasein jenes Impulses. «Morgen,» sagte er sich, «morgen werde ich alles sorgfältig revidieren, und ich werde schon Klarheit gewinnen.»

Er ging im Saale umher, zwischen den einzelnen Bänken, sah in die geöffneten Hefte, auf die in dem grellen Weiß beim Schreiben geschäftig hin und her hastenden Finger, deren jeder seinen kleinen, braunen Schatten hinter sich herzog, – er sah dem zu wie einer, der plötzlich aufgewacht ist, mit Augen, denen alles von ernsterer Bedeutung zu sein schien.

Aber schon der nächste Tag brachte eine arge Enttäuschung. Törleß hatte sich nämlich am Morgen die Reclamausgabe jenes Bandes gekauft, den er bei seinem Professor gesehen hatte, und benützte die erste Pause, um mit dem Lesen zu beginnen. Aber vor lauter Klammern und Fußnoten verstand er kein Wort, und wenn er gewissenhaft mit den Augen den Sätzen folgte, war ihm, als drehe eine alte, knöcherne Hand ihm das Gehirn in Schraubenwindungen aus dem Kopfe.

Als er nach etwa einer halben Stunde erschöpft aufhörte, war er nur bis zur zweiten Seite gelangt, und Schweiß stand auf seiner Stirne.

Aber dann biß er die Zähne aufeinander und las nochmals eine Seite weiter, bis die Pause zu Ende war.

Abends aber mochte er das Buch schon nicht mehr anrühren. Angst? Ekel? – er wußte nicht recht. Nur das eine quälte ihn brennend deutlich, daß der Professor, dieser Mensch, der nach so wenig aussah, das Buch ganz offen im Zimmer liegen hatte, als sei es für ihn eine tägliche Unterhaltung.

In dieser Stimmung traf ihn Beineberg.

«Nun, Törleß, wie war's gestern beim Professor?» Sie saßen allein in einer Fensternische und hatten den breiten Kleiderständer, auf dem die vielen Mäntel hingen, vorgeschoben, so daß von der Klasse nur ein auf und ab schwellendes Summen und der Widerschein der Lampen an der Decke zu ihnen drang. Törleß spielte zerstreut mit einem vor ihm hängenden Mantel.

«Schläfst du denn? Er wird dir doch wohl irgend etwas geantwortet haben? Ich kann mir's übrigens denken, er wird nicht schlecht in Verlegenheit gekommen sein, nicht?»

«Warum?»

«Nun, auf eine so dumme Frage wird er wohl nicht gefaßt gewesen sein.»

«Die Frage war gar nicht dumm; ich bin sie noch immer nicht los.»

«Ich meine es ja auch nicht so schlimm; nur für ihn wird sie dumm gewesen sein. Die lernen ihre Sachen gerade so auswendig wie der Pfaffe seinen Katechismus, und wenn man sie ein wenig außer der Reihe fragt, kommen sie immer in Verlegenheit.»

«Ach, verlegen war der nicht um die Antwort. Er hat mich sogar nicht einmal ausreden lassen, so schnell hat er sie bei der Hand gehabt.»

«Und wie hat er die Geschichte erklärt?»

«Eigentlich gar nicht. Er hat gesagt, das könne ich jetzt noch nicht einsehen, das seien Denknotwendigkeiten, die erst demjenigen klar werden, der sich bereits eingehender mit diesen Dingen befaßt hat.»

«Das ist ja der Schwindel! Einem Menschen, der nichts wie vernünftig ist, vermögen sie ihre Geschichten nicht vorzuerzählen. Erst wenn er zehn Jahre hindurch mürbe gemacht wurde, geht es. Bis dahin hat er nämlich tausend Male auf diesen Grundlagen gerechnet und große Gebäude aufgeführt, die immer bis aufs letzte stimmten; er glaubt dann einfach an die Sache, wie der Katholik an die Offenbarung, sie hat sich immer so schön fest bewährt, ... ist es dann eine Kunst, einem solchen Menschen den Beweis aufzureden? Im Gegenteil, niemand wäre imstande ihm einzureden, daß sein Gebäude zwar steht, der einzelne Baustein aber zur Luft zerrinnt, wenn man ihn fassen will!»

Törleß fühlte sich durch die Übertreibung Beinebergs unangenehm berührt.

«So arg, wie du's hinstellst, wird es wohl nicht sein. Ich habe nie bezweifelt, daß die Mathematik recht hat, – schließlich lehrt's doch auch der Erfolg, – mir war vielmehr nur das sonderbar, daß die Sache mitunter so gegen den Verstand geht; und möglich wäre es immerhin, daß das nur scheinbar ist.»

«Nun, du kannst ja die zehn Jahre abwarten, vielleicht hast du dann den richtig präparierten Verstand .... Aber ich habe auch darüber nachgedacht, seit wir letzthin davon sprachen, und ich bin ganz fest davon überzeugt, daß die Sache einen Haken hat. Übrigens hast du damals auch ganz anders gesprochen als heute.»

«O nein. Mir ist es ja auch heute noch bedenklich, nur will ich es nicht gleich so übertreiben wie du. *Sonderbar* finde ich das Ganze auch. Die Vorstellung des Irrationalen, des Imaginären, der Linien, die parallel sind und sich im Unendlichen – also doch irgendwo – schneiden, regt mich auf. Wenn ich darüber nachdenke, bin ich betäubt, wie vor den Kopf geschlagen.» Törleß lehnte sich vor, ganz in den Schatten hinein, und seine Stimme umschleierte sich leise beim Sprechen. «In meinem Kopfe war vordem alles so klar und deutlich geordnet; nun aber ist mir, als seien meine Gedanken wie Wolken, und wenn ich an die bestimmten Stellen komme, so ist es wie eine Lücke dazwischen, durch die man in eine unendliche, unbestimmbare Weite sieht. Die Mathematik wird schon recht haben; aber was ist es mit meinem Kopfe und was mit all den anderen? Fühlen die das gar nicht? Wie malt es sich in ihnen ab? Gar nicht?»

«Ich denke, du konntest es an deinem Professor sehen. Du, – wenn du auf so etwas kommst, schaust dich sofort um und fragst, wie stimmt das jetzt zu allem übrigen in mir? *Die* haben sich einen Weg in tausend Schneckengängen durch ihr Gehirn gebohrt, und sie sehen bloß bis zur nächsten Ecke zurück, ob der Faden noch hält, den sie hinter sich herspinnen. Deswegen bringst du sie mit deiner Art zu fragen in Verlegenheit. Von denen findet keiner den Weg zurück. Wie kannst du übrigens behaupten, daß ich übertreibe? Diese Erwachsenen und ganz Gescheiten haben sich da vollständig in ein Netz eingesponnen, eine Masche stützt die andere, so daß das Ganze Wunder wie natürlich aussieht; wo aber die erste Masche steckt, durch die alles gehalten wird, weiß kein Mensch.

Wir zwei haben noch nie so ernst darüber gesprochen, schließlich macht man über solche Dinge nicht gern viel Worte, aber du kannst jetzt sehen, wie schwach die Ansicht ist, mit der sich die Leute über die Welt begnügen. Täuschung ist sie, Schwindel ist sie, Schwachköpfigkeit! Blutarmut! Denn ihr Verstand reicht gerade so weit, um ihre wissenschaftliche Erklärung aus dem Kopf herauszudenken, draußen erfriert sie aber, verstehst du? Ha ha! Alle diese Spitzen, diese äußersten, von denen uns die Professoren erzählen, sie seien so fein, daß wir sie jetzt noch nicht anzurühren vermögen, sind tot, – erfroren, – verstehst du? Nach allen Seiten starren diese bewunderten Eisspitzen, und kein Mensch vermag mit ihnen etwas anzufangen, so leblos sind sie!»

Törleß hatte sich längst wieder zurückgelehnt. Beinebergs heißer Atem fing sich in den Mänteln und erhitzte den Winkel. Und wie immer in der Erregung, wirkte Beineberg peinlich auf Törleß. Jetzt gar, wo er sich vorschob, so nahe heran, daß seine Augen unbeweglich, wie zwei grünliche Steine vor Törleß standen, während die Hände mit einer eigentümlich häßlichen Behendigkeit im Halbdunkel hin und her zuckten.

«Alles ist unsicher, was sie behaupten. Alles geht natürlich zu, sagen sie; – wenn ein Stein fällt, so sei das die Schwerkraft, warum soll es aber nicht ein Wille Gottes sein, und warum soll derjenige, der ihm wohlgefällig ist, nicht einmal davon entbunden sein, das Los des Steines zu teilen? Doch wozu erzähle ich dir solches?! Du wirst doch immer halb bleiben! Ein wenig Sonderbares ausfindig machen, ein wenig den Kopf schütteln, ein wenig sich entsetzen, – das liegt dir; darüber traust du dich aber nicht hinaus. Übrigens ist das nicht mein Schade.»

«Der meine etwa? So sicher sind denn doch wohl auch deine Behauptungen nicht.»

«Wie kannst du das sagen! Sie sind überhaupt das einzig Sichere. Wozu soll ich mich übrigens mit dir darüber zanken?! Du wirst es schon noch sehen, mein lieber Törleß; ich möchte sogar wetten, daß du dich noch einmal ganz verflucht dafür interessieren wirst, was es damit für Bewandtnis hat. Beispielsweise, wenn es mit Basini so kommt, wie ich ...»

«Laß das, bitte», unterbrach ihn Törleß, «ich möchte das gerade jetzt nicht da hineinmengen.»

«Oh, warum nicht?»

«Nun so. Ich will einfach nicht. Es ist mir unangenehm. Basini und dies sind für mich zweierlei; und zweierlei pflege ich nicht im selben Topf zu kochen.»

Beineberg verzog es bei dieser ungewohnten Entschiedenheit, ja Grobheit seines jüngeren Kameraden vor Ärger den Mund. Aber Törleß fühlte, daß die bloße Nennung Basinis seine ganze Sicherheit untergraben hatte, und um dies zu verbergen, redete er sich in Ärger. «Überhaupt behauptest du Dinge mit einer Sicherheit, die geradezu verrückt ist. Glaubst du denn nicht, daß deine Theorien geradeso auf Sand gebaut sein können, wie die anderen? Das sind ja noch viel verbohrtere Schneckengänge, die noch weit mehr guten Willen voraussetzen.»

Merkwürdigerweise wurde Beineberg nicht böse; er lächelte nur – zwar ein wenig verzerrt, und seine Augen funkelten doppelt so unruhig – und sagte in einem fort: «Du wirst schon sehen, du wirst schon sehen ....»

«Was werde ich denn sehen? Und meinetwegen, so werde ich es halt sehen; aber es interessiert mich blutwenig, Beineberg! Du verstehst mich nicht. Du weißt gar nicht, was mich interessiert. Wenn mich die Mathematik quält und wenn mich –» doch er überlegte sich's noch schnell und sagte nichts von Basini, «wenn mich die Mathematik quält, so suche ich dahinter ganz etwas anderes als du, gar nichts Übernatürliches, gerade das Natürliche suche ich, – verstehst du? gar nichts außer mir, – in mir suche ich etwas; in mir! etwas Natürliches! Das ich aber trotzdem nicht verstehe! Das empfindest du aber geradeso wenig wie der von der Mathematik ... ach, laß mich mit deiner Spekulation für jetzt in Ruhe!»

Törleß zitterte vor Aufregung, als er aufstand.

Und Beineberg wiederholte in einem fort: «nun, wir werden ja sehen, werden ja sehen ....»

Als Törleß abends im Bette lag, fand er keinen Schlaf. Die Viertelstunden schlichen wie Krankenschwestern von seinem Lager, seine Füße waren eiskalt, und die Decke drückte ihn, anstatt ihn zu wärmen.

In dem Schlafsaale hörte man nur das ruhige und gleichmäßige Atmen der Zöglinge, die nach der Arbeit des Unterrichtes, des Turnens und des Laufens im Freien ihren gesunden, tierischen Schlaf gefunden hatten.

Törleß horchte auf die Atemzüge der Schlafenden. Das war Beinebergs, das Reitings, das Basinis Atem; welcher? Er wußte es nicht; aber einer von den vielen, gleichmäßigen, gleichruhigen, gleichsicheren, die sich wie ein mechanisches Werk hoben und senkten.

Einer der leinenen Vorhänge hatte sich nur bis zur halben Höhe herunterrollen lassen; darunter leuchtete die helle Nacht herein und zeichnete ein fahles, unbewegliches Viereck auf den Fußboden. Die Schnur hatte sich oben gespießt oder war ausgesprungen und hing in häßlichen Windungen herunter, während ihr Schatten auf dem Boden wie ein Wurm durch das helle Viereck kroch.

Dies alles war von einer beängstigenden, grotesken Häßlichkeit.

Törleß versuchte an etwas Angenehmes zu denken. Beineberg fiel ihm ein. Hatte er ihn nicht heute übertrumpft? Seiner Überlegenheit einen Stoß versetzt? War es ihm nicht heute zum erstenmal gelungen, seine Besonderheit gegen den anderen zu wahren? So hervorzuheben, daß dieser den unendlichen Unterschied an Feinheit der Empfindlichkeit fühlen konnte, der ihrer beiden Auffassungen voneinander trennte? Hat er denn noch etwas zu erwidern gewußt? Ja oder nein? ...

Aber dieses: ja oder nein? schwoll in seinem Kopfe an wie aufsteigende Blasen und zerplatzte, und ja oder nein? ... ja oder nein? schwoll es immer und immer wieder an, unaufhörlich, in einem stampfenden Rhythmus, wie das Rollen eines Eisenbahnzuges, wie das Nicken von Blumen an zu hohen Stengeln, wie das Klopfen eines Hammers, das man durch viele dünne Wände hindurch in einem stillen Hause hört .... Dieses aufdringliche, selbstgefällige ja oder nein? widerte Törleß an. Seine Freude war unecht, es hopste so lächerlich.

Und schließlich, als er auffuhr, schien es sein eigener Kopf zu sein, der da nickte, auf den Schultern rollte, oder im Takte auf und niederschlug ....

Endlich schwieg alles in Törleß. Vor seinen Augen war nur eine weite, schwarze Fläche, die sich kreisrund nach allen Seiten hin ausdehnte.

Da kamen ... weit vom Rande her ... zwei kleine, wakkelnde Figürchen – quer über den Tisch. Das waren offenbar seine Eltern. Aber so klein, daß er für sie nichts empfinden konnte.

Auf der anderen Seite verschwanden sie wieder.

Dann kamen wieder zwei; – doch halt, da lief einer von rückwärts an ihnen vorbei – mit Schritten, die doppelt so lang waren als sein Körper, – und schon war er hinter die Kante getaucht; war es nicht Beineberg gewesen? – Nun die zwei: der eine von ihnen war ja doch der Mathematikprofessor? Törleß erkannte ihn an dem Sacktüchlein, das kokett aus der Tasche schaute. Aber der andere? Der mit dem sehr, sehr dicken Buch unter dem Arm, das halb so hoch war wie er selbst? Der sich kaum damit schleppen konnte? ... Bei jedem Schritte blieben sie stehen und legten das Buch auf die Erde. Und Törleß hörte die piepsige Stimme seines Lehrers sagen: Wenn dem so sein soll, finden wir das Richtige auf Seite zwölf, Seite zwölf verweist uns weiter an Seite zweiundfünfzig, dann gilt aber auch das, was auf Seite einunddreißig bemerkt wurde, und unter dieser Voraussetzung .... Dabei standen sie über das Buch gebückt und griffen mit den Händen hinein, daß die Blätter stoben. Nach einer Weile richteten sie sich wieder auf, und der andere streichelte fünf- oder sechsmal die Wangen des Professors. Dann kamen abermals ein paar Schritte vorwärts, und Törleß hörte von neuem die Stimme, genau so, wie wenn sie im Mathematikunterricht einen Bandwurm von Beweis abfingerte. Solange, bis der andere wieder den Professor streichelte.

Dieser andere ...? Törleß zog die Brauen zusammen, um besser zu sehen. Trug er nicht einen Zopf? Und etwas altertümliche Kleidung? Sehr altertümliche? Seidene Kniehosen sogar? War das nicht ...? Oh! Und Törleß wachte mit einem Schrei auf: Kant!

Im nächsten Augenblick lächelte er; es war ganz still

umher, die Atemzüge der Schlafenden waren leise geworden. Auch er hatte geschlafen. Und in seinem Bette war es einstweilen warm geworden. Er dehnte sich behaglich unter der Decke entlang.

«Ich habe also von Kant geträumt,» dachte er, «warum nicht länger? Vielleicht hätte er mir doch etwas ausgeplaudert.» Er erinnerte sich nämlich, wie er einstens, in Geschichte nicht vorbereitet, während der ganzen Nacht so lebhaft von den betreffenden Personen und Ereignissen geträumt hatte, daß er am nächsten Tag davon erzählen konnte, als wäre er selbst mit dabei gewesen, und die Prüfung mit Auszeichnung bestand. Und nun fiel ihm auch Beineberg wieder ein, Beineberg und Kant – das gestrige Gespräch.

Langsam zog sich der Traum von Törleß zurück, – langsam wie eine seidene Decke, die über die Haut eines nackten Körpers hinuntergleitet, ohne ein Ende zu nehmen.

Aber doch wich sein Lächeln bald wieder einer sonderbaren Unruhe. War er denn in seinen Gedanken auch nur um einen Schritt wirklich weiter gekommen? Konnte er denn auch nur *etwas* aus diesem Buche ersehen, das die Lösung aller Rätsel enthalten sollte? Und sein Sieg? Gewiß, es war nur seine unerwartete Lebhaftigkeit gewesen, die Beineberg zum Schweigen gebracht hatte ...

Abermals bemächtigte sich eine tiefe Unlust und förmlich körperliche Übelkeit seiner. So lag er minutenlang, vom Ekel ganz ausgehöhlt.

Dann aber trat plötzlich wieder die Empfindung in sein Bewußtsein, wie sein Körper an allen Stellen von der milden, lauwarmen Leinwand des Bettes berührt wurde. Behutsam, ganz langsam und behutsam drehte Törleß den Kopf. Richtig, dort lag noch das fahle Viereck auf dem Estrich, – mit ein wenig verschobenen Seiten zwar, aber noch kroch auch jener gewundene Schatten hindurch.

Ihm war, als liege dort eine Gefahr gekettet, die er aus seinem Bette heraus, wie durch Gitterstäbe geschützt, mit der Ruhe der Sicherheit betrachten könne.

In seiner Haut, rings um den ganzen Körper herum, erwachte dabei ein Gefühl, das plötzlich zu einem Erinnerungsbilde wurde. Als er ganz klein war, – ja, ja, da war's, – als er noch Kleidchen trug und noch nicht in die Schule ging, hatte er Zeiten, da in ihm eine ganz unaussprechliche Sehnsucht war, ein Mäderl zu sein. Und auch diese Sehnsucht saß nicht im Kopfe, – oh nein, – auch nicht im Herzen, – sie kitzelte im ganzen Körper und jagte rings unter der Haut umher. Ja es gab Augenblicke, wo er sich so lebhaft als ein kleines Mädchen fühlte, daß er glaubte, es könne gar nicht anders sein. Denn er wußte damals nichts von der Bedeutung körperlicher Unterschiede, und er verstand es nicht, warum man ihm von allen Seiten sagte, er müsse nun wohl für immer ein Knabe bleiben. Und wenn man ihn fragte, warum er denn glaube, lieber ein Mäderl zu sein, so fühlte er, daß sich das gar nicht sagen lasse ....

Heute spürte er zum ersten Male wieder etwas Ähnliches. Wieder nur so rings unter der Haut umher.

Etwas, das Körper und Seele zugleich zu sein schien. Ein Jagen und Hasten, das sich tausendfältig, wie mit samtenen Fühlfäden von Schmetterlingen an seinem Körper stieß. Und zugleich jenes Trotzen, mit dem kleine Mädchen flüchten, wenn sie fühlen, daß sie von den Erwachsenen ohnedies nicht verstanden werden, die Arroganz, mit der sie dann über die Erwachsenen kichern, diese furchtsame, stets wie zu schnellem Davonlaufen bereite Arroganz, die fühlt, daß sie sich jeden Augenblick in irgendein furchtbar tiefes Versteck in dem kleinen Körper zurückziehen könne ....

Törleß lachte leise vor sich hin, und abermals dehnte er sich behaglich die Decke entlang.

Dieses wutzlige kleine Männchen, von dem er geträumt hatte, wie gierig es die Seiten unter den Fingern jagte! Und das Viereck dort unten? Ha, ha. Ob so gescheite Männchen wohl je in ihrem Leben so etwas bemerkt haben? Er kam sich unendlich gesichert gegen diese gescheiten Menschen vor, und zum ersten Male fühlte er, daß er in seiner Sinnlichkeit – denn daß es diese sei, wußte er nun schon lange – etwas hatte, das ihm keiner zu nehmen vermochte, das auch keiner nachzumachen vermochte, etwas, das ihn wie eine höchste, versteckteste Mauer gegen alle fremde Klugheit schützte.

Ob so gescheite Männchen wohl je in ihrem Leben, spann er dies weiter, unter einer einsamen Mauer gelegen und bei jedem Rieseln hinter dem Mörtel erschrocken sind, als ob etwas Totes da Worte suche, um zu ihnen zu sprechen? Ob sie wohl je so die Musik, die der Wind in den herbstlichen Blättern anfacht, gefühlt haben, – so durch und durch gefühlt haben, daß dahinter plötzlich ein Schreck stand, … der sich langsam, langsam in eine Sinnlichkeit verwandelte? Aber in eine so merkwürdige Sinnlichkeit, die mehr wie ein Flüchten und dann wie ein Auslachen ist. Oh, es ist leicht, gescheit zu sein, wenn man alle diese Fragen nicht kennt ….

Dazwischen aber schien immer wieder das kleine Männchen riesig zu wachsen, mit einem unerbittlich strengen Gesicht, und jedesmal zuckte es wie ein elektrischer Schlag schmerzhaft von Törleß' Gehirn durch den Körper. Der ganze Schmerz darüber, daß er noch immer vor einem verschlossenen Tore stehen müsse, – das eben, was noch im Augenblick vorher die warmen Schläge seines Blutes weggedrängt hatten, – erwachte dann wieder, und eine wortlose Klage flutete durch Törleß' Seele, wie das Heulen eines Hundes, das über die weiten, nächtlichen Felder zittert.

So schlief er ein. Noch im Halbschlaf blickte er ein paarmal zu dem Fleck beim Fenster hinüber, so wie man mechanisch nach einem haltenden Seile greift, um zu fühlen, ob es noch gespannt sei. Dann tauchte unklar der Vorsatz auf, daß er morgen nochmals ganz genau über sich nachdenken werde, – am besten mit Feder und Papier, – dann, ganz zuletzt, war nur die angenehme, laue Wärme, – wie ein Bad und eine sinnliche Regung, – die ihm aber als solche gar nicht mehr zu Bewußtsein kam, sondern in irgendeiner durchaus unerkennbaren, aber sehr nachdrücklichen Weise mit Basini verknüpft war.

Dann schlief er fest und traumlos.

Und doch war dies das erste, womit er am nächsten Tage aufwachte. Nun hätte er gar zu gerne gewußt, was es eigentlich war, das er da zum Schlusse von Basini halb gedacht und halb geträumt hatte, aber er war nicht imstande, sich darauf noch zu besinnen.

So blieb nur eine zärtliche Stimmung davon zurück, wie sie um die Weihnachtszeit in einem Hause herrscht, wo die Kinder wissen, daß die Geschenke schon da sind, aber noch dort hinter der geheimnisvollen Tür versperrt, durch deren Fugen man nur hie und da einen Strahl vom Lichterglanze dringen sieht.

Am Abend blieb Törleß in der Klasse; Beineberg und Reiting waren irgendwohin verschwunden, wahrscheinlich in die Kammer am Dachboden; Basini saß vorne auf seinem Platze, den Kopf mit beiden Händen über ein Buch gestützt.

Törleß hatte sich ein Heft gekauft und richtete sorgfältig Feder und Tinte zurecht. Dann schrieb er auf die erste Seite, nach einigem Zögern: De natura hominum; er glaubte den lateinischen Titel dem philosophischen Gegenstande schuldig zu sein. Dann zog er einen großen, kunstvollen Schnörkel um die Überschrift und lehnte sich in seinen Stuhl zurück, um zu warten, bis diese trockne.

Aber dies war schon lange geschehen, und er hatte noch immer nicht wieder zur Feder gegriffen. Etwas hielt ihn unbeweglich fest. Es war die hypnotische Stimmung der großen, heißen Lampen, der tierischen Wärme, die von dieser Masse von Menschen ausging. Er war immer empfänglich für diesen Zustand gewesen, der sich bei ihm bis zu körperlichem Fiebergefühle steigern konnte, das stets mit einer außerordentlichen Empfindlichkeit des Geistes verbunden war. So auch heute. Er hatte sich längst schon untertags zurechtgelegt, was er eigentlich notieren wolle: die ganze Reihe jener gewissen Erfahrungen von dem Abend bei Božena an bis zu jener unbestimmten Sinnlichkeit, die sich die letzten Male bei ihm eingestellt hatte. Wenn das alles geordnet, Faktum für Faktum aufgezeichnet sein werde, hoffte er, werde sich auch die richtige, verstandesgesetzmäßige Fassung von selbst ergeben, wie die Form einer umhüllenden Linie aus dem wirren Bilde sich hundertfältig schneidender Kurven heraustritt. Und mehr wollte er nicht. Aber es war ihm bisher wie einem Fischer ergangen, der zwar am Zucken des Netzes fühlt, daß ihm eine schwere Beute ins Garn gegangen ist, aber trotz aller Anstrengungen nicht vermag, sie ans Licht zu heben.

Und nun begann Törleß doch noch zu schreiben, – aber hastig und ohne mehr auf die Form zu achten. «Ich fühle», notierte er, «etwas in mir und weiß nicht recht, was es ist.» Rasch strich er aber die Zeile wieder durch und schrieb an ihrer Stelle: «Ich muß krank sein, – wahnsinnig!» Hier überlief ihn ein Schauer, denn dieses Wort empfindet sich angenehm pathetisch. «Wahnsinnig, – oder was ist es sonst, daß mich Dinge befremden, die den anderen alltäglich erscheinen? Daß mich dieses Befremden quält? Daß mir dieses Befremden unzüchtige Gefühle» –

er wählte absichtlich dieses Wort voll biblischer Salbung, weil es ihn dunkler und voller dünkte – «erregt? Ich bin dem früher gegenübergestanden wie jeder junge Mann, wie alle meine Kameraden ...» Da stockte er aber. «Ist das denn auch wahr?» dachte er sich; «bei Božena zum Beispiel war es doch schon so eigen; wann hat es also eigentlich angefangen? ... Egal», dachte er, «einmal jedenfalls.» Aber er ließ doch den Satz unvollendet.

«Welche Dinge sind es, die mich befremden? Die unscheinbarsten. Meistens leblose Sachen. Was befremdet mich an ihnen? Ein Etwas, das ich nicht kenne. Aber das ist es ja eben! Woher nehme ich denn dieses ‹Etwas›! Ich empfinde sein Dasein; es wirkt auf mich; so, als ob es sprechen wollte. Ich bin in der Aufregung eines Menschen, der einem Gelähmten die Worte von den Verzerrungen des Mundes ablesen soll und es nicht zuwege bringt. So, als ob ich einen Sinn mehr hätte als die anderen, aber einen nicht fertig entwickelten, einen Sinn, der da ist, sich bemerkbar macht, aber nicht funktioniert. Die Welt ist für mich voll lautloser Stimmen: ich bin daher ein Seher oder ein Halluzinierter?

Aber nicht nur das Leblose wirkt so auf mich; nein, was mich viel mehr in Zweifel stürzt, auch die Menschen. Vor einem gewissen Zeitpunkt sah ich sie, wie sie sich selbst sehen. Beineberg und Reiting zum Beispiel, – sie haben ihre Kammer, eine ganz gewöhnliche, verborgene Bodenkammer, weil es ihnen Spaß macht, einen solchen Rückzugsort zu besitzen. Das eine tun sie, weil sie auf den zornig sind, das andere, weil sie dem Einflusse jenes zweiten bei den Kameraden vorbeugen wollen. Lauter verständliche, klare Gründe. Heute aber erscheinen sie mir manchmal, als hätte ich einen Traum und sie seien Figuren darin. Nicht ihre Worte, nicht ihre Handlungen allein, nein, alles an ihnen, verbunden mit ihrer körperlichen Nähe, wirkt mitunter so auf mich, wie es die leblosen Dinge tuen. Und doch höre ich sie nebenbei immer wieder genau so sprechen wie früher, sehe, daß ihre Handlungen und ihre Worte sich noch immer genau nach denselben Formen aneinanderreihen, … das will mich unaufhörlich belehren, daß gar nichts Außerordentliches vorgehe, und ebenso unaufhörlich lehnt sich doch in mir etwas dagegen auf. Diese Veränderung begann, wenn ich mich genau erinnere, mit Basinis …»

Hier sah Törleß unwillkürlich zu diesem hinüber.

Basini saß noch immer über sein Buch gestützt und schien zu lernen. Wie er ihn so da sitzen sah, schwiegen in Törleß die Gedanken, und er hatte Gelegenheit, die reizvollen Qualen, die er eben beschrieb, wieder am Werke zu fühlen. Denn sowie ihm zu Bewußtsein kam, wie ruhig und harmlos Basini vor ihm sitze, durch gar nichts von den andern rechts und links unterschieden, wurden die Erniedrigungen in ihm lebendig, die Basini erlitten hatte. Wurden in ihm lebendig: – das heißt, daß er gar nicht daran dachte, mit jener gewissen Jovialität, die die moralische Überlegung im Gefolge hat, sich zu sagen, daß es in jedem Menschen liege, nach erduldeten Erniedrigungen möglichst schnell wenigstens nach der äußeren Haltung des Unbefangenen wieder zu trachten, sondern daß sich sofort in ihm etwas regte wie eine wahnsinnig kreiselnde Bewegung, die augenblicklich das Bild Basinis zu den unglaublichsten Verrenkungen zusammenbog, dann wieder in nie gesehenen Verzerrungen auseinanderriß, so daß ihm selbst davor schwindelte. Dies waren allerdings nur Vergleiche, die er nachher erfand. Im Augenblicke selbst hatte er nur das Gefühl, daß etwas in ihm wie ein toller Kreisel aus der zusammengeschnürten Brust zum Kopfe hinaufwirble, das Gefühl seines Schwindels. Dazwischen hinein sprangen wie stiebende Farbenpunkte Gefühle, die er zu den verschiedenen Zeiten von Basini empfangen hatte.

Eigentlich war es ja immer nur ein und dasselbe Gefühl gewesen. Und ganz eigentlich überhaupt kein Gefühl, sondern mehr ein Erdbeben ganz tief am Grunde, das gar keine merklichen Wellen warf und vor dem doch die ganze Seele so verhalten mächtig erzitterte, daß die Wellen selbst der stürmischsten Gefühle daneben wie harmlose Kräuselungen der Oberfläche erscheinen.

Wenn ihm dieses eine Gefühl zu verschiedenen Zeiten dennoch verschieden zu Bewußtsein gekommen war, so hatte dies darin seinen Grund, daß er zur Ausdeutung dieser Woge, die den ganzen Organismus überflutete, nur über die Bilder verfügte, welche davon in seine Sinne fielen, – so wie wenn von einer unendlich sich in die Finsternis hinein erstreckenden Dünung nur einzelne losgelöste Teilchen an den Felsen eines beleuchteten Ufers in die Höhe spritzen, um gleich darauf hilflos aus dem Kreise des Lichtes wieder zu versinken.

Diese Eindrücke waren daher unbeständig, wechselnd, von einem Bewußtsein ihrer Zufälligkeit begleitet. Nie konnte Törleß sie festhalten, denn wie er genauer zusah, fühlte er, daß diese Repräsentanten an der Oberfläche in gar keinem Verhältnis zu der Wucht der dunklen, ungehobenen Masse standen, die zu vertreten sie vorgaben.

Nie «sah» er Basini irgendwie in körperlicher Plastik und Lebendigkeit irgendeiner Pose, nie hatte er eine wirkliche Vision: immer nur die Illusion einer solchen, gewissermaßen nur die Vision seiner Visionen. Denn immer war es in ihm, als sei soeben ein Bild über die geheimnisvolle Fläche gehuscht, und nie gelang es ihm im Augenblicke des Vorganges selbst, diesen zu erhaschen. Daher war beständig eine rastlose Unruhe in ihm, wie man sie vor einem Kinematographen empfindet, wenn man neben der Illusion des Ganzen doch eine vage Wahrnehmung nicht loswerden kann, daß hinter dem Bilde, das man empfängt, hunderte von – für sich betrachtet ganz anderen – Bildern vorbeihuschen.

Wo aber in ihm diese illusionierende – und doch stets um ein unmeßbar Kleines zu wenig illusionierende – Kraft eigentlich zu suchen sei, wußte er nicht. Er ahnte nur dunkel, daß sie mit jener rätselhaften Eigenschaft seiner Seele zusammenhänge, auch von den leblosen Dingen, den bloßen Gegenständen, mitunter wie von hundert schweigenden, fragenden Augen überfallen zu werden.

Törleß saß also ganz still und starr, sah unaufhörlich zu Basini hinüber und war ganz in dem tollen Wirbeln seines Inneren befangen. Und immer wieder tauchte daraus die eine Frage auf: Was ist das für eine besondere Eigenschaft, die ich besitze? Allmählich sah er weder Basini mehr, noch die heiß glosenden Lampen, noch fühlte er die tierische Wärme ringsumher, noch das Summen und Brausen, das aus einer Menge von Menschen, selbst wenn sie nur flüstern, aufsteigt. Wie eine heiße, dunkel glühende Masse schwang das alles ununterschieden im Kreise um ihn. Nur in den Ohren fühlte er ein Brennen und in den Fingerspitzen eine eisige Kälte. Er befand sich in jenem Zustande eines mehr seelischen als körperlichen Fiebers, den er sehr liebte. Immer mehr wuchs diese Stimmung, der auch zärtliche Regungen beigemengt waren, an. In diesem Zustande hatte er sich früher gerne jenen Erinnerungen hingegeben, welche das Weib hinterläßt, wenn sein warmer Atem zum ersten Male an solch einer jungen Seele vorbeistreift. Und auch heute erwachte in ihm diese müde Wärme. Da: eine Erinnerung ... Es war auf einer Reise ... in einer kleinen italienischen Stadt ... er wohnte mit seinen Eltern in einem Gasthofe nicht weit vom Theater. Jeden Abend gaben sie dort dieselbe Oper, und jeden Abend hörte er jedes Wort und jeden Ton herüber. Aber er war der Sprache nicht mächtig. Und jeden Abend saß er dennoch am offenen Fenster und hörte zu. Auf diese Weise verliebte er sich in eine der Schauspielerinnen, ohne sie je gesehen zu haben. Er war nie vom Theater so ergriffen worden wie damals; er empfand die Leidenschaft der Melodien wie Flügelschläge großer dunkler Vögel, als ob er die Linien fühlen könnte, die ihr Flug in seiner Seele zog. Es waren keine menschlichen Leidenschaften mehr, die er hörte, nein, es waren Leidenschaften, die aus den Menschen entflohen, wie aus zu engen und zu alltäglichen Käfigen. Nie konnte er in dieser Erregung an die Personen denken, welche dort drüben – unsichtbar – jene Leidenschaften agierten; versuchte er sie sich vorzustellen, so schossen augenblicks dunkle Flammen vor seinen Augen auf oder unerhört gigantische Dimensionen, so wie in der Finsternis die menschlichen Körper wachsen und menschliche Augen wie die Spiegel tiefer Brunnen leuchten. Diese düstere Flamme, diese Augen im Dunkel, diese schwarzen Flügelschläge liebte er damals unter dem Namen jener ihm unbekannten Schauspielerin.

Und wer hatte die Oper geschaffen? Er wußte es nicht. Vielleicht war der Text ein fader, sentimentaler Liebesroman. Hatte sein Schöpfer gefühlt, daß er unter den Tönen zu etwas anderem wurde?

Ein Gedanke preßte Törleß am ganzen Körper zusammen. Sind auch die Erwachsenen so? Ist die Welt so? Ist es ein allgemeines Gesetz, daß etwas in uns ist, das stärker, größer, schöner, leidenschaftlicher, dunkler ist als wir? Worüber wir so wenig Macht haben, daß wir nur ziellos tausend Samenkörner streuen können, bis aus einem plötzlich eine Saat wie eine dunkle Flamme schießt, die weit über uns hinauswächst? … Und in jedem Nerv seines Körpers bebte ein ungeduldiges Ja als Antwort.

Törleß sah mit glänzenden Augen um sich. Noch immer waren die Lampen, die Wärme, das Licht, die emsigen Menschen da. Aber er kam sich unter all dem wie ein Auserwählter vor. Wie ein Heiliger, der himmlische Gesichte hat; – denn von der Intuition großer Künstler wußte er nichts.

Hastig, mit der Geschwindigkeit der Angst, griff er nach der Feder und notierte sich einige Zeilen über seine Entdeckung; noch einmal schien es in seinem Innern weithin wie ein Licht zu sprühen, ––––– dann brach ein aschgrauer Regen über seine Augen, und der bunte Glanz in seinem Geiste erlosch. ––––

Aber die Episode mit Kant war nahezu gänzlich überwunden. Bei Tage dachte Törleß überhaupt nicht mehr daran; die Überzeugung, daß er selbst schon nahe der Lösung seiner Rätsel stehe, war viel zu lebhaft in ihm, als daß er sich noch um die Wege eines anderen bekümmert hätte. Seit dem letzten Abend war ihm, er habe den Griff zu der Türe, die hinüberführe, schon in der Hand gefühlt, nur sei er ihm wieder entglitten. Da er aber eingesehen hatte, daß er auf die Hilfe philosophischer Bücher verzichten müsse, und auch kein rechtes Vertrauen zu ihnen hatte, stand er ziemlich ratlos da, wie er ihn wiedergewinnen wolle. Er machte einige Male Versuche, in seinen Aufzeichnungen fortzufahren, allein die geschriebenen Worte blieben tot, eine Reihe von grämlichen, längst bekannten Fragezeichen, ohne daß jener Augenblick wieder erwacht wäre, in dem er zwischen ihnen hindurch wie in ein von zitternden Kerzenflammen erhelltes Gewölbe geblickt hatte.

Daher beschloß er, so oft als möglich, immer und immer wieder die Situationen zu suchen, welche jenen für ihn so eigentümlichen Gehalt in sich trugen; und besonders häufig ruhte sein Blick auf Basini, wenn dieser, sich unbeobachtet glaubend, harmlos unter den anderen sich bewegte. «Einmal», dachte sich Törleß, «wird es schon wieder lebendig werden und dann vielleicht lebhafter und klarer als bisher.» Und er wurde ganz beruhigt durch diesen Gedanken, daß man sich solchen Dingen gegenüber einfach in einem finsteren Raume befinde und einem nichts übrigbleibe, als, wenn man die richtige Stelle wieder unter den Fingern verloren hat, nochmals und nochmals aufs Geratewohl die dunklen Wände abzutasten.

In den Nächten jedoch verfärbte sich dieser Gedanke ein wenig. Es überkam ihn da eine gewisse Beschämung darüber, daß er sich an seinem ursprünglichen Vorsatze, aus dem Buche, das ihm sein Lehrer gezeigt hatte, sich die vielleicht doch darin enthaltene Erklärung zu holen, so vorbeigedrückt hatte. Er lag dann ruhig und horchte zu Basini herüber, dessen geschändeter Körper friedlich wie die aller anderen atmete. Er lag ruhig, wie ein Jäger auf dem Anstande, mit dem Gefühle, daß die also verwartete Zeit ihren Lohn schon noch bringen werde. Sowie aber der Gedanke an das Buch auftauchte, nagte ein feinzahniger Zweifel an dieser Ruhe, eine Ahnung, daß er Unnützes tue, ein zögerndes Geständnis einer erlittenen Niederlage.

Sobald dieses unklare Gefühl sich geltend machte, verlor seine Aufmerksamkeit das Behagliche, mit dem man der Entwicklung eines wissenschaftlichen Experimentes zusieht. Ein körperlicher Einfluß schien dann von Basini auszugehen, ein Reiz, wie wenn man in der Nähe eines Weibes schläft, von dem man jeden Augenblick die Decke wegziehen kann. Ein Kitzel im Gehirn, der von dem Bewußtsein ausgeht, daß man nur die Hand auszustrecken brauche. Das, was junge Paare häufig zu Ausschweifungen treibt, die weit über ihr sinnliches Bedürfnis hinausgehen.

Je nach der Lebhaftigkeit, mit der ihm einfiel, daß sein Unterfangen ihm vielleicht lächerlich erscheinen müßte, wenn er das alles wüßte, was Kant, was sein Professor, was alle die wissen, welche mit ihren Studien fertig sind, je nach der Stärke dieser Erschütterung waren die sinnlichen Antriebe schwächer oder stärker, welche trotz der Stille des allgemeinen Schlafes seine Augen heiß und offen hielten. Ja zeitweilig loderten sie so mächtig in ihm empor, daß sie jeden anderen Gedanken erstickten. Wenn er sich in diesen Augenblicken halb willig, halb verzweifelt ihren Einflüsterungen hingab, so erging es ihm nur, wie es mit allen Menschen geht, die ja auch nie so sehr zu einer tollen, ausschweifenden, so sehr die Seele zerreißenden, mit wollüstiger Absicht zerreißenden, Sinnlichkeit neigen als dann, wenn sie einen Mißerfolg erlitten haben, der das Gleichgewicht ihres Selbstbewußtseins erschüttert. ––––

Wenn er dann nach Mitternacht endlich in unruhigem Schlummer lag, schien ihm einige Male, daß jemand aus der Gegend um Reitings oder Beinebergs Bett aufstand, seinen Mantel nahm und zu Basini hintrat. Dann verließen sie den Saal … … Aber es konnte auch eine Einbildung gewesen sein. ––––

Es kamen zwei Feiertage; da sie auf einen Montag und Dienstag fielen, ließ der Direktor den Zöglingen schon den Samstag frei, und es gab viertägige Ferien. Für Törleß war dies jedoch zu wenig, um die weite Reise nach Hause machen zu können; er hatte deswegen gehofft, daß wenigstens seine Eltern ihn besuchen würden, allein sein Vater wurde durch dringende Geschäfte im Ministerium festgehalten, und die Mutter fühlte sich unwohl, so daß sie sich nicht allein den Anstrengungen der Reise aussetzen konnte.

Erst als Törleß den Brief erhielt, in dem ihm seine Eltern absagten und viele zärtliche Tröstungen hinzufügten, fühlte er, daß es ihm so eigentlich ganz recht sei. Er hätte es beinahe als eine Störung empfunden, – zumindest hätte es ihn arg verwirrt, – wenn er seinen Eltern im jetzigen Zeitpunkte hätte gegenübertreten müssen.

Viele Zöglinge erhielten Einladungen auf naheliegende Besitzungen. Auch Dschjusch, dessen Eltern eine Tagreise im Wagen von der kleinen Stadt entfernt ein schönes Gut besaßen, nahm Urlaub, und Beineberg, Reiting, Hofmeier begleiteten ihn. Auch Basini war von Dschjusch eingeladen worden, allein Reiting hatte ihm befohlen abzulehnen. Törleß schützte vor, daß er nicht wisse, ob seine Eltern nicht doch noch kommen würden; er fühlte sich absolut nicht zu harmlos heiteren Festlichkeiten und Unterhaltungen gelaunt.

Samstag mittag schon lag das große Haus schweigend und nahezu verlassen da.

Wenn Törleß durch die Gänge schritt, so widerhallte es von einem Ende zum andern; kein Mensch bekümmerte sich um ihn, denn auch die meisten Lehrer waren zur Jagd oder sonst irgendwohin gefahren. Nur bei den Mahlzeiten, die jetzt in einem kleinen Zimmer neben dem verlassenen Speisesaale serviert wurden, sahen sich die wenigen zurückgebliebenen Zöglinge; nach Tisch zerstreuten sich ihre Schritte wieder in der weiten Flucht der Gänge und Zimmer, das Schweigen des Hauses verschlang sie gleichsam, und sie führten in der Zwischenzeit ein Leben, nicht mehr beachtet als das der Spinnen und Tausendfüßler in Keller und Boden.

Von Törleß' Klasse waren nur er und Basini zurückgeblieben, einige andere ausgenommen, welche in den Krankenzimmern lagen. Beim Abschied hatte Törleß noch einige heimliche Worte mit Reiting gewechselt, welche sich auf Basini bezogen. Reiting fürchtete nämlich, daß Basini die Gelegenheit benützen könnte, um bei einem der Lehrer Schutz zu suchen, und er legte Törleß ans Herz, ihn sorgsam zu überwachen.

Es bedurfte dessen jedoch gar nicht, um Törleß' Aufmerksamkeit auf Basini zu sammeln.

Kaum hatte sich die Unruhe der vorfahrenden Wagen, der koffertragenden Diener, der mit Scherzen voneinander Abschied nehmenden Zöglinge aus dem Hause verloren, als das Bewußtsein seines Alleinseins mit Basini herrisch von Törleß Besitz ergriff.

Das war nach dem ersten Mittagmahle. Basini saß vorne auf seinem Platze und schrieb an einem Briefe; Törleß hatte sich in die hinterste Ecke des Zimmers gesetzt und versuchte zu lesen.

Es war zum ersten Male wieder das gewisse Buch, und Törleß hatte sich die Situation sorgsam so ausgedacht gehabt: Vorne saß Basini, hinten er, mit den Augen ihn festhaltend, sich in ihn hineinbohrend. Und so wollte er lesen. Nach jeder Seite sich tiefer in Basini hineinsenkend. So mußte es gehen; so mußte er die Wahrheiten finden, ohne das Leben, das lebendige, komplizierte, fragwürdige Leben, aus den Händen zu verlieren ...

Aber es ging nicht. Wie immer, wenn er sich etwas allzu sorgfältig vorher ausdachte. Es war zu wenig unvermittelt und die Stimmung erlahmte rasch zu einer zähen, breiigen Langeweile, die sich eklig an jeden der viel zu absichtlich immer wieder erneuten Versuche klebte.

Törleß warf wütend das Buch zur Erde. Basini sah sich erschreckt um, fuhr aber gleich wieder hastig fort zu schreiben.

So krochen die Stunden der Dämmerung zu. Törleß saß ganz stumpfsinnig. Das einzige, was sich aus einem dumpfen, surrenden, brummenden Allgemeingefühle heraus in sein Bewußtsein hob, war das Ticken seiner Taschenuhr. Wie ein kleines Schwänzchen wackelte es hinter dem trägen Leib der Stunden her. Im Zimmer wurde es verschwommen ... Basini konnte doch längst nicht mehr schreiben ... «Ah, wahrscheinlich traut er sich nicht Licht zu machen», dachte sich Törleß. Saß er aber überhaupt noch auf seinem Platze? Törleß hatte in die kahle, dämmerige Landschaft hinausgesehen und mußte sein Auge erst an das Dunkel des Zimmers gewöhnen. Doch. Dort, der unbewegliche Schatten, das wird er wohl sein. Ach, er seufzt ja sogar, – einmal, .. zweimal, .. oder schläft er am Ende?

Ein Diener kam und zündete die Lampen an. Basini fuhr auf und rieb sich die Augen. Dann nahm er ein Buch aus der Lade und schien lernen zu wollen.

Törleß brannte es auf den Lippen ihn anzusprechen, und um dem vorzubeugen, verließ er hastig das Zimmer.

In der Nacht hätte Törleß beinahe Basini überfallen. Solch eine mörderische Sinnlichkeit war in ihm nach der Pein des gedankenlosen, stumpfsinnigen Tages erwacht. Zum Glück erlöste ihn noch rechtzeitig der Schlaf.

Der nächste Tag verging. Er hatte nichts als die gleiche Unfruchtbarkeit der Stille gebracht. Das Schweigen – die Erwartung überreizten Törleß, – die beständige Aufmerksamkeit verzehrte alle geistigen Kräfte, so daß er zu jedem Gedanken unfähig blieb.

Zerschlagen, enttäuscht, bis zu den ärgsten Zweifeln mit sich unzufrieden, legte er sich frühzeitig zu Bett.

Er lag schon lange in einem ruhelosen, erhitzten Halbschlafe, als er Basini kommen hörte.

Ohne sich zu regen, folgte er mit den Augen der dunklen Gestalt, die an seinem Bette vorbeischritt; er hörte das

Geräusch, welches durch das Lösen der Kleidung verursacht wurde; dann das Knistern der über den Körper gezogenen Decke.

Törleß hielt den Atem an, dennoch vermochte er nichts mehr zu hören. Und doch verließ ihn nicht das Gefühl, daß Basini nicht schlafe, sondern ebenso angestrengt wie er durch das Dunkel horche.

So vergingen Viertelstunden, – Stunden. Hie und da nur durch das leise Geräusch der sich im Bette bewegenden Körper unterbrochen.

Törleß befand sich in einem eigentümlichen Zustande, der ihn wach erhielt. Gestern waren es sinnliche Bilder der Einbildungskraft gewesen, in denen er gefiebert hatte. Erst ganz zum Schlusse hatten sie eine Wendung zu Basini genommen, gleichsam sich unter der unerbittlichen Hand des Schlafes, der sie verlöschte, zum letzten Male aufgebäumt, und er hatte gerade daran nur eine ganz dunkle Erinnerung. Heute aber war es von Anfang an nichts als ein triebhafter Wunsch, aufzustehen und zu Basini hinüberzugehen. Solange er das Gefühl gehabt hatte, daß Basini wache und zu ihm herüber horche, war es kaum auszuhalten gewesen; und jetzt, da dieser doch wohl schon schlief, lag erst recht ein grausamer Kitzel darin, den Schlafenden wie eine Beute zu überfallen.

Törleß spürte schon die Bewegungen des Sichaufrichtens und aus dem Bette Steigens in allen Muskeln zucken. Trotzdem vermochte er aber noch nicht, seine Reglosigkeit abzuschütteln.

«Was soll ich denn eigentlich bei ihm?» fragte er sich in seiner Angst fast laut. Und er mußte sich gestehen, daß die Grausamkeit und Sinnlichkeit in ihm gar kein rechtes Ziel hatte. Er wäre in Verlegenheit gekommen, wenn er sich wirklich auf Basini gestürzt hätte. Er wollte ihn doch nicht prügeln? Gott bewahre! Und in welcher Weise sollte sich denn seine sinnliche Erregung an ihm befriedigen? Er empfand unwillkürlich einen Abscheu, als er an die verschiedenen kleinen Knabenlaster dachte. Sich vor einem anderen Menschen so bloßstellen? Nie! ...

In dem Maße aber, als dieser Abscheu wuchs, wurde auch der Antrieb stärker, zu Basini hinüberzugehen. Schließlich war Törleß ganz von der Unsinnigkeit eines solchen Unterfangens durchdrungen, aber ein förmlich physischer Zwang schien ihn wie an einem Seile aus dem Bette zu ziehen. Und während alle Bilder aus seinem Kopfe wichen und er sich unaufhörlich sagte, daß es jetzt wohl am besten wäre, den Schlaf zu suchen, richtete er sich mechanisch von seinem Lager auf. Ganz langsam – er fühlte ordentlich, wie dieser seelische Zwang nur Schritt für Schritt gegen die Widerstände Boden gewann – richtete er sich auf. Erst einen Arm, .. dann stützte er den Oberkörper auf, dann schob er ein Knie unter der Decke hervor, .. dann. ..: doch plötzlich eilte er mit bloßen Füßen, auf den Zehen zu Basini hinüber und setzte sich auf den Rand des Bettes.

Basini schlief.

Er sah ganz so aus, als ob er angenehm träumte.

Törleß war noch immer nicht Herr seiner Handlungen. Einen Augenblick saß er still und starrte dem Schlafenden ins Gesicht. Jene kurzen, abgerissenen, gleichsam nur den Situationsbefund konstatierenden Gedanken zuckten durch sein Gehirn, die man hat, wenn man sein Gleichgewicht verliert, stürzt oder wenn einem ein Gegenstand aus den Händen gerissen wird. Und ohne Besinnen faßte er Basini an der Schulter und rüttelte ihn wach.

Der Schläfer reckte sich einige Male träge, dann fuhr er auf und blickte Törleß mit schlafblöden Augen an.

Törleß erschrak; er war völlig verwirrt; seine Handlung kam ihm zum ersten Male zur Besinnung, und er wußte nicht, was er nun weiter tun solle. Er schämte sich furchtbar. Sein Herz klopfte hörbar. Worte der Erklärung, Ausreden drängten sich auf seine Zunge. Er wollte Basini fragen, ob er keine Streichhölzchen habe, ob er ihm nicht sagen könne, wie viel Uhr es sei …

Basini glotzte ihn noch immer ohne Verständnis an.

Schon zog Törleß, ohne ein Wort hervorgebracht zu haben, den Arm zurück, schon glitt er von dem Bette herunter, um lautlos in das seine zurückzuschleichen, – da schien Basini die Situation erfaßt zu haben und richtete sich mit einem Rucke auf.

Törleß blieb unschlüssig am Bettende stehen. Basini sah ihn noch einmal mit einem fragenden, prüfenden Blicke an, dann stieg er vollends aus dem Bette, schlüpfte in Mantel und Hausschuhe und ging mit schlurfenden Schritten voran.

Törleß wurde es mit einem Schlage klar, daß dies nicht zum erstenmal geschehe.

Im Vorbeigehen nahm er die Schlüssel zur Kammer, die er unter seinem Kopfkissen versteckt gehabt hatte, mit. ––––––

Basini schritt geradenwegs zur Bodenkammer voraus. Er schien mit dem Wege, den man ihm damals doch noch verheimlicht hatte, inzwischen genau bekannt geworden zu sein. Er hielt die Kiste fest, als Törleß daraufstieg, er räumte die Kulissen zur Seite, umsichtig, mit diskreten Bewegungen, wie ein geschulter Lakai.

Törleß sperrte auf, und sie traten ein. Er stand mit dem Rücken zu Basini und zündete die kleine Lampe an.

Als er sich umdrehte, stand Basini nackt vor ihm.

Unwillkürlich trat er einen Schritt zurück. Der plötzliche Anblick dieses nackten, schneeweißen Körpers, hinter dem das Rot der Wände zu Blut wurde, blendete und bestürzte ihn. Basini war schön gebaut; an seinem Leibe fehlte fast jede Spur männlicher Formen, er war von einer keuschen, schlanken Magerkeit, wie der eines jungen Mädchens. Und Törleß fühlte das Bild dieser Nacktheit wie heiße, weiße Flammen in seinen Nerven auflodern. Er konnte sich der Macht dieser Schönheit nicht entziehen. Er hatte vorher nicht gewußt, was Schönheit sei. Denn was war ihm in seinem Alter Kunst, was kannte er schließlich davon?! Ist sie doch bis zu einem gewissen Alter jedem in freier Luft aufgewachsenen Menschen unverständlich und langweilig!

Hier aber war sie auf den Wegen der Sinnlichkeit zu ihm gekommen. Heimlich, überfallend. Ein betörender warmer Atem strömte aus der entblößten Haut, eine weiche, lüsterne Schmeichelei. Und doch war etwas daran, das zum Händefalten feierlich und bezwingend war.

Aber nach der ersten Überraschung schämte sich Törleß des einen wie des anderen. «Es ist doch ein Mann!» Der Gedanke empörte ihn, aber ihm war zumute, als ob ein Mädchen nicht anders sein könnte.

Beschämt herrschte er Basini an: «Was fällt dir denn ein?! Gleich wirst du wieder ..!!»

Nun schien *dieser* bestürzt; zögernd und ohne die Augen von Törleß zu lassen, nahm er den Mantel vom Boden auf.

«Da, setz dich!» wies Törleß Basini an. Dieser gehorchte. Törleß lehnte mit hinter dem Rücken gekreuzten Händen an der Wand.

«Warum hast du dich ausgezogen? Was wolltest du von mir?»

«Nun, ich dachte ...»

Zögern.

«Was dachtest du?»

«Die anderen ...»

«Was die anderen?»

«Beineberg und Reiting ...»

«Was Beineberg und Reiting? Was taten sie? Du mußt mir alles erzählen! Ich will es so; verstehst du? Obwohl ich es schon von den andern gehört habe.» Törleß wurde bei dieser unbeholfenen Lüge rot. Basini biß sich die Lippen.

«Nun, wird's?!»

«Nein, verlange nicht, daß ich erzähle! Bitte, verlange es nicht! Ich will ja alles tun, was du willst. Aber laß mich nicht erzählen ... Oh, du hast solch eine besondere Art mich zu quälen ..!» Haß, Angst und eine flehentliche Bitte kämpften in den Augen Basinis. Törleß lenkte unwillkürlich ein.

«Ich will dich gar nicht quälen. Ich will dich nur zwingen, selbst die volle Wahrheit zu sagen. Vielleicht in deinem Interesse.»

«Aber ich habe doch gar nichts getan, was besonderen Erzählens wert wäre.»

«So? Warum aber hast du dich dann ausgezogen?»

«Sie verlangten es so.»

«Und warum hast du getan, was sie verlangten? Du bist also feig? Erbärmlich feig?»

«Nein, ich bin nicht feig! Sag das nicht!»

«Wirst du den Mund halten! Wenn du ihre Prügel fürchtest, so könnten dir die meinen auch nicht schlecht bekommen!»

«Ich fürchte aber gar nicht ihre Prügel.»

«So? Was denn?»

Törleß sprach wieder ruhig. Seine rohe Drohung ärgerte ihn bereits. Aber unwillkürlich war sie ihm entschlüpft, lediglich weil ihm schien, daß sich Basini ihm gegenüber mehr herausnehme als gegen die anderen.

«Wenn du dich, wie du sagst, nicht fürchtest, was ist dann mit dir?»

«Sie sagen, wenn ich ihnen zu Willen sei, werde mir nach einiger Zeit alles verziehen werden.»

«Von ihnen beiden?»

«Nein, überhaupt.»

«Wie können sie das versprechen; ich bin doch auch noch da!»

«Hiefür werden schon sie sorgen, sagen sie!»

Dies gab Törleß einen Schlag. Beinebergs Worte, daß Reiting gegebenenfalls gegen ihn gerade so handeln würde wie gegen Basini, fielen ihm ein. Und wenn es wirklich zu einer Intrige gegen ihn käme, wie sollte er ihr begegnen? Er war den beiden in derlei nicht gewachsen, wie weit würden sie es treiben können? Wie mit Basini? ... Alles in ihm lehnte sich gegen diesen hämischen Einfall auf.

Minuten verstrichen zwischen ihm und Basini. Er wußte, daß es ihm an Wagemut und Ausdauer zu derlei Ränken gebrach; aber nur deswegen, weil er sich zu wenig dafür interessierte, weil er nie seine ganze Persönlichkeit im Spiele fühlte. Er hatte immer mehr dabei zu verlieren als zu gewinnen gehabt. Käme dies aber einmal anders, so fühlte er, daß auch eine ganz andere Zähigkeit und Tapferkeit in ihm sein würde. Nur wissen müßte man, wann es Zeit sei, alles aufs Spiel zu setzen.

«Haben sie dir Näheres gesagt? ... wie sie sich das denken? ... Das meinetwegen?»

«Näheres? Nein. Sie sagten nur, daß sie schon sorgen würden.»

Dennoch, ... eine Gefahr lag nun da, ... irgendwo im Versteck, ... und lauerte auf Törleß; ... jeder Schritt konnte in eine Fußangel fallen, jede Nacht konnte die letzte vor Kämpfen sein. Eine ungeheure Unsicherheit lag in diesem Gedanken. Das war kein lässiges Sichtreibenlassen mehr, kein Spielen mit rätselhaften Gesichten, – das hatte harte Ecken und war fühlbare Wirklichkeit.

Das Gespräch fing wieder an.

«Und was tun sie mit dir?»

Basini schwieg.

«Wenn es dir mit deiner Besserung ernst ist, mußt du mir alles sagen.»

«Sie lassen mich auskleiden.»

«Ja, ja, das sah ich doch, ... und dann ... ?»

Eine kleine Weile verstrich, und plötzlich sagte Basini: «Verschiedenes.»

Er sagte es mit einer weibischen, buhlerischen Betonung.

«Du bist also ihre ... Mai ... tresse?»

«Oh nein, ich bin ihr Freund!»

«Wie kannst du dich unterstehen, das zu sagen!»

«Sie sagen es selbst.»

«Was ... ?»

«Ja, Reiting.»

«So, Reiting?»

«Ja, er ist sehr freundlich zu mir. Meist muß ich mich ausziehen und ihm etwas aus Geschichtsbüchern vorlesen; von Rom und seinen Kaisern, von den Borgias, von Timur Chan, ... na, du weißt schon, lauter solch blutige, große Sachen. Dann ist er sogar zärtlich gegen mich.»

«Und nachher schlägt er mich meistens ...»

«Wonach?! ...... Ach so!»

«Ja. Er sagt, wenn er mich nicht schlagen würde, so müßte er glauben, ich sei ein Mann, und dann dürfte er mir gegenüber auch nicht so weich und zärtlich sein. So aber sei ich seine Sache, und da geniere er sich nicht.»

«Und Beineberg?»

«Oh, Beineberg ist häßlich. Findest du nicht auch, daß er aus dem Munde riecht?»

«Schweig! Was ich finde, geht dich gar nichts an! Erzähle, was Beineberg mit dir tut!»

«Nun, auch so wie Reiting, nur .... Aber du darfst mich nicht wieder gleich schimpfen ...»

«Vorwärts.»

«Nur ... auf einem anderen Umwege. Er hält mir erst lange Reden über meine Seele. Ich habe sie beschmutzt, aber gewissermaßen nur den ersten Vorhof von ihr. Im Verhältnis zu dem Innersten sei dies etwas Nichtiges und Äußerliches. Nur müsse man es abtöten; so seien schon viele aus Sündern zu Heiligen geworden. Die Sünde sei daher in höherer Hinsicht gar nicht so schlecht; nur müsse man sie ganz auf die Spitze treiben, damit sie abbreche. Er läßt mich sitzen und ein geschliffenes Glas anstarren ...»

«Er hypnotisiert dich?»

«Nein, er sagt, er müsse nur alle Dinge, die an der Oberfläche meiner Seele umherschwimmen, einschläfern und kraftlos machen. Dann erst könne er mit meiner Seele selbst verkehren.»

«Und wie verkehrt er denn mit ihr?»

«Das ist ein Experiment, das ihm noch nie gelungen ist. Er sitzt, und ich muß mich auf die Erde legen, so daß er die Füße auf meinen Leib stellen kann. Ich muß von dem Glas recht träge und schläfrig geworden sein. Dann auf einmal befiehlt er mir zu bellen. Er beschreibt es mir ausführlich: – leise, mehr winselnd, – so wie ein Hund aus dem Schlafe heraus bellt.»

«Wozu das?»

«Man weiß nicht, wozu es gut ist. Er läßt mich auch grunzen wie ein Schwein und wiederholt mir in einem fort, ich habe etwas von diesem Tiere in mir. Aber nicht, als ob er mich schimpfen wollte; er wiederholt es mir ganz leise und freundlich, um es – wie er sagt – fest in meine Nerven einzudrücken. Denn er behauptet, daß möglicherweise eine meiner früheren Existenzen so gewesen sei und daß man sie hervorlocken müsse, um sie unschädlich zu machen.»

«Und du glaubst ihm all das?»

«Gott bewahre; ich meine, er selbst glaubt nicht daran. Und dann ist er doch auch zum Schlusse immer ganz anders. Wie soll ich auch solche Dinge glauben?! Wer glaubt denn heute an eine Seele?! Und gar an eine solche Seelenwanderung?! Daß ich gefehlt habe, weiß ich ganz gut; aber ich habe immer gehofft, es wieder gut machen zu können. Da ist gar kein Hokuspokus nötig. Ich zerbreche mir auch gar nicht den Kopf darüber, wieso ich meinen Fehltritt begehen konnte. So etwas kommt so rasch, so von selbst; man merkt erst nachher, daß man etwas Unkluges getan hat. Wenn es ihm aber Vergnügen macht, etwas Übersinnliches dahinter zu suchen, so soll er meinetwegen. Vorläufig muß ich ihm ja doch zu Willen sein. Wenn er nur lieber unterlassen möchte, mich zu stechen ...»

«Was?»

«Ja, mit einer Nadel, – nun nicht heftig, nur um zu sehen, wie ich darauf reagiere, ... ob sich nicht an irgendeiner Stelle des Körpers etwas bemerkbar mache. Aber weh tut es doch. Er behauptet nämlich, die Ärzte verstünden nichts davon; ich habe mir nicht gemerkt, womit er das beweisen will, ich erinnere mich nur, daß er viel von Fakiren spricht, die, wenn sie ihre Seele schauen, gegen korperliche Schmerzen unempfindlich sein sollen.»

«Nun ja, ich kenne diese Ideen; du sagtest aber doch selbst, daß dies nicht alles sei.»

«Gewiß nicht; ich sagte doch auch, daß ich dies nur für einen Umweg halte. Nachher kommen jedesmal Viertelstunden, wo er schweigt und ich nicht weiß, was in ihm vorgeht. Danach aber bricht er plötzlich los und verlangt Dienste von mir – wie besessen – weit ärger als Reiting.»

«Und du tust alles, was man von dir verlangt?»

«Was bleibt mir übrig? Ich will wieder ein anständiger Mensch werden und meine Ruhe haben.»

«Was aber inzwischen geschehen ist, wird dir ganz gleich sein?»

«Ich kann mir ja nicht dagegen helfen.»

«Gib jetzt genau acht und beantworte meine Fragen: Wieso konntest du stehlen?»

«Wieso? Schau, ich brauchte das Geld dringend; ich hatte beim Traiteur Schulden, und er wollte sich nicht mehr vertrösten lassen. Dann glaubte ich doch bestimmt, daß in jenen Tagen für mich Geld kommen werde. Von den Kameraden wollte mir keiner leihen: die einen hatten selbst keins, und die Sparsamen freut es ja nur, wenn einer, der nicht so ist, gegen Monatsende in Verlegenheit kommt. Ich wollte gewiß niemanden betrügen; ich wollte es mir nur heimlich ausleihen ...»

«Nicht so meine ich es,» unterbrach Törleß ungeduldig diese Erzählung, die Basini offenbar erleichterte, «ich frage: wieso – wie konntest du das tun, wie fühltest du dich? Was ging in jenem Augenblick in dir vor?»

«Nun ja, – gar nichts. Es war doch nur ein Augenblick, ich fühlte nichts, ich überlegte nichts, es war einfach plötzlich geschehen.»

«Aber das erstemal mit Reiting? Als er zum erstenmal jene Dinge von dir verlangte? Verstehst du ...?»

«Oh, unangenehm war es mir schon. Weil es so auf Befehl geschehen sollte. Denn sonst ... denk' nur, wie viele tun solche Sachen freiwillig zum Vergnügen, ohne daß die anderen davon wissen. Da ist es wohl nicht so arg.»

«Aber du hast es auf Befehl getan. Du hast dich erniedrigt. So, wie wenn du in den Kot kriechen würdest, weil es ein anderer will.»

«Das gebe ich ja zu; aber ich mußte.»

«Nein, du mußtest nicht.»

«Sie hätten mich geprügelt, angezeigt; alle Schande wäre auf mich gekommen.»

«Nun, meinetwegen, lassen wir das. Ich will etwas anderes von dir wissen. Höre, ich weiß, daß du viel Geld bei Božena gelassen hast. Du hast vor ihr aufgeschnitten, dich in die Brust geworfen, mit deiner Männlichkeit geprahlt. Du willst also ein Mann sein? Nicht nur mit dem Mund und mit ..., sondern mit der ganzen Seele? Nun sieh, da verlangt auf einmal einer von dir einen so erniedrigenden Dienst, du fühlst im selben Augenblick, daß du zu feig bist, um nein zu sagen: ging da nicht durch dein ganzes Wesen ein Riß? Ein Schreck, – unbestimmt, – als ob sich eben etwas Unsagbares in dir vollzogen hätte?»

«Gott, ich verstehe dich nicht; ich weiß nicht, was du willst; ich kann dir nichts, gar nichts sagen.»

«So paß auf; ich werde dir jetzt befehlen, dich wieder auszukleiden.»

Basini lächelte.

«Dich platt da vor mir auf die Erde zu legen. Lach nicht! Ich befehle es dir wirklich! Hörst du?! Wenn du nicht augenblicklich folgst, so wirst du sehen, was dir bevorsteht, wenn Reiting zurückkommt! ... So. Siehst du, jetzt liegst du nackt vor mir auf der Erde. Du zitterst sogar; es friert dich? Ich könnte jetzt auf deinen nackten Leib speien, wenn ich wollte. Drücke nur den Kopf fest auf die Erde; sieht der Staub am Boden nicht merkwürdig aus? Wie eine Landschaft voll Wolken und Felsblöcken so groß wie Häuser? Ich könnte dich mit Nadeln stechen. Da in der Nische, bei der Lampe liegen noch welche. Fühlst du sie schon auf der Haut? ... Aber ich will nicht ... Ich könnte dich bellen lassen, wie es Beineberg getan hat, den Staub auffressen lassen wie ein Schwein, ich könnte dich Bewegungen machen lassen – du weißt schon –, und du müßtest dazu seufzen: Oh meine liebe Mut …» Doch Törleß hielt jäh in dieser Lästerung inne. «Aber ich will nicht, will nicht, verstehst du?!»

Basini weinte. «Du quälst mich …»

«Ja, ich quäle dich. Aber nicht darum ist es mir; ich will nur eines wissen: Wenn ich all das wie Messer in dich hineinstoße, was ist in dir? Was vollzieht sich in dir? Zerspringt etwas in dir? Sag! Jäh wie ein Glas, das plötzlich in tausend Splitter geht, bevor sich noch ein Sprung gezeigt hat? Das Bild, das du dir von dir gemacht hast, verlöscht es nicht mit einem Hauche; springt nicht ein anderes an seine Stelle, wie die Bilder der Zauberlaternen aus dem Dunkel springen? Verstehst du mich denn gar nicht? Näher erklären kann ich's dir nicht; du mußt mir selbst sagen …!»

Basini weinte ohne aufzuhören. Seine mädchenhaften Schultern zuckten; er brachte immer nur dasselbe hervor: «Ich weiß nicht, was du willst; ich kann dir nichts erklären; es geschieht im Augenblicke; es kann dann gar nicht anders geschehen; du würdest ebenso handeln wie ich.»

Törleß schwieg. Er blieb erschöpft, reglos an der Wand lehnen und starrte vor sich hin, geradeaus ins Leere.

«Wenn du in meiner Situation wärest, würdest du geradeso handeln», hatte Basini gesagt. Da war das Geschehene als eine einfache Notwendigkeit, ruhig und ohne Verzerrung.

Törleß' Selbstbewußtsein lehnte sich in heller Verachtung selbst gegen die bloße Zumutung auf. Und doch schien ihm diese Auflehnung seines ganzen Wesens keine befriedigende Gewähr zu bieten. «… ja, ich würde mehr Charakter haben als er, ich würde solche Zumutungen nicht ertragen, – aber ist dies auch von Belang? Ist es von Belang, daß ich aus Festigkeit, aus Anständigkeit, aus lauter Gründen, die mir jetzt ganz nebensächlich sind, anders handeln würde? Nein, nicht daran liegt's, wie ich handeln würde, sondern daran, daß ich, wenn ich einmal wirklich so handelte wie Basini, ebensowenig Außergewöhnliches dabei empfinden würde wie er. Dies ist das Eigentliche: mein Gefühl meiner selbst würde genau so einfach und von allem Fragwürdigen entfernt sein wie das seine ...»

Dieser Gedanke, welcher – in abgerissenen, übereinander greifenden, immer wieder von vorne anfangenden Sätzen gedacht – der Verachtung für Basini einen ganz intimen, leisen, aber weit tiefer als Moral an das innerste Gleichgewicht rührenden Schmerz hinzufügte, kam von der Erinnerung an eine kurz vorher gehabte Empfindung, die Törleß nicht losließ. Als ihm nämlich durch Basini die möglicherweise von Reiting und Beineberg drohende Gefahr zur Kenntnis kam, war er einfach erschrocken. Einfach erschrocken wie bei einem Überfall, und hatte ohne Überlegen blitzschnell nach Paraden und Deckungen gesucht. Das war nun im Augenblicke einer wirklichen Gefahr gewesen; und die Empfindung, die er dabei gehabt hatte, reizte ihn. Diese raschen, gedankenlosen Impulse. Er versuchte ganz vergebens sie wieder in sich auszulösen. Aber er wußte, daß sie der Gefahr augenblicks alles Sonderbare und Zweideutige genommen hatten.

Und doch war es dieselbe Gefahr gewesen, die er vor einigen Wochen erst an derselben Stelle geahnt hatte. Damals, als er so eigen wegen der Kammer erschrocken war, die wie ein vergessenes Mittelalter abseits von dem warmen und hellen Leben der Lehrsäle lag, und über Beineberg und Reiting, weil sie aus den Menschen, die sie dort waren, plötzlich etwas anderes, Düsteres, Blutgieriges, Personen in einem ganz anderen Leben geworden zu sein schienen. Damals war dies eine Verwandlung, ein Sprung für Törleß, als ob das Bild seiner Umgebung plötzlich in andere, aus hundertjährigem Schlafe erwachte Augen fiele.

Und doch war es dieselbe Gefahr gewesen ... Unaufhörlich wiederholte er sich dies. Und immer wieder versuchte er, die Erinnerungen der beiden verschiedenen Empfindungen miteinander zu vergleichen -----

Basini hatte sich mittlerweile längst aufgerichtet; er bemerkte den stieren, geistesabwesenden Blick seines Gefährten, leise nahm er seine Kleider auf und schlich sich davon.

Törleß sah es, – wie durch einen Nebel hindurch, – aber er ließ es wortlos geschehen.

Seine Aufmerksamkeit war ganz durch das Bestreben gefesselt, jenen Punkt in ihm wieder aufzufinden, wo plötzlich jener Wechsel in der innerlichen Perspektive stattgefunden hatte.

Aber sooft er in dessen Nähe kam, erging es ihm wie einem, der Nahes mit Fernem vergleichen will: er erhaschte nie die Erinnerungsbilder beider Gefühle zugleich, sondern jedesmal ging wie ein leiser Knacks zwischendurch ein Gefühl, wie es im Körperlichen etwa den kaum merkbaren Muskelempfindungen entspricht, die das Einstellen des Blickes begleiten. Und jedesmal beanspruchte dies gerade im entscheidenden Momente die Aufmerksamkeit für sich, die Tätigkeit des Vergleichens drängte sich vor den Gegenstand des Vergleiches, es gab einen kaum fühlbaren Ruck, – und alles stand still.

Und immer wieder begann Törleß von neuem.

Dieser Prozeß von mechanischer Gleichmäßigkeit schläferte ihn in einen starren, wachen, eiskalten Schlaf, der ihn reglos an seinem Platze festhielt. Unbestimmt lange.

Erst ein Gedanke weckte Törleß auf wie die leise Berührung einer warmen Hand. Ein anscheinend so selbstverständlicher Gedanke, daß sich Törleß wunderte, nicht schon längst auf ihn verfallen zu sein.

Ein Gedanke, der gar nichts tat als die eben gemachte Erfahrung registrieren: es kommt immer einfach, unverzerrt, in natürlichen, alltäglichen Proportionen, was von ferne so groß und geheimnisvoll aussieht. So als ob eine unsichtbare Grenze um den Menschen gezogen wäre. Was sich außerhalb vorbereitet und von ferne herannaht, ist wie ein nebliges Meer voll riesenhafter, wechselnder Gestalten; was an ihn herantritt, Handlung wird, an seinem Leben sich stößt, ist klar und klein, von menschlichen Dimensionen und menschlichen Linien. Und zwischen dem Leben, das man lebt, und dem Leben, das man fühlt, ahnt, von ferne sieht, liegt wie ein enges Tor die unsichtbare Grenze, in dem sich die Bilder der Ereignisse zusammendrücken müssen, um in den Menschen einzugehen.

Und doch, so sehr dies seiner Erfahrung entsprach, beugte Törleß nachdenklich den Kopf.

«Ein sonderbarer Gedanke –––––» fühlte er.

Endlich lag er in seinem Bett. Er dachte an gar nichts mehr, denn das Denken fiel so schwer und war so fruchtlos. Was er über die Heimlichkeiten seiner Freunde erfahren hatte, zog ihm zwar durch den Sinn, aber so gleichgültig und leblos wie eine Nachricht, die man in einer fremden Zeitung liest.

Von Basini war nichts mehr zu hoffen. Freilich, sein Problem! – Aber es war so fraglich und er so müde und so zerschlagen. Eine Täuschung vielleicht – das Ganze.

Nur der Anblick Basinis, seiner nackten, leuchtenden Haut, duftete wie ein Fliederstrauch in das Dämmern der Empfindungen, das dem Schlafe vorausging. Sogar aller moralische Abscheu verlor sich. Schließlich schlief Törleß ein.

Kein Traum zog durch seine Ruhe. Aber eine unendlich angenehme Wärme breitete weiche Teppiche unter seinen Leib. Schließlich wachte er darüber auf. Und beinahe hätte er einen Schrei ausgestoßen. An seinem Bette saß Basini! Und mit rasender Behendigkeit löste dieser im nächsten Augenblicke das Hemd von seinem Leibe, schmiegte sich unter die Decke und preßte seinen nackten, zitternden Leib an Törleß an.

Kaum hatte sich Törleß in diesem Überfalle zurechtgefunden, als er Basini von sich stieß.

«Was fällt dir denn ein ...?!»

Doch Basini bettelte. «Oh, sei nicht wieder so! So wie du ist keiner. Sie verachten mich nicht so wie du; sie tun dies nur scheinbar, damit sie dann desto anders sein können. Aber du? Gerade du ...?! ... Du bist sogar jünger als ich, wenn du auch stärker bist; ... wir sind beide jünger als die anderen; ... du bist nicht so roh und prahlerisch wie sie; ... du bist sanft; ... ich liebe dich ... !»

«Was – was sagst du? Was soll ich mit dir? Geh – so geh doch weg!» Und Törleß stemmte gequält seinen Arm gegen Basinis Schulter. Aber die heiße Nähe der weichen, fremden Haut verfolgte ihn und umschloß ihn und erstickte ihn. Und in einem fort flüsterte Basini ...: «Doch ... doch ... bitte ... oh, es wäre mir ein Genuß, dir zu dienen.»

Törleß fand keine Antwort. Während Basini sprach, während der Sekunden des Zweifelns und Überlegens, war er wieder wie ein tiefgrünes Meer über seine Sinne gesunken. Nur Basinis bewegliche Worte leuchteten darinnen auf wie das Blinken silberner Fischchen.

Noch immer hielt er seine Arme gegen Basinis Körper gestemmt. Aber auf ihnen lag es wie eine feuchte, schwere Wärme; ihre Muskeln erschlafften; er vergaß ihrer .... Nur wenn ihn ein neues der zuckenden Worte traf, wachte er auf, weil er plötzlich fühlte, – wie etwas schrecklich Unfaßbares, – daß eben – wie im Traum – seine Hände Basini näher gezogen hatten.

Dann wollte er sich aufrütteln, sich zuschreien: Basini betrügt dich; er will dich nur zu sich hinabziehen, damit du ihn nicht mehr verachten kannst. Aber der Schrei erstickte; kein Laut lebte in dem weiten Hause; in allen Gängen schienen die dunklen Fluten des Schweigens unbeweglich zu schlafen.

Er wollte zu sich selbst zurückfinden: aber wie schwarze Wächter lagen sie vor allen Toren.

Da suchte Törleß kein Wort mehr. Die Sinnlichkeit, die sich nach und nach aus den einzelnen Augenblicken der Verzweiflung in ihn gestohlen hatte, war jetzt zu ihrer vollen Größe erwacht. Sie lag nackt neben ihm und deckte ihm mit ihrem weichen schwarzen Mantel das Haupt zu. Und sie raunte ihm süße Worte der Resignation ins Ohr und schob mit ihren warmen Fingern alle Fragen und Aufgaben als vergebens weg. Und sie flüsterte: in der Einsamkeit ist alles erlaubt.

Nur in dem Augenblicke, als es ihn fortriß, wachte er sekundenlang auf und klammerte sich verzweifelt an den einen Gedanken: Das bin nicht ich! ... nicht ich! ... Morgen erst wieder werde ich es sein! ... Morgen ....

Dienstag abends kehrten die ersten Zöglinge zurück. Ein anderer Teil kam erst mit den Nachtzügen. Es war eine beständige Unruhe im Hause.

Törleß empfing seine Freunde unwirsch und verdrossen; er hatte nicht vergessen. Und dann brachten sie auch etwas so Frisches und Weltmännisches von außen mit. Das beschämte ihn, der jetzt die drückende Luft enger Stuben liebte.

Er schämte sich jetzt überhaupt häufig. Aber nicht eigentlich deswegen, wozu er sich hatte verführen lassen, – denn dies ist in Instituten nichts so Seltenes, – als weil er sich nun tatsächlich einer Art Zärtlichkeit für Basini nicht erwehren konnte und andererseits eindringlicher denn je empfand, wie verachtet und erniedrigt dieser Mensch war.

Er hatte des öfteren heimliche Zusammenkünfte mit ihm. Er führte ihn in alle Verstecke, die er durch Beineberg kannte, und da er selbst auf solchen Schleichwegen nicht geschickt war, fand sich Basini bald besser zurecht als er und wurde zum Führer.

Des Nachts aber ließ ihn eine Eifersucht, mit der er Beineberg und Reiting bewachte, nicht zur Ruhe kommen.

Die beiden hielten sich jedoch von Basini zurück. Vielleicht langweilte er sie bereits. Jedenfalls schien mit ihnen eine Veränderung vor sich gegangen zu sein. Beineberg war finster und verschlossen; wenn er sprach, so handelte es sich um geheimnisvolle Andeutungen von etwas Bevorstehendem. Reiting hatte sein Interesse scheinbar wieder anderen Dingen zugewandt; er flocht mit gewohnter Geschicklichkeit das Netz zu irgendeiner Intrige, indem er die einen durch kleine Gefälligkeiten zu gewinnen suchte und die andern dadurch schreckte, daß er sich durch heimliche List zum Mitwisser ihrer Geheimnisse machte.

Wenn sie zu dritt beisammen waren, drangen die beiden darauf, daß Basini nächstens wieder in die Kammer oder auf den Boden befohlen werde.

Törleß suchte es durch allerhand Ausflüchte hinauszuschieben, litt dabei aber beständig unter dieser heimlichen Anteilnahme.

Vor wenigen Wochen noch hätte er einen solchen Zustand überhaupt nicht verstanden, denn schon von den Eltern her war er kräftig, gesund und natürlich.

Aber man darf auch wirklich nicht glauben, daß Basini

in Törleß ein richtiges und – wenn auch noch so flüchtig und verwirrt – wirkliches Begehren erregte. Es war allerdings etwas wie Leidenschaft in Törleß erwacht, aber Liebe war ganz gewiß nur ein zufälliger, beiläufiger Name dafür, und der Mensch Basini nicht mehr als ein stellvertretendes und vorläufiges Ziel dieses Verlangens. Denn wenn sich Törleß auch mit ihm gemein machte, sein Begehren sättigte sich niemals an ihm, sondern wuchs zu einem neuen, ziellosen Hunger über Basini hinaus.

Vorerst war es überhaupt nur die Nacktheit des schlanken Knabenkörpers gewesen, die ihn geblendet hatte.

Der Eindruck war nicht anders, als wäre er den nur schönen, von allem Geschlechtlichen noch fernen Formen eines ganz jungen Mädchens gegenübergestanden. Eine Überwältigung. Ein Staunen. Und die Reinheit, die unwillkürlich von diesem Zustande ausging, war es, die den Schein einer Neigung – dieses neue wunderbar unruhige Gefühl in sein Verhältnis zu Basini trug. Alles andere aber hatte damit wenig zu tun. Dieses übrige des Begehrens war schon längst, – war schon bei Božena und noch viel früher dagewesen. Es war die heimliche, ziellose, auf niemanden bezogene, melancholische Sinnlichkeit des Heranreifenden, welche wie die feuchte, schwarze, keimtragende Erde im Frühjahr ist und wie dunkle unterirdische Gewässer, die nur eines zufälligen Anlasses bedürfen, um durch ihre Mauern zu brechen.

Der Auftritt, den Törleß erlebt hatte, war zu diesem Anlasse geworden. Durch eine Überraschung, ein Mißverständnis, ein Verkennen des Eindruckes wurden die verschwiegenen Verstecke, in denen sich alles Heimliche, Verbotene, Schwüle, Ungewisse und Einsame von Törleß' Seele gesammelt hatte, aufgestoßen und diesen dunklen

Regungen die Richtung gegen Basini erteilt. Denn da stießen sie mit einem Male auf etwas, das warm war, atmete, duftete, Fleisch war, an dem diese unbestimmt schweifenden Träume Gestalt gewannen und Teil seiner Schönheit, statt der ätzenden Häßlichkeit, mit der sie Božena in der Einsamkeit gestäupt hatte. Das riß ihnen mit einem Schlage ein Tor zum Leben auf, und in dem entstehenden Zwielicht mengte sich alles, Wünsche und Wirklichkeit, ausschweifende Phantasien und Eindrücke, die noch die warmen Spuren des Lebens trugen, Empfindungen, die von außen einfielen, und Flammen, die ihnen von innen entgegenloderten und sie bis zur Unkenntlichkeit einhüllten.

Aber dies alles war für Törleß selbst nicht mehr unterscheidbar und war für ihn in einem einzigen, unklaren, ungegliederten Gefühl vereint, das er in der ersten Überraschung wohl für Liebe nehmen mochte.

Bald aber lernte er es richtiger schätzen. Eine Unruhe trieb ihn von da an rastlos umher. Er legte jedes Ding, das er berührte, kaum ergriffen wieder weg. Er konnte kein Gespräch mit Kameraden führen, ohne grundlos zu verstummen oder zerstreut mehrmals den Gegenstand zu wechseln. Es kam auch vor, daß ihn mitten im Sprechen eine Welle der Scham überflutete, so daß er rot wurde, zu stottern begann, sich abwenden mußte …

Er mied untertags Basini. Konnte er es nicht vermeiden ihn anzusehen, so packte ihn fast immer eine Ernüchterung. Jede Bewegung Basinis erfüllte ihn mit Ekel, die ungewissen Schatten seiner Illusionen machten einer kalten, stumpfen Helle Platz, seine Seele schien zusammenzuschrumpfen, bis nichts mehr übrig blieb als die Erinnerung an ein früheres Begehren, das ihm unsagbar unverständig und widerwärtig vorkam. Er stieß seinen

Fuß gegen die Erde und krümmte seinen Leib zusammen, nur um sich dieser schmerzhaften Scham zu entwinden.

Er fragte sich, was die anderen zu ihm sagen würden, wenn sie sein Geheimnis wüßten, seine Eltern, seine Lehrer?

Mit dieser letzten Verwunderung brachen seine Qualen aber regelmäßig ab. Eine kühle Müdigkeit bemächtigte sich seiner; die heiße und erschlaffte Haut seines Körpers spannte sich in einem wohligen Frösteln wieder an. Er ließ dann still alle Menschen an sich vorbei. Aber eine gewisse Mißachtung erfüllte ihn gegen alle. Im geheimen verdächtigte er jeden, mit dem er sprach, der ärgsten Dinge.

Und überdies glaubte er, bei ihnen die Scham zu vermissen. Er glaubte nicht, daß sie so litten, wie er es von sich wußte. Die Dornenkrone seiner Gewissensbisse schien ihnen zu fehlen.

Er aber fühlte sich wie ein aus einer tiefen Agonie Erwachter. Wie ein von den verschwiegenen Händen der Auflösung Gestreifter. Wie einer, der die stille Weisheit einer langen Krankheit nicht vergessen kann.

In diesem Zustande fühlte er sich glücklich, und die Augenblicke kamen immer wieder, wo er sich nach ihm sehnte.

Sie begannen damit, daß er Basini wieder gleichgültig ansehen konnte und das Abscheuliche und Gemeine mit einem Lächeln aushielt. Dann wußte er, daß er sich erniedrigen werde, aber er unterschob dem einen neuen Sinn. Je häßlicher und unwürdiger das war, was ihm Basini bot, desto größer war der Gegensatz zu dem Gefühl einer leidenden Feinheit, das sich nachher einzustellen pflegte.

Törleß zog sich in irgendeinen Winkel zurück, von dem aus er beobachten konnte, ohne selbst gesehen zu werden. Wenn er die Augen schloß, so stieg ein ungewisses Drängen in ihm auf, und wenn er die Augen öffnete, fand er nichts, was er damit hätte vergleichen können. Und dann wuchs *plötzlich* der Gedanke an Basini und riß alles an sich. Bald verlor er dabei alles Bestimmte. Er schien nicht mehr Törleß anzugehören und schien sich nicht mehr auf Basini zu beziehen. Er war ganz von Gefühlen umrauscht, wie von lüsternen Frauen in hochgeschlossenen Gewändern unter vorgebundenen Masken.

Törleß kannte kein einziges beim Namen, er wußte von keinem, was es barg; aber gerade darin lag die berauschende Verlockung. Er kannte sich selbst nicht mehr; und gerade daraus wuchs seine Lust zu wilder, verachtender Ausschweifung, wie wenn bei einem galanten Feste plötzlich die Lichter verlöschen und niemand mehr weiß, wen er zur Erde zieht und mit Küssen bedeckt.

Törleß wurde später, nachdem er die Ereignisse seiner Jugend überwunden hatte, ein junger Mann von sehr feinem und empfindsamem Geiste. Er zählte dann zu jenen ästhetisch-intellektuellen Naturen, welchen die Beachtung der Gesetze und wohl auch teilweise der öffentlichen Moral eine Beruhigung gewährt, weil sie dadurch enthoben sind, über etwas Grobes, von dem feineren seelischen Geschehen Weitabliegendes nachdenken zu müssen, die aber eine gelangweilte Unempfindlichkeit mit dieser großen äußeren, ein wenig ironischen Korrektheit verbinden, sobald man ein persönlicheres Interesse für deren Gegenstände von ihnen verlangt. Denn dieses wirklich sie selbst ergreifende Interesse sammelt sich bei ihnen einzig auf das Wachstum der Seele, des Geistes, oder wie immer man das benennen mag, was hie und da durch einen Gedanken zwischen den Worten eines Buches oder vor den verschlossenen Lippen eines Bildes in uns gemehrt wird; was manchmal erwacht, wenn irgendeine einsame, eigenwillige Melodie von uns fortgeht und – ins Ferne schreitend –

mit fremden Bewegungen an dem dünnen, roten Faden zerrt, unseres Blutes, den sie hinter sich herzieht; das aber immer verschwunden ist, wenn wir Akten schreiben, Maschinen bauen, in den Zirkus gehen oder den hundert anderen ähnlichen Beschäftigungen folgen. –

Diesen Menschen sind also die Gegenstände, welche nur ihre moralische Korrektheit herausfordern, höchst gleichgültig. Törleß bereute daher auch nie in seinem späteren Leben das damals Geschehene. Seine Bedürfnisse waren so einseitig schöngeistig zugeschärft, daß es, wenn man ihm etwa eine ganz ähnliche Geschichte von den Ausschweifungen eines Wüstlings erzählt hätte, gewiß völlig außerhalb seines Gesichtskreises gelegen wäre, seine Entrüstung gegen das Geschehene zu richten. Er hätte einen solchen Menschen gewissermaßen nicht deswegen verachtet, weil er ein Wüstling, sondern weil er nichts Besseres ist; nicht wegen seiner Ausschweifungen, sondern wegen des Seelenzustandes, der ihn diese begehen läßt; weil er dumm ist, oder weil seinem Verstande die seelischen Gegengewichte fehlen ...: immer also nur wegen des traurigen, beraubten, entkräfteten Anblicks, den er bietet. Und er hätte ihn gleicherweise verachtet, ob nun sein Laster in geschlechtlichen Ausschweifungen oder in zwanghaft entartetem Zigarettenrauchen oder Alkoholgenuß bestünde.

Und wie allen dermaßen auf die Steigerung ausschließlich ihrer Geistigkeit konzentrierten Menschen bedeutete auch ihm das bloße Vorhandensein schwüler und exzessiver Regungen noch wenig. Er liebte es damit zu rechnen, daß die Fähigkeit zu genießen, die künstlerischen Talente, das ganze verfeinerte Seelenleben ein Zierat sei, an dem man sich leicht verletze. Er betrachtete es als etwas Unumgängliches, daß ein Mensch von reichem und beweglichem Innenleben Augenblicke habe, um die andere nicht wissen dürfen, und Erinnerungen, die er in geheimen Fächern verwahrt. Und er verlangte von ihm nur, daß er nachträglich sich ihrer mit Feinheit zu bedienen verstehe.

So daß, als er einmal von jemandem, dem er die Geschichte seiner Jugend erzählt hatte, gefragt wurde, ob diese Erinnerung nicht doch manchmal beschämend sei, er lächelnd folgende Antwort gab: «Ich leugne ganz gewiß nicht, daß es sich hier um eine Erniedrigung handelte. Warum auch nicht? Sie verging. Aber etwas von ihr blieb für immer zurück: jene kleine Menge Giftes, die nötig ist, um der Seele die allzu sichere und beruhigte Gesundheit zu nehmen und ihr dafür eine feinere, zugeschärfte, verstehende zu geben.

Wollten Sie übrigens die Stunden der Erniedrigung zählen, die überhaupt von jeder großen Leidenschaft der Seele eingebrannt werden? Denken Sie nur an die Stunden der absichtlichen Demütigung in der Liebe! Diese entrückten Stunden, zu denen sich Liebende über gewisse tiefe Brunnen neigen oder einander das Ohr ans Herz legen, ob sie nicht drinnen die Krallen der großen, unruhigen Katzen ungeduldig an den Kerkerwänden hören? Nur um sich zittern zu fühlen! Nur um über ihr Alleinsein oberhalb dieser dunklen, brandmarkenden Tiefen zu erschrecken! Nur um jäh – in der Angst der Einsamkeit mit diesen düsteren Kräften – sich ganz ineinander zu flüchten!

Sehen Sie doch nur jungen Ehepaaren in die Augen. Du glaubst ...? steht darin, aber du ahnst ja gar nicht, wie tief wir versinken können! – In diesen Augen liegt ein heiterer Spott gegen den, der von so vielem nichts weiß, und der zärtliche Stolz derer, die miteinander durch alle Höllen gegangen sind.

Und wie diese Liebenden miteinander, so bin ich damals mit mir selbst durch all dies hindurchgegangen.»

Dennoch, wenn Törleß auch später so urteilte, damals, als er sich in dem Sturme einsamer, begehrlicher Empfindungen befand, war diese des guten Endes überzeugte Zuversicht durchaus nicht immer in ihm. Von den Rätseln, die ihn erst vor kurzem gequält hatten, war noch eine unbestimmte Nachwirkung geblieben, die wie ein dunkler ferner Ton am Grunde seiner Erlebnisse klang. Gerade daran mochte er jetzt nicht denken.

Aber zeitweilig mußte er es. Und dann befiel ihn tiefste Hoffnungslosigkeit, und eine ganz andere, eine müde, zukunftslose Beschämung konnte ihn bei diesen Erinnerungen ergreifen.

Trotzdem vermochte er aber auch über diese nicht sich Rechenschaft zu geben.

Dies bewirkten die besonderen Verhältnisse im Institute. Dort, wo die jungen aufdrängenden Kräfte hinter grauen Mauern festgehalten wurden, stauten sie die Phantasie voll wahllos wollüstiger Bilder, die manchem die Besinnung raubten.

Ein gewisser Grad von Ausschweifung galt sogar als männlich, als verwegen, als kühnes Inbesitznehmen vorenthaltener Vergnügungen. Zumal wenn man sich mit der ehrbar verkümmerten Erscheinung der meisten Lehrer verglich. Denn dann gewann das Mahnwort Moral einen lächerlichen Zusammenhang mit schmalen Schultern, mit spitzen Bäuchen auf dünnen Beinen und mit Augen, die hinter ihren Brillen harmlos wie Schäfchen weideten, als sei das Leben nichts als ein Feld voll Blumen ernster Erbaulichkeit.

Im Institute endlich hatte man noch keine Kenntnis vom Leben und keine Ahnung von allen jenen Abstufungen von Gemeinheit und Wüstheit bis zu Krankheit und Lächerlichkeit, die den Erwachsenen in erster Linie mit Widerwillen erfüllen, wenn er von solchen Dingen hört.

Alle diese Hemmnisse, deren Wirksamkeit wir gar nicht abzuschätzen vermögen, fehlten ihm. Er war förmlich naiv in seine Vergehen hineingeraten.

Denn auch die ethische Widerstandskraft, dieses empfindliche Fühlvermögen des Geistes, das er später so hoch schätzte, fehlte damals noch. Aber doch kündigte es sich schon an. Törleß irrte, er sah erst die Schatten, die etwas noch Unerkanntes in ihm in sein Bewußtsein warf, und er hielt sie fälschlich für Wirklichkeit: aber er hatte eine Aufgabe an sich selbst zu erfüllen, eine Aufgabe der Seele, – wenn er ihr auch noch nicht gewachsen war.

Er wußte nur, daß er etwas noch Undeutlichem auf einem Wege gefolgt war, der tief in sein Inneres führte; und er war dabei ermüdet. Er hatte sich gewöhnt, auf außerordentliche, verborgene Entdeckungen zu hoffen, und war dabei in die engen, winkligen Gemächer der Sinnlichkeit gelangt. Nicht aus Perversität, sondern infolge einer augenblicklich ziellosen geistigen Situation.

Und gerade diese Untreue gegen etwas Ernstes, Erstrebtes in sich erfüllte ihn mit einem unklaren Bewußtsein von Schuld; ein unbestimmter, versteckter Ekel verließ ihn niemals ganz, und eine ungewisse Angst verfolgte ihn wie einen, der im Dunkel nicht mehr weiß, ob er noch seinen Weg unter den Füßen hat oder wo er ihn verloren.

Er bemühte sich dann überhaupt nichts zu denken. Stumm und betäubt und aller früheren Fragen vergessend, lebte er dahin. Der feine Genuß an seinen Demütigungen wurde immer seltener.

Noch ließ er ihn nicht, aber doch setzte Törleß am Ende dieser Zeit keinen Widerstand mehr entgegen, als über Basinis Schicksal weiter beschlossen wurde.

Dies geschah einige Tage später, als sie zu dritt in der Kammer beisammen waren. Beineberg war sehr ernst.

Reiting fing zu sprechen an: «Beineberg und ich glauben, daß es auf die bisherige Weise mit Basini nicht mehr weiter geht. Er hat sich mit dem Gehorsam, den er uns schuldet, abgefunden und leidet nicht mehr darunter; er ist von einer frechen Vertraulichkeit wie ein Bedienter. Es ist also an der Zeit, mit ihm einen Schritt weiter zu gehen. Bist du einverstanden?»

«Ich weiß doch noch gar nicht, was ihr mit ihm tun wollt.»

«Das ist auch schwer zurechtgelegt. Wir müssen ihn noch weiter demütigen und herunterdrücken. Ich möchte sehen, wie weit das geht. Auf welche Weise, ist freilich eine andere Frage. Ich habe allerdings auch hierüber einige nette Einfälle. Wir könnten ihn zum Beispiel durchpeitschen, und er müßte Dankpsalmen dazu singen; den Ausdruck dieses Gesanges anzuhören wäre nicht übel, – jeder Ton gewissermaßen von einer Gänsehaut überlaufen. Wir könnten ihn die unsaubersten Sachen apportieren lassen. Wir könnten ihn zu Božena mitnehmen, dort die Briefe seiner Mutter vorlesen lassen, und Božena möchte schon den nötigen Spaß dazu liefern. Doch das alles läuft uns nicht davon. Wir können es uns ruhig ausdenken, ausfeilen und Neues dazufinden. Ohne die entsprechenden Details ist es vorderhand noch langweilig. Vielleicht liefern wir ihn überhaupt der Klasse aus. Das wäre das gescheiteste. Wenn von so vielen jeder nur ein wenig beisteuert, so genügt es, um ihn in Stücke zu zerreißen. Überhaupt habe ich diese Massenbewegungen gern. Keiner will Besonderes dazutun, und doch gehen die Wellen immer höher, bis sie über allen Köpfen zusammenschlagen. Ihr werdet sehen, keiner wird sich rühren, und es wird doch einen Riesensturm geben. So etwas in Szene zu setzen, ist für mich ein außerordentliches Vergnügen.»

«Was wollt ihr aber zunächst tun?»

«Wie gesagt, ich möchte mir das für später aufsparen, vorderhand würde es mir genügen, ihn soweit zu bringen, – durch Drohungen oder Prügel, – daß er wieder zu allem ja sagt.»

«Wozu?» entfuhr es Törleß. Sie sahen sich fest in die Augen.

«Ach, verstell dich nicht; ich weiß sehr wohl, daß du davon unterrichtet bist.» Törleß schwieg. Hatte Reiting etwas erfahren? ... Klopfte er nur auf den Strauch?

«... Doch noch von damals her; Beineberg hat dir doch gesagt, wozu sich Basini hergibt.»

Törleß atmete erleichtert auf.

«Na, mach nur nicht so erstaunte Augen. Damals hast du sie auch so aufgerissen, und es handelt sich doch um nichts gar so Arges. Übrigens hat mir Beineberg gestanden, daß er dasselbe mit Basini tut.» Dabei blickte Reiting mit einer ironischen Grimasse zu Beineberg hinüber. Das war so seine Art, einem anderen ganz öffentlich und ungeniert ein Bein zu stellen.

Aber Beineberg erwiderte nichts; er blieb in seiner nachdenklichen Stellung sitzen und schlug kaum die Augen auf.

«Na, möchtest du nicht mit deiner Sache herausrükken?! Er hat nämlich eine verrückte Idee mit Basini vor und will sie durchaus ausführen, ehe wir anderes unternehmen. Aber sie ist ganz amüsant.»

Beineberg blieb ernst; er sah Törleß mit einem nachdrücklichen Blicke an und sagte: «Erinnerst du dich, was wir damals hinter den Mänteln sprachen?»

«Ja.»

«Ich bin niemals mehr darauf zu sprechen gekommen,

denn das bloße Reden hat ja doch keinen Zweck. Aber ich habe darüber nachgedacht, – du kannst mir glauben – oft. Auch das, was Reiting dir eben gesagt hat, ist wahr. Ich habe dasselbe mit Basini getan wie er. Vielleicht noch einiges mehr. Deswegen, weil ich, wie ich schon damals sagte, des Glaubens war, daß die Sinnlichkeit vielleicht das richtige Tor sein könnte. Das war so ein Versuch. Ich wußte keinen anderen Weg zu dem, was ich suchte. Aber dieses Planlose hat keinen Sinn. Darüber habe ich nachgedacht, – nächtelang nachgedacht, – wie man etwas Systematisches an seine Stelle setzen könnte.

Jetzt glaube ich es gefunden zu haben, und wir werden den Versuch machen. Jetzt wirst du auch sehen, wie sehr du damals im Unrecht warst. Alles ist unsicher, was von der Welt behauptet wird, alles geht anders zu. Das lernten wir damals gewissermaßen nur von der Kehrseite kennen, indem wir Punkte aufsuchten, bei denen diese ganze natürliche Erklärung über die eigenen Füße stolpert, jetzt hoffe ich aber das Positive zeigen zu können, – das andere!»

Reiting verteilte die Teeschalen; dabei stieß er vergnügt Törleß an. «Gib gut acht. – Das ist sehr fesch, was er sich ausgetiftelt hat.»

Beineberg aber drehte mit einer raschen Bewegung die Lampe aus. In dem Dunkel warf nur die Spiritusflamme des Kochers unruhige, bläuliche Lichter auf die drei Köpfe.

«Ich löschte die Lampe aus, Törleß, weil es sich so von solchen Dingen besser spricht. Und du, Reiting, kannst meinethalben schlafen, wenn du zu dumm bist, um Tieferes zu begreifen.»

Reiting lachte belustigt.

«Du erinnerst dich also noch an unser Gespräch. Du selbst hattest damals jene kleine Sonderbarkeit in der Mathematik herausgefunden. Dieses Beispiel, daß unser Denken keinen gleichmäßig festen, sicheren Boden hat, sondern über Löcher hinweggeht. – Es schließt die Augen, es hört für einen Moment auf zu sein und wird doch sicher auf die andere Seite hinübergetragen. Wir müßten eigentlich längst verzweifelt sein, denn unser Wissen ist auf allen Gebieten von solchen Abgründen durchzogen, nichts wie Bruchstücke, die in einem unergründlichen Ozean treiben.

Wir verzweifeln aber nicht, wir fühlen uns dennoch so sicher wie auf festem Boden. Wenn wir dieses sichere, gewisse Gefühl nicht hätten, würden wir uns aus Verzweiflung über unseren armen Verstand töten. Dieses Gefühl begleitet uns beständig, es hält uns zusammen, es nimmt unseren Verstand in jedem zweiten Augenblick schützend in den Arm wie ein kleines Kind. So wie wir uns dessen einmal bewußt geworden sind, können wir das Dasein einer Seele nicht mehr leugnen. So wie wir unser geistiges Leben zergliedern und das Unzureichende des Verstandes erkennen, fühlen wir es förmlich. Fühlen es, – verstehst du, – denn wenn dieses Gefühl nicht wäre, würden wir zusammenklappen wie leere Säcke.

Wir haben nur verlernt, auf dieses Gefühl zu achten, aber es ist eines der ältesten. Vor tausenden von Jahren haben schon Völker, die tausende Meilen voneinander wohnten, darum gewußt. Wie man sich einmal damit befaßt, kann man diese Dinge gar nicht leugnen. Doch ich will dich nicht mit Worten überreden; ich werde dir nur das nötigste sagen, damit du nicht ganz unvorbereitet bist. Den Beweis werden die Tatsachen erbringen.

Nimm also an, die Seele existiere, dann ist es doch ganz selbstverständlich, daß wir kein heißeres Bestreben haben können, als den verloren gegangenen Kontakt mit ihr wieder herzustellen, mit ihr wieder vertraut zu werden, ihre Kräfte wieder besser ausnützen zu lernen, Teile der übersinnlichen Kräfte, die in ihrer Tiefe schlummern, für uns zu gewinnen.

Denn das alles ist möglich, es ist schon mehr als einmal gelungen, die Wunder, die Heiligen, die indischen Gottesschauer sind lauter Beglaubigungen für solche Geschehnisse.»

«Hör einmal,» warf Törleß ein, «du redest dich jetzt ein wenig in diesen Glauben hinein. Du hast dazu eigens die Lampe auslöschen müssen. Würdest du aber auch so sprechen, wenn wir jetzt unten zwischen den andern säßen, die Geographie, Geschichte lernen, Briefe nach Hause schreiben, wo die Lampen hell brennen und vielleicht der Präfekt um die Bänke geht? Kämen dir da nicht doch deine Worte etwas abenteuerlich vor, etwas anmaßend, als ob wir gar nicht zu denen gehörten, in einer anderen Welt lebten, achthundert Jahre vorher?»

«Nein, mein lieber Törleß, ich würde dasselbe behaupten. Übrigens ist es ein Fehler von dir, daß du immer nach den andern schielst; du bist zu wenig selbständig. Briefe nach Hause schreiben! Bei solchen Sachen denkst du an deine Eltern! Wer sagt dir, daß sie uns hier überhaupt nur zu folgen vermögen? Wir sind jung, eine Generation später, vielleicht sind uns Dinge vorbehalten, die sie nie in ihrem Leben geahnt haben. Ich wenigstens fühlte es in mir. Doch wozu lange reden; ich werde es euch ja beweisen.»

Nachdem sie einige Zeit geschwiegen hatten, sagte Törleß: «Wie willst du es denn eigentlich anpacken, deiner Seele habhaft zu werden?»

«Das will ich dir jetzt nicht auseinandersetzen, da ich es ohnedies vor Basini werde tun müssen.»

«Aber beiläufig kannst du es wenigstens sagen.»

«Nun ja. Die Geschichte lehrt, daß es hiezu nur einen Weg gibt: die Versenkung in sich selbst. Nur ist das eben das

Schwierige. Die alten Heiligen zum Beispiel, zu der Zeit, wo die Seele sich noch in Wundern äußerte, konnten dieses Ziel durch inbrünstiges Gebet erreichen. Zu jener Zeit war eben die Seele von anderer Art, denn heute versagt dieser Weg. Heute wissen wir nicht, was wir tun sollen; die Seele hat sich verändert, und es liegen leider Zeiten dazwischen, wo man dem nicht die richtige Aufmerksamkeit gewidmet hat und der Zusammenhang unwiederbringlich verloren ging. Einen neuen Weg können wir nur durch sorgfältigste Überlegung finden. Hiemit habe ich mich während der letzten Zeit intensiv beschäftigt. Am nächsten dürfte man wohl mit Hilfe der Hypnose gelangen. Nur ist es noch nie versucht worden. Man macht da immer nur so alltägliche Kunststückchen, weswegen die Methoden noch nicht darauf erprobt sind, ob sie auch zu Höherem führen. Das letzte, was ich hierüber jetzt schon sage, ist, daß ich Basini nicht nach dieser landläufigen Art hypnotisieren werde, sondern nach meiner eigenen, die, wenn ich nicht irre, einer schon im Mittelalter angewandten ähnlich ist.»

«Ist dieser Beineberg nicht kostbar?» lachte Reiting. «Nur hätte er zur Zeit der Weltuntergangsprophezeiungen leben sollen, dann hätte er am Ende wirklich geglaubt, daß es seine Seelenmagie gewesen sei, deretwegen die Welt bestehen blieb.»

Als Törleß auf diesen Spott hin Beineberg ansah, bemerkte er, daß dessen Gesicht ganz starr wie in krampfhafter Aufmerksamkeit verzerrt war. Im nächsten Augenblick fühlte er sich von eiskalten Fingern gefaßt. Törleß erschrak über diese hochgradige Aufregung; dann löste sich die Spannung der ihn umklammernden Hand. «Oh, es war nichts. Nur ein Gedanke. Mir war, als sollte mir etwas Besonderes einfallen, ein Fingerzeig, wie es zu machen sei ....»

«Hörst du, du bist wirklich ein wenig angegriffen,»

sagte Reiting in jovialer Weise, «sonst warst du doch ein eiserner Kerl und betriebst so etwas nur als Sport; jetzt aber bist du wie ein Frauenzimmer.»

«Ach was – du hast eben keine Ahnung, was das heißt, solche Dinge in der Nähe zu wissen, jeden Tag schon vor ihrem Besitze zu stehen!»

«Streitet nicht,» sagte Törleß – er war im Laufe der wenigen Wochen weit fester und energischer geworden – «meinetwegen kann jeder machen, was er will; ich glaube an gar nichts. Weder deinen geriebenen Quälereien, Reiting, noch Beinebergs Hoffnungen. Und selbst weiß ich nichts zu sagen. Ich warte ab, was ihr herausbringt.»

«Wann also?»

Es wurde die zweitnächste Nacht bestimmt.

Törleß ließ sie widerstandslos an sich herankommen. In dieser neu entstandenen Situation war auch sein Gefühl für Basini völlig erkaltet. Das war sogar eine ganz glückliche Lösung, weil sie wenigstens mit einem Schlage von dem Schwanken zwischen Beschämung und Begierde befreite, aus dem Törleß durch eigene Kraft nicht herauskam. Jetzt hatte er wenigstens einen geraden, klaren Widerwillen gegen Basini, als ob die diesem zugedachten Demütigungen auch ihn beschmutzen könnten.

Im übrigen war er zerstreut und mochte an nichts ernst denken; am allerwenigsten an das, was ihn einst so beschäftigte.

Erst als er mit Reiting die Treppe zum Boden hinaufstieg, während Beineberg mit Basini schon vorausgegangen war, wurde die Erinnerung an das einst in ihm Gewesene lebhafter. Die selbstbewußten Worte wollten ihm nicht aus dem Kopfe, die er in dieser Angelegenheit Beineberg vorgeworfen hatte, und er sehnte sich, diese Zuversicht wieder zu gewinnen. Zögernd hielt er auf jeder Stufe den Fuß zurück. Aber die alte Gewißheit kehrte nicht wieder. Er erinnerte sich zwar aller Gedanken, die er damals gehabt hatte, aber sie schienen ferne an ihm vorüberzugehen, als seien sie nur die Schattenbilder des einst Gedachten.

Schließlich, da er in sich nichts fand, richtete sich seine Neugierde wieder auf die Ereignisse, die von außen kommen sollten, und trieb ihn vorwärts.

Mit raschen Schritten eilte er hinter Reiting die übrigen Stufen hinauf.

Während sich die eiserne Tür knarrend hinter ihnen schloß, fühlte er seufzend, daß Beinebergs Vorhaben zwar nur ein lächerlicher Hokuspokus sei, aber doch wenigstens etwas Festes und Überlegtes, während in ihm alles in undurchsichtiger Verwirrung lag.

Auf einem querlaufenden Balken nahmen sie Platz, – in erwartungsvoller Spannung wie in einem Theater.

Beineberg war mit Basini schon da.

Die Situation schien seinem Vorhaben günstig. Das Dunkel, die abgestandene Luft, der faule, süßliche Geruch, der den Wasserbottichen entströmte, schufen ein Gefühl des Einschlafens, Nichtmehraufwachenkönnens, eine müde, lässige Trägheit.

Beineberg hieß Basini sich zu entkleiden. Die Nacktheit hatte jetzt in dem Dunkel einen bläulichen, faulen Schimmer und wirkte durchaus nicht erregend.

Plötzlich zog Beineberg den Revolver aus der Tasche und hielt ihn gegen Basini.

Selbst Reiting neigte sich da vor, um jeden Augenblick dazwischenspringen zu können.

Aber Beineberg lächelte. Eigentümlich verzerrt; so als ob er es gar nicht wollte, sondern nur das Heraufdrängen irgendwelcher fanatischer Worte seine Lippen zur Seite geschoben hätte.

Basini war wie gelähmt in die Knie gesunken und starrte mit angstvoll aufgerissenen Augen die Waffe an.

«Steh auf,» sagte Beineberg, «wenn du alles genau befolgst, was ich dir sage, soll dir kein Leid geschehen; wie du mich aber durch den geringsten Widerspruch störst, schieße ich dich nieder. Merk dir das!

Ich werde dich allerdings auch so töten, aber du wirst wieder zum Leben zurückkommen. Das Sterben ist uns nicht so fremd, wie du meinst; wir sterben täglich – im tiefen, traumlosen Schlafe.»

Wieder verzog das wirre Lächeln Beinebergs Mund.

«Knie dich jetzt da oben hin,» – in halber Höhe lief ein breiter, waagrechter Balken, – «so – ganz aufrecht – halte dich völlig gerade – das Kreuz mußt du einziehen. Und jetzt schau fort da drauf; aber ohne zu blinzeln, die Augen mußt du so weit öffnen, als du nur kannst!»

Beineberg stellte eine kleine Spiritusflamme so vor ihn hin, daß er den Kopf ein wenig zurückbeugen mußte, um voll hineinzusehen.

Man konnte nicht viel wahrnehmen, aber nach einiger Zeit schien Basinis Körper zu beginnen, wie ein Pendel hin und her zu schwingen. Die bläulichen Reflexe bewegten sich auf seiner Haut auf und ab. Hie und da glaubte Törleß, Basinis Gesicht mit einem ängstlich verzerrten Ausdrucke wahrzunehmen.

Nach einiger Zeit fragte Beineberg: «Bist du müde?»

Diese Frage war in der gewöhnlichen Weise der Hypnotiseure gestellt.

Dann begann er mit leiser, verschleierter Stimme zu erklären:

«Das Sterben ist nur eine Folge unserer Art zu leben. Wir leben von einem Gedanken zum andern, von einem Gefühl zum nächsten. Denn unsere Gedanken und Gefühle fließen nicht ruhig wie ein Strom, sondern sie ‹fallen uns ein›, fallen in uns hinein wie Steine. Wenn du dich genau beobachtest, fühlst du es, daß die Seele nicht etwas ist, das in allmählichen Übergängen seine Farben wechselt, sondern daß die Gedanken wie Ziffern aus einem schwarzen Loch daraus hervorspringen. Jetzt hast du einen Gedanken oder ein Gefühl, und mit einem Male steht ein anderes da wie aus dem Nichts gesprungen. Wenn du aufmerkst, kannst du sogar zwischen zwei Gedanken den Augenblick spüren, wo alles schwarz ist. Dieser Augenblick ist, – einmal erfaßt, für uns geradezu der Tod.

Denn unser Leben ist nichts anderes als Marksteine setzen und von einem zum anderen hüpfen, täglich über tausend Sterbesekunden hinweg. Wir leben nur gewissermaßen in den Ruhepunkten. Deswegen haben wir auch eine so lächerliche Furcht vor dem unwiderruflichen Sterben, denn es ist das schlechthin Marksteinlose, der unermeßliche Abgrund, in den wir hineinfallen. Für diese Art zu leben ist es wirklich die völlige Verneinung.

Aber auch nur unter der Perspektive dieses Lebens, nur für den, der nicht anders gelernt hat sich zu fühlen als von Augenblick zu Augenblick.

Ich nenne dies das hüpfende Übel, und das Geheimnis besteht darin, es zu überwinden. Man muß das Gefühl seines Lebens als eines ruhig Gleitenden in sich erwecken. In dem Momente, wo dies gelingt, ist man dem Tode ebenso nah wie dem Leben. Man lebt nicht mehr, – nach unseren irdischen Begriffen, – aber man kann auch nicht mehr sterben, denn mit dem Leben hat man auch den Tod aufgehoben. Es ist der Augenblick der Unsterblichkeit, der Augenblick, wo die Seele aus unserem engen Gehirn in die wunderbaren Gärten ihres Lebens tritt.

Folge mir also jetzt genau.

Schläfere alle Gedanken ein, starre in diese kleine Flamme; ... denke nicht von einem zum andern .... Konzentriere alle Aufmerksamkeit nach innen .... Starre die Flamme an ... dein Denken wird wie eine Maschine, die immer langsamer geht ... immer ... langsamer ... geht .... Starre nach innen ... so lange, bis du den Punkt findest, wo du dich fühlst, ohne einen Gedanken oder eine Empfindung zu fühlen ....

Dein Schweigen wird mir die Antwort sein. Wende den Blick nicht von innen weg ...!» Minuten verstrichen ....

«Fühlst du den Punkt ...?»

Keine Antwort.

«Höre, Basini, ist es dir gelungen?»

Schweigen.

Beineberg stand auf, und sein hagerer Schatten richtete sich neben dem Balken in die Höhe. Oben schwang Basinis Körper, von der Dunkelheit trunken, merkbar hin und her.

«Dreh dich zur Seite,» befahl Beineberg. «Was jetzt gehorcht, ist nur mehr das Gehirn,» murmelte er, «das mechanisch noch eine Weile funktioniert, bis die letzten Spuren verzehrt sind, die ihm die Seele aufdrückte. Sie selbst ist irgendwo – in ihrem nächsten Dasein. Sie trägt nicht mehr die Fesseln der Naturgesetze ...,» er wandte sich jetzt an Törleß, «sie ist nicht mehr zur Strafe verurteilt, einen Körper schwer zu machen, zusammenzuhalten. Neige dich vor, Basini, – so – ganz allmählich ... immer weiter mit dem Körper hinaus .... Sowie die letzte Spur im Gehirn erloschen sein wird, werden die Muskeln nachlassen und der leere Körper in sich zusammenbrechen. Oder er wird schweben bleiben; ich weiß es nicht; die Seele hat eigenmächtig den Körper verlassen, es ist nicht der gewöhnliche Tod, vielleicht bleibt der Körper in der Luft schweben, weil nichts, keine Kraft des Lebens noch des Todes mehr, sich seiner annimmt .... Neige dich vor ... mehr noch.»

In diesem Augenblick polterte Basinis Körper, der aus Angst allen Befehlen gefolgt war, schwer aufschlagend Beineberg zu Füßen.

Vor Schmerz schrie Basini auf. Reiting begann laut zu lachen. Beineberg aber, der einen Schritt zurückgewichen war, stieß einen gurgelnden Wutschrei aus, als er den Betrug erfaßt hatte. Mit einer blitzschnellen Bewegung riß er seinen Ledergurt vom Leibe, faßte Basini bei den Haaren und peitschte wie rasend auf ihn ein. Die ganze ungeheure Spannung, unter der er gestanden war, strömte in diesen wütenden Schlägen aus. Und Basini heulte unter ihnen vor Schmerz, daß es wie die Klage eines Hundes in allen Winkeln zitterte.

Törleß war während des ganzen vorangegangenen Auftrittes ruhig geblieben. Er hatte im stillen gehofft, daß sich vielleicht doch etwas ereignen werde, das ihn wieder mitten in seinen verlorenen Empfindungskreis versetzen würde. Es war eine törichte Hoffnung, dessen blieb er sich stets bewußt, aber sie hatte ihn doch festgehalten. Nun schien ihm jedoch, daß alles vorbei sei. Die Szene widerte ihn an. Ganz gedankenlos; stummer, toter Widerwille.

Er erhob sich leise und ging ohne ein Wort zu sagen fort. Ganz mechanisch.

Beineberg schlug sich noch immer an Basini müde.

Als Törleß im Bette lag, fühlte er: ein Abschluß. Etwas ist vorbei.

Während der nächsten Tage oblag er ruhig seinen Arbeiten in der Schule; er kümmerte sich um nichts; Reiting und Beineberg mochten wohl einstweilen ihr Programm Punkt für Punkt in Szene setzen, Törleß ging ihnen aus dem Wege.

Da trat am vierten Tage, als gerade niemand zugegen

war, Basini auf ihn zu. Er sah elend aus, sein Gesicht war bleich und abgemagert, in seinen Augen flackerte das Fieber einer beständigen Angst. Mit scheuen Seitenblicken, in hastigen Worten stieß er hervor: «Du mußt mir helfen! Nur du kannst es tun! Ich halte es nicht mehr länger aus, wie sie mich quälen. Alles Frühere habe ich ertragen, ... jetzt aber werden sie mich noch totschlagen!»

Törleß war es unangenehm, hierauf eine Antwort zu geben. Endlich sagte er: «Ich kann dir nicht helfen; du selbst bist an allem schuld, was mit dir geschieht.»

«Aber du warst doch vor kurzem noch so lieb zu mir.»

«Niemals.»

«Aber ....»

«Schweig davon. Das war nicht ich .... Ein Traum .... Eine Laune .... Es ist mir sogar recht, daß deine neue Schande dich von mir fortgerissen hat .... Es ist gut so für mich ....»

Basini ließ den Kopf sinken. Er fühlte, daß ein Meer von grauer, nüchterner Enttäuschung sich zwischen ihn und Törleß geschoben hatte .... Törleß war kalt, ein anderer.

Da warf er sich vor ihm in die Knie, schlug mit dem Kopf auf den Boden und schrie: «Hilf mir! Hilf mir! ... Um Gottes willen, hilf mir!»

Törleß zauderte einen Augenblick. In ihm war weder der Wunsch, Basini zu helfen, noch genügend Empörung, um ihn von sich zu stoßen. So folgte er dem erstbesten Gedanken. «Komm heute nacht auf den Boden, ich will noch einmal mit dir darüber sprechen.» Im nächsten Augenblick bereute er aber schon.

«Wozu nochmals daran rühren?» fiel ihm ein, und er sagte überlegend: «Doch sie würden dich ja sehen; es geht nicht.»

«O nein, sie blieben die letzte Nacht bis zum Morgen mit mir auf, – sie werden heute schlafen.»

«Also meinetwegen. Aber erwarte nicht, daß ich dir helfen werde.»

Törleß hatte Basini die Zusammenkunft entgegen seiner eigentlichen Überzeugung bestimmt. Denn die war, daß alles innerlich vorbei sei und nichts mehr zu holen. Nur mehr eine Art Pedanterie, eine von vorneherein hoffnungslose, eigensinnige Gewissenhaftigkeit hatte ihm eingeblasen, nochmals an den Ereignissen herumzutasten.

Er hatte das Bedürfnis, es kurz zu machen.

Basini wußte nicht, wie er sich benehmen sollte. Er war so verprügelt, daß er sich kaum zu rühren getraute. Alles Persönliche schien aus ihm gewichen zu sein; nur in den Augen hatte sich ein Rest davon zusammengedrängt und schien sich angstvoll, flehend an Törleß zu klammern.

Er wartete, was dieser tun werde.

Endlich brach Törleß das Schweigen. Er sprach rasch, gelangweilt, so wie wenn man eine längst abgetane Sache der Form halber nochmals erledigen muß.

«Ich werde dir nicht helfen. Ich hatte allerdings eine Zeitlang ein Interesse an dir, aber das ist jetzt vorbei. Du bist wirklich nichts als ein schlechter, feiger Kerl. Gewiß nichts anderes. Was soll mich da noch an dich halten! Früher glaubte ich immer, daß ich für dich ein Wort, eine Empfindung finden müßte, die dich anders bezeichnete; aber es gibt wirklich nichts Bezeichnenderes, als zu sagen, daß du schlecht und feig bist. Das ist so einfach, so nichtssagend und doch alles, was man vermag. Was ich früher anderes von dir wollte, habe ich vergessen, seit du dich mit deinen geilen Bitten dazwischen gedrängt hast. Ich wollte einen Punkt finden, fern von dir, um dich von dort anzusehen ..., das war mein Interesse an dir; du selbst hast es zerstört; ... doch genug, ich bin dir ja keine Erklärung schuldig. Nur eines noch: Wie ist dir jetzt zumute?»

«Wie soll mir zumute sein? Ich kann es nicht länger ertragen.»

«Sie machen jetzt wohl sehr Arges mit dir und es schmerzt dich?»

«Ja.»

«Aber so ganz einfach ein Schmerz? Du fühlst, daß du leidest, und du willst dem entgehen? Ganz einfach und ohne Komplikation?»

Basini fand keine Antwort.

«Nun ja, ich frage nur so nebenher, nicht genau genug. Aber das ist ja gleichgültig. Ich habe nichts mehr mit dir zu tun; ich sagte es schon. Ich vermag in deiner Gesellschaft nicht das geringste mehr zu fühlen. Mach, was du willst ...»

Törleß wollte gehen.

Da riß sich Basini die Kleider vom Leibe und drängte sich an Törleß heran. Sein Körper war von Striemen überzogen, – widerwärtig. Seine Bewegung elend wie die eines ungeschickten Freudenmädchens. Ekelnd wandte sich Törleß ab.

Er hatte aber kaum die ersten Schritte in das Dunkel hineingetan, als er auf Reiting stieß.

«Was ist das, du hast geheime Zusammenkünfte mit Basini?»

Törleß folgte dem Blicke Reitings und sah auf Basini zurück. Gerade an der Stelle, wo dieser stand, fiel von einer Dachluke her ein breiter Balken Mondlicht ein. Die bläulich überhauchte Haut mit den wunden Malen sah darin aus wie die eines Aussätzigen. Unwillkürlich suchte sich Törleß für diesen Anblick zu entschuldigen.

«Er hat mich darum gebeten.»

«Was will er?»

«Ich soll ihn beschützen.»

«Na, da ist er ja an den Richtigen gekommen.»

«Vielleicht würde ich es doch tun, aber mir ist die ganze Geschichte langweilig.»

Reiting sah unangenehm betroffen auf, dann fuhr er zornig Basini an.

«Wir werden dich schon lehren, Heimlichkeiten gegen uns anzustiften! Dein Schutzengel Törleß wird selbst zusehen und sein Vergnügen daran haben.»

Törleß hatte sich bereits abgewandt gehabt, aber diese offenbar an seine Adresse gerichtete Bosheit hielt ihn, ohne daß er überlegte, zurück.

«Höre, Reiting, das werde ich nicht tun. Ich will nichts mehr damit zu schaffen haben; mir ist das Ganze zuwider.»

«Auf einmal?»

«Ja, auf einmal. Denn früher suchte ich hinter all dem etwas ....» Warum nur drängte sich ihm dies jetzt wieder beständig auf ...!

«Aha, das zweite Gesicht.»

«Jawohl; jetzt aber sehe ich nur, daß du und Beineberg abgeschmackt roh seid.»

«Oh, du sollst sehen, wie Basini Kot frißt», witzelte Reiting.

«Das interessiert mich jetzt nicht mehr.»

«Hat dich aber doch ...!»

«Ich sagte dir schon, nur solange mir Basinis Zustand dabei ein Rätsel war.»

«Und jetzt?»

«Ich weiß jetzt nichts von Rätseln. Alles geschieht: Das ist die ganze Weisheit.» Törleß wunderte sich, daß ihm auf einmal wieder Gleichnisse einfielen, die sich jenem verloren gegangenen Empfindungskreise näherten. Als Reiting spöttisch erwiderte, «nun, diese Weisheit braucht man wohl nicht erst weither zu holen», schoß daher in ihm ein zorniges Gefühl der Überlegenheit empor und legte ihm harte Worte in den Mund. Für einen Augenblick verachtete er Reiting so sehr, daß er ihn am liebsten mit Füßen getreten hätte.

«Spotten magst du; was aber *ihr* jetzt treibt, ist nichts als eine gedankenlose, öde, ekelhafte Quälerei!»

Reiting warf einen Seitenblick auf den aufhorchenden Basini.

«Halte dich zurück, Törleß!»

«Ekelhaft, schmutzig – du hast es gehört!»

Jetzt brauste auch Reiting auf.

«Ich verbiete dir, uns hier vor Basini zu beschimpfen!»

«Ach was. Du hast nichts zu verbieten! Die Zeit ist vorbei. Ich hatte einmal vor dir und Beineberg Respekt, jetzt sehe ich aber, was ihr gegen mich seid. Stumpfsinnige, widerwärtige, tierische Narren!»

«Halte deinen Mund, oder ...!!» Reiting schien auf Törleß zuspringen zu wollen. Törleß wich einen Schritt zurück und schrie ihn an: «Glaubst du, ich werde mich mit dir prügeln?! Dafür steht mir Basini nicht. Mach mit ihm, was du willst, aber laß mich jetzt vorbei!!»

Reiting schien sich eines Besseren als seines Dreinschlagens besonnen zu haben und trat zur Seite. Nicht einmal Basini rührte er an. Aber Törleß, der ihn kannte, wußte nun, daß hinter seinem Rücken eine bösartige Gefahr drohe.

Schon am zweitnächsten Nachmittage traten Reiting und Beineberg auf Törleß zu.

Dieser bemerkte den bösen Ausdruck ihrer Augen. Offenbar trug Beineberg den lächerlichen Zusammenbruch seiner Prophezeiungen nun ihm nach, und Reiting mochte ihn überdies bearbeitet haben.

«Wie ich hörte, hast du uns beschimpft. Noch dazu vor Basini. Weswegen?»

Törleß gab keine Antwort.

«Du weißt, daß wir uns solches nicht bieten lassen. Weil aber du es bist, dessen launenhafte Einfälle wir ja gewöhnt sind und nicht hoch anschlagen, wollen wir die Sache ruhen lassen. Nur eines mußt du tun.» Trotz dieser freundlichen Worte war etwas böse Wartendes in Beinebergs Augen.

«Basini kommt heute nacht in die Kammer; wir werden ihn dafür züchtigen, daß er dich aufhetzte. Wenn du uns weggehen siehst, komme nach.»

Aber Törleß sagte nein: «... Ihr könnt machen, was ihr wollt; mich müßt ihr dabei aus dem Spiele lassen.»

«Wir werden heute nacht Basini noch genießen, morgen liefern wir ihn der Klasse aus, denn er beginnt sich aufzulehnen.»

«Macht, was ihr wollt.»

«Du wirst aber dabei sein.»

«Nein.»

«Gerade vor dir muß Basini sehen, daß ihm nichts gegen uns helfen kann. Gestern weigerte er sich schon, unsere Befehle auszuführen; wir haben ihn halbtot geschlagen, und er blieb dabei. Wir müssen wieder zu moralischen Mitteln greifen, ihn erst vor dir, dann vor der Klasse demütigen.»

«Ich werde aber nicht dabei sein!»

«Warum?»

«Nein.»

Beineberg schöpfte Atem; er sah aus, als wolle er Gift auf seinen Lippen sammeln, dann trat er ganz nahe an Törleß heran.

«Glaubst du wirklich, daß wir nicht wissen, warum? Denkst du, wir wissen nicht, wie weit du dich mit Basini eingelassen hast?»

«Nicht weiter als ihr.»

«So. Und da würde er gerade dich zu seinem Schutzpatron erwählt haben? Was? – Gerade zu dir würde ihn das große Zutrauen erfaßt haben? Für so dumm wirst du uns doch nicht halten.»

Törleß wurde zornig. «Wißt, was ihr wollt, mich aber laßt jetzt mit euren dreckigen Geschichten in Ruhe.»

«Wirst du schon wieder grob?!»

«Ihr ekelt mich an! Eure Gemeinheit ist ohne Sinn! Das ist das Widerwärtige an euch.»

«So höre. Du solltest uns für so manches zur Dankbarkeit verpflichtet sein. Wenn du glaubst, dich trotzdem jetzt über uns erheben zu können, die wir deine Lehrmeister waren, so irrst du dich arg. Kommst du heute abend mit oder nicht??»

«Nein!»

«Mein lieber Törleß, wenn du dich gegen uns auflehnst und nicht kommst, so wird es dir gerade so gehen wie Basini. Du weißt, in welcher Situation dich Reiting getroffen hat. Das genügt. Ob wir mehr oder weniger getan haben, wird dir wenig nützen. Wir werden alles gegen dich wenden. Du bist in solchen Dingen lange zu dumm und unentschlossen, um dagegen aufkommen zu können.

Wenn du dich also nicht rechtzeitig besinnst, stellen wir dich der Klasse als den Mitschuldigen Basinis hin. Dann mag er dich beschützen. Verstanden?»

Wie ein Unwetter war diese Flut von Drohungen, bald von Beineberg, bald von Reiting, bald von beiden zugleich hervorgestoßen, über Törleß weggerauscht. Als die beiden fort waren, rieb er sich die Augen, als hätte er geträumt. Aber Reiting kannte er; der war im Zorne der größten Niedertracht fähig, und Törleß' Schimpf und Auflehnung schienen ihn tief verletzt zu haben. Und Beineberg? Er hatte ausgesehen, als zitterte er unter einem jahrelang verhaltenen Hasse, ... und das doch nur, weil er sich vor Törleß böse blamiert hatte.

Doch je tragischer sich die Ereignisse über seinem Kopfe zusammenzogen, desto gleichgültiger und mechanischer erschienen sie Törleß. Er hatte vor den Drohungen Angst. Das ja; aber weiter nichts. Die Gefahr hatte ihn mitten in das Wirbeln der Wirklichkeit gezogen.

Er legte sich zu Bett. Er sah Beineberg und Reiting weggehen und den müden Schritt Basinis vorbeischlürfen. Aber er ging nicht mit.

Doch marterten ihn schreckliche Vorstellungen. Zum ersten Male dachte er wieder mit einiger Innigkeit an seine Eltern. Er fühlte, daß er diesen ruhigen, gesicherten Boden brauche, um das zu festigen und auszureifen, was ihm bisher nur Verlegenheiten gebracht hatte.

Was aber war das? Er hatte keine Zeit, darüber nachzudenken und über die Ereignisse zu grübeln. Nur eine leidenschaftliche Sehnsucht fühlte er, aus diesen wirren, trubelnden Verhältnissen herauszukommen, eine Sehnsucht nach Stille, nach Büchern war in ihm. Als sei seine Seele schwarze Erde, unter der sich die Keime schon regen, ohne daß man noch weiß, wie sie herausbrechen werden. Das Bild eines Gärtners drängte sich ihm auf, der jeden Morgen seine Beete begießt, mit gleichmäßiger, zuwartender Freundlichkeit. Dieses Bild ließ ihn nicht los, seine zuwartende Sicherheit schien alle Sehnsucht auf sich zu sammeln. Nur so darf es kommen! Nur so! fühlte Törleß, und über alle Angst und alle Bedenken sprang die Überzeugung hinweg, daß er alles daransetzen müsse, diesen Seelenzustand zu erreichen.

Nur über das, was zunächst zu geschehen habe, war er sich noch nicht klar. Denn vor allen Dingen wurde durch diese Sehnsucht nach friedlicher Vertiefung sein Abscheu vor dem bevorstehenden Intrigenspiel nur noch verstärkt.

Auch hatte er wirkliche Angst vor der ihm auflauernden Rache. Sollten die beiden wirklich versuchen, ihn vor der Klasse anzuschwärzen, so würde ihn die Gegenarbeit einen ungeheuren Aufwand an Energie kosten, um den es ihm gerade jetzt leid tat. Und dann, – selbst wenn er nur an diesen Wirrwarr, an dieses jedes höheren Wertes bare Sichstoßen mit fremden Absichten und Willenskräften dachte, überlief ihn ein Ekel.

Da fiel ihm ein Brief ein, den er lange vorher von zu Hause erhalten hatte. Es war die Antwort auf einen von ihm an die Eltern gerichteten, in dem er damals, so gut es gehen mochte, von seinen sonderbaren Seelenzuständen berichtet hatte, bevor noch die Episode mit der Sinnlichkeit eingetreten war. Es war wieder eine recht hausbackene Antwort, voll rechtschaffener, langweiliger Ethik gewesen und riet ihm, Basini zu bewegen, daß er sich selbst stelle, damit dieser unwürdige, gefährliche Zustand seiner Abhängigkeit ein Ende finde.

Diesen Brief hatte Törleß später wieder gelesen, als Basini nackt neben ihm auf den weichen Decken der Kammer lag. Und es hatte ihm eine besondere Lust bereitet, diese schwerfälligen, einfachen, nüchternen Worte auf der Zunge zergehen zu lassen, während er sich dachte, daß seine Eltern wohl durch das allzu Taghelle ihres Daseins blind gegen das Dunkel seien, in dem seine Seele augenblicks wie eine geschmeidige Raubkatze kauerte.

Heute aber langte er ganz anders nach dieser Stelle, als sie ihm wieder einfiel.

Eine angenehme Beruhigung breitete sich über ihn, als hätte er die Berührung einer festen, gütigen Hand gefühlt. Die Entscheidung war in diesem Augenblick gefallen. Ein Gedanke war in ihm aufgeblitzt, und er hatte ihn bedenkenlos ergriffen, gleichsam unter dem Patronate seiner Eltern.

Er blieb wach liegen, bis die drei zurückkamen. Dann wartete er, bis er an den gleichmäßigen Atemzügen hörte, daß sie schliefen. Nun riß er hastig ein Blatt aus seinem Notizbuche und schrieb bei dem ungewissen Lichte der Nachtlampe in großen, schwankenden Buchstaben darauf:

«Sie werden dich morgen der Klasse ausliefern, und es steht dir Fürchterliches bevor. Der einzige Ausweg ist, daß du dich selbst dem Direktor anzeigst. Zu Ohren würde es ihm ja auch ohnedies kommen, nur daß man dich vorher noch halbtot prügeln würde.

Schiebe alles auf R. und B. und schweige von mir.

Du siehst, daß ich dich retten will.»

Diesen Zettel steckte er dem Schlafenden in die Hand.

Dann schlief auch er, von der Aufregung erschöpft, ein.

Den nächsten Tag schienen Beineberg und Reiting noch als Frist Törleß gewähren zu wollen.

Mit Basini wurde es jedoch Ernst.

Törleß sah, wie Beineberg und Reiting zu einzelnen hingingen, und wie sich dort um sie herum Gruppen bildeten, in denen eifrig geflüstert wurde.

Dabei wußte er nicht, ob Basini seinen Zettel gefunden habe, denn ihn zu sprechen fand sich keine Gelegenheit, da sich Törleß beobachtet fühlte.

Anfangs hatte er überhaupt Angst, daß es sich auch schon um ihn handle. Aber er war nunmehr im Angesichte der Gefahr von ihrer Widerwärtigkeit so gelähmt, daß er alles an sich hätte herankommen lassen.

Später erst mischte er sich zaghaft, gefaßt, daß sich augenblicks alle gegen ihn kehren würden, unter eine der Gruppen.

Aber man bemerkte ihn gar nicht. Es galt vorläufig erst Basini.

Die Aufregung wuchs. Törleß konnte es beobachten. Reiting und Beineberg mochten wohl noch Lügen hinzugetan haben ....

Erst lächelte man, dann wurden einige ernst, und böse Blicke glitten an Basini vorbei, endlich brütete es wie ein dunkles, heißes, von finsteren Gelüsten schwangeres Schweigen über der Klasse.

Zufällig war ein freier Nachmittag.

Alle versammelten sich hinten bei den Kästen; dann wurde Basini vorgerufen.

Beineberg und Reiting standen wie zwei Bändiger zu seinen Seiten.

Das probate Mittel des Entkleidens machte, nachdem man die Türen verschlossen und Posten ausgestellt hatte, allgemeinen Spaß.

Reiting hielt ein Päckchen Briefe von Basinis Mutter an diesen in seiner Hand und begann vorzulesen.

«Mein gutes Kind ...»

Allgemeines Gebrülle.

«Du weißt, daß ich von dem wenigen Gelde, über das ich als Witwe verfüge ...»

Unflätiges Lachen, zügellose Scherze flattern aus der Masse auf. Reiting will weiterlesen. Plötzlich stößt einer Basini. Ein anderer, auf den er dabei fällt, stößt ihn halb im Scherze, halb in Entrüstung zurück. Ein dritter gibt ihn weiter. Und plötzlich fliegt Basini, nackt, mit von der Angst aufgerissenem Munde, wie ein wirbelnder Ball, unter Lachen, Jubelrufen, Zugreifen aller im Saale umher, – von einer Seite zur andern, – stößt sich Wunden an den scharfen Ecken der Bänke, fällt in die Knie, die er sich blutig reißt, – und stürzt endlich blutig, bestaubt, mit tierischen, verglasten Augen zusammen, während augenblicklich Schweigen eintritt und alles vordrängt, um ihn am Boden liegen zu sehen.

Törleß schauderte. Er hatte die Macht der fürchterlichen Drohung vor sich gesehen.

Und immer noch wußte er nicht, was Basini tun werde.

In der nächsten Nacht sollte Basini an ein Bett gebunden werden, und man hatte beschlossen, ihn mit Florettklingen durchzupeitschen.

Aber zur allgemeinen Verwunderung erschien schon am frühen Morgen der Direktor in der Klasse. In seiner Begleitung der Klassenvorstand und zwei Lehrer. Basini wurde von der Klasse entfernt und in ein eigenes Zimmer gebracht.

Der Direktor aber hielt eine zornige Ansprache wegen der zutage getretenen Roheiten und ordnete eine strenge Untersuchung an.

Basini hatte sich selbst gestellt.

Jemand mußte ihn von dem ihm Bevorstehenden verständigt haben.

Gegen Törleß schöpfte niemand Verdacht. Er saß still und in sich gekehrt, als ginge ihn das Ganze gar nichts an.

Nicht einmal Reiting und Beineberg suchten in ihm den Verräter. Ihre Drohungen gegen ihn hatten sie selbst nicht ernst genommen; sie hatten sie, um ihn einzuschüchtern, um ihre Überlegenheit fühlbar zu machen, vielleicht auch aus Ärger hervorgestoßen; jetzt, wo ihr Zorn vorüber war, dachten sie kaum mehr daran. Schon die Verbindlichkeiten gegen seine Eltern würden sie von einem Vorgehen gegen Törleß zurückgehalten haben. Das war ihnen so selbstverständlich, daß sie sich auch von seiner Seite nicht des geringsten versahen.

Törleß empfand über seinen Schritt keine Reue. Das Heimliche, Feige, das diesem anhaftete, kam gegenüber dem Gefühle einer gänzlichen Befreiung nicht zur Geltung. Nach all den Aufregungen war es in ihm wundersam klar und weit geworden.

Er beteiligte sich nicht an den erregten Gesprächen über das zu Erwartende, die allenthalben gepflogen wurden; er lebte den ganzen Tag ruhig vor sich hin.

Als es Abend wurde und die Lampen brannten, setzte er sich auf seinen Platz, und das Heft, in dem jene flüchtigen Aufzeichnungen eingetragen waren, hatte er vor sich hingelegt.

Aber er las lange nicht darin. Er strich mit der Hand über die Seiten und ihm war, daß ein feiner Duft aus ihnen aufsteige, wie Lavendel aus alten Briefen. Es war die mit Wehmut gemischte Zärtlichkeit, die wir einer abgeschlossenen Vergangenheit entgegenbringen, wenn wir in dem zarten, blassen Schatten, der mit Totenblumen in den Händen aus ihr aufsteigt, vergessene Ähnlichkeiten mit uns wiederentdecken.

Und dieser wehmütige feine Schatten, dieser bleiche Duft schien sich in einem breiten, vollen, warmen Strom zu verlieren, – dem Leben, das nun offen vor Törleß lag.

Eine Entwicklung war abgeschlossen, die Seele hatte einen neuen Jahresring angesetzt wie ein junger Baum, – dieses noch wortlose, überwältigende Gefühl entschuldigte alles, was geschehen war.

Nun begann Törleß seine Erinnerungen zu durchblättern. Die Sätze, in denen er hilflos das Geschehene – dieses vielfältige Staunen und Betroffensein vom Leben – konstatiert hatte, wurden wieder lebendig, schienen sich zu regen und gewannen Zusammenhang. Wie ein heller Weg lagen sie vor ihm, in den sich die Spuren seiner tastenden Schritte geprägt hatten. Aber noch schien ihnen etwas zu fehlen; kein neuer Gedanke, oh nein; aber sie packten Törleß noch nicht mit voller Lebendigkeit.

Er fühlte sich unsicher. Und nun kam ihm die Angst, morgen vor seinen Lehrern zu stehen und sich rechtfertigen zu müssen. Womit?! Wie sollte er ihnen das auseinandersetzen? Diesen dunklen, geheimnisvollen Weg, den er gegangen. Wenn sie ihn fragen würden: warum hast du Basini mißhandelt? – so könnte er ihnen doch nicht antworten: weil mich dabei ein Vorgang in meinem Gehirn interessierte, ein Etwas, von dem ich heute trotz allem noch wenig weiß und vor dem alles, was ich darüber denke, mir belanglos erscheint.

Dieser kleine Schritt, der ihn noch von dem Endpunkte des geistigen Prozesses trennte, den er durchzumachen hatte, schreckte ihn wie ein ungeheurer Abgrund.

Und ehe es noch Nacht wurde, befand sich Törleß in einer fieberhaften, ängstlichen Aufregung.

Am nächsten Tage, als man die Zöglinge einzeln zum Verhöre rief, war Törleß verschwunden.

Man hatte ihn zuletzt am Abend, vor einem Hefte sitzend, gesehen, anscheinend lesend.

Man suchte im ganzen Institute, Beineberg sah heimlich in der Kammer nach, Törleß war nicht zu finden.

Da wurde klar, daß er aus dem Institute geflohen war, und man verständigte nach allen Seiten die Behörden, ihn mit Schonung einzubringen.

Die Untersuchung nahm mittlerweile ihren Anfang.

Reiting und Beineberg, welche glaubten, daß Törleß aus Angst vor ihrer Drohung, ihn hineinzulegen, geflohen sei, fühlten sich verpflichtet, nun jeden Verdacht von ihm abzulenken, und traten kräftig für ihn ein.

Sie wälzten alle Schuld auf Basini, und die ganze Klasse bezeugte es Mann für Mann, daß Basini ein diebischer, nichtswürdiger Kerl sei, der den wohlmeinendsten

Versuchen, ihn zu bessern, nur mit neuen Rückfällen antworte. Reiting beteuerte, daß sie ja einsähen, gefehlt zu haben, es aber nur deswegen getan hätten, weil ihnen ihr Mitleid sagte, man solle einen Kameraden nicht eher der Strafe ausliefern, als man alle Mittel gütlicher Belehrung erschöpft habe, und wieder schwur die ganze Klasse, daß Basinis Mißhandlung nur ein Überschäumen war, weil Basini den ihn aus den edelsten Empfindungen Schonenden mit größtem, gemeinstem Hohne begegnet war.

Kurz, es war eine wohlverabredete Komödie, von Reiting glänzend inszeniert, und alle ethischen Töne wurden zur Entschuldigung angeschlagen, welche in den Ohren der Erzieher Wert haben.

Basini schwieg stumpfsinnig zu allem. Vom vorgestrigen Tag her lag noch ein tödlicher Schreck auf ihm, und die Einsamkeit seiner Zimmerhaft, der ruhige, geschäftsmäßige Gang der Untersuchung waren für ihn schon eine Erlösung. Er wünschte sich nichts als ein rasches Ende. Überdies hatten Reiting und Beineberg nicht verabsäumt, ihn mit der fürchterlichsten Rache zu bedrohen, falls er gegen sie aussage.

Da wurde Törleß eingebracht. Todmüde und hungrig hatte man ihn in der nächsten Stadt aufgegriffen.

Seine Flucht schien nun das einzig Rätselhafte in der ganzen Angelegenheit zu sein. Aber die Situation war ihm günstig. Beineberg und Reiting hatten gut vorgearbeitet, von der Nervosität gesprochen, die er in der letzten Zeit an den Tag gelegt haben sollte, von seiner moralischen Feinfühligkeit, die es sich schon zum Verbrechen anrechne, daß er, der von Anfang an um alles wußte, nicht gleich die Sache zur Anzeige gebracht habe und auf diese Weise die Katastrophe mit verschuldete.

Törleß wurde also schon mit einem gewissen gerührten

Wohlwollen empfangen, und die Kameraden bereiteten ihn rechtzeitig darauf vor.

Dennoch war er fürchterlich aufgeregt, und die Angst, sich nicht verständlich machen zu können, erschöpfte ihn völlig ....

Die Untersuchung wurde aus Diskretion, da man doch etwaige Enthüllungen befürchtete, in der Privatwohnung des Direktors geführt. Zugegen waren außer diesem noch der Klassenvorstand, der Religionslehrer und der Mathematikprofessor, welchem es als dem Jüngsten des Lehrerkollegiums zugefallen war, die protokollarischen Notizen zu führen.

Um das Motiv seiner Flucht befragt, schwieg Törleß.

Allseitiges, verständnisvolles Kopfnicken.

«Nun gut,» sagte der Direktor, «wir sind hierüber unterrichtet. Aber sagen Sie uns, was Sie bewog, das Vergehen des Basini zu verheimlichen.»

Törleß hätte nun lügen können. Aber seine Scheu war gewichen. Es reizte ihn förmlich, von sich zu sprechen und seine Gedanken an diesen Köpfen zu versuchen.

«Ich weiß es nicht genau, Herr Direktor. Als ich das erstemal davon hörte, schien es mir etwas ganz Ungeheuerliches zu sein, ... etwas gar nicht Vorstellbares ....»

Der Religionslehrer nickte Törleß befriedigt und aufmunternd zu.

«Ich ... ich dachte an Basinis Seele ....»

Der Religionslehrer strahlte über das ganze Gesicht, der Mathematiker putzte seinen Klemmer, rückte ihn zurecht, kniff die Augen zusammen ....»

«Ich konnte mir den Augenblick nicht vorstellen, in dem eine solche Demütigung über Basini hereinbrach, und deswegen trieb es mich immer wieder in dessen Nähe ....»

«Nun ja, – Sie wollen wohl damit sagen, daß Sie einen

natürlichen Abscheu vor dem Fehltritte Ihres Kameraden hatten und daß der Anblick des Lasters Sie gewissermaßen bannte, so wie man es von dem Blick der Schlangen ihren Opfern gegenüber behauptet.»

Der Klassenvorstand und der Mathematiker beeilten sich, ihre Zustimmung zu dem Gleichnis durch lebhafte Gesten zu erkennen zu geben.

Aber Törleß sagte: «Nein, es war nicht eigentlich ein Abscheu. Es war so: einmal sagte ich mir, er habe gefehlt und man müsse ihn denen überantworten, die ihn zu bestrafen haben ....»

«So hätten Sie auch handeln sollen.»

«... Dann aber erschien er mir wieder so sonderbar, daß ich gar nicht ans Strafen dachte, mich von einer ganz anderen Seite aus ihm gegenüberbefand; es gab jedesmal in mir einen Sprung, wenn ich so an ihn dachte ....»

«Sie müssen sich deutlicher ausdrücken, mein lieber Törleß.»

«Das kann man nicht anders sagen, Herr Direktor.»

«Doch, doch. Sie sind aufgeregt; wir sehen es ja; verwirrt; – was Sie eben sagten, war sehr dunkel.»

«Nun ja, ich fühle mich verwirrt; ich hatte einmal schon viel bessere Worte dafür. Aber es kommt doch immer auf dasselbe hinaus, daß etwas Wunderliches in mir war ....»

«Gut, – aber das ist doch wohl selbstverständlich bei dieser ganzen Angelegenheit.»

Törleß überlegte einen Augenblick.

«Vielleicht kann man es so sagen: Es gibt gewisse Sachen, die bestimmt sind, gewissermaßen in doppelter Form in unser Leben einzugreifen. Ich fand als solche Personen, Ereignisse, dunkle, verstaubte Winkel, eine hohe, kalte, schweigende, plötzlich lebendig werdende Mauer ...»

«Aber um Himmels willen. Törleß, wohin verirren Sie sich?»

Aber Törleß bereitete es nun einmal Vergnügen, alles aus sich herauszureden.

«... imaginäre Zahlen ....»

Alle sahen bald einander, bald Törleß an. Der Mathematiker hüstelte:

«Ich muß da zu besserem Verständnis dieser dunklen Angaben hinzufügen, daß mich der Zögling Törleß einmal aufgesucht hat, um sich eine Erklärung gewisser Grundbegriffe der Mathematik – so auch des Imaginären – zu erbitten, die der ungeschulten Vernunft tatsächlich Schwierigkeiten bereiten können. Ich muß sogar gestehen, daß er hiebei unleugbaren Scharfsinn entwickelte, jedoch mit einer wahren Manie nur solche Dinge ausgesucht hatte, welche gewissermaßen eine Lücke in der Kausalität unseres Denkens – für ihn wenigstens – zu bedeuten schienen.

Erinnern Sie sich noch, Törleß, was Sie damals sagten?»

«Ja. Ich sagte, daß es mir an diesen Stellen scheine, wir könnten mit unserem Denken allein nicht hinüberkommen, sondern bedürften einer anderen, innerlicheren Gewißheit, die uns gewissermaßen hinüberträgt. Daß wir mit dem Denken allein nicht auskommen, fühlte ich auch an Basini.»

Der Direktor wurde bei diesem philosophischen Ausbiegen der Untersuchung bereits ungeduldig, aber der Katechet war von Törleß' Antwort sehr befriedigt.

«Sie fühlen sich also», fragte er, «von der Wissenschaft weg zu religiösen Gesichtspunkten gezogen? Offenbar war es wirklich auch Basini gegenüber ähnlich,» wandte er sich an die übrigen, «er scheint ein empfängliches Gemüt für das feinere, ich möchte sagen göttliche und über uns hinausgehende Wesen der Moral zu haben.»

Nun fühlte sich der Direktor doch verpflichtet darauf einzugehen.

«Hören Sie, Törleß, ist es so, wie Seine Hochwürden sagt? Haben Sie einen Hang, hinter den Begebenheiten oder Dingen – wie Sie sich ja ziemlich allgemein ausdrükken – einen religiösen Hintergrund zu suchen?»

Er wäre selbst schon froh gewesen, wenn Törleß endlich bejaht hätte und ein sicherer Boden zu seiner Beurteilung gegeben gewesen wäre; aber Törleß sagte: «Nein, auch das war es nicht.»

«Nun, dann sagen Sie uns doch endlich klipp und klar,» platzte jetzt der Direktor los, «was es gewesen ist. Wir können uns doch unmöglich mit Ihnen hier in eine philosophische Auseinandersetzung einlassen.»

Doch Törleß war nun trotzig. Er fühlte selbst, daß er schlecht gesprochen hatte, aber der Widerspruch sowohl wie die mißverständliche Zustimmung, die er gefunden hatte, gaben ihm das Gefühl einer hochmütigen Überlegenheit über diese älteren Leute, die von den Zuständen des menschlichen Inneren so wenig zu wissen schienen.

«Ich kann nicht dafür, daß es all das nicht ist, was Sie meinten. Ich kann aber selbst nicht genau schildern, was ich jedes einzelne Mal empfand; wenn ich aber sage, was ich jetzt davon denke, so werden Sie vielleicht auch verstehen, warum ich so lange nicht davon loskonnte.»

Er hatte sich aufgerichtet, so stolz, als sei er hier Richter, seine Augen gingen geradeaus an den Menschen vorbei; er mochte diese lächerlichen Figuren nicht ansehen.

Draußen vor dem Fenster saß eine Krähe auf einem Ast, sonst war nichts als die weiße, riesige Fläche.

Törleß fühlte, daß der Augenblick gekommen sei, wo er klar, deutlich, siegesbewußt von dem sprechen werde, das erst undeutlich und quälend, dann leblos und ohne Kraft in ihm gewesen war.

Nicht als ob ein neuer Gedanke ihm diese Sicherheit und Helle verschafft hätte, er ganz, wie er hoch aufgerichtet dastand, als sei um ihn nichts als ein leerer Raum, – er, der ganze Mensch, fühlte es, so wie er es damals gefühlt hatte, als er die erstaunten Augen unter den schreibenden, lernenden, emsig schaffenden Kameraden hatte umherwandern lassen.

Denn mit den Gedanken ist es eine eigene Sache. Sie sind oft nicht mehr als Zufälligkeiten, die wieder vergehen, ohne Spuren hinterlassen zu haben, und die Gedanken haben ihre toten und ihre lebendigen Zeiten. Man kann eine geniale Erkenntnis haben, und sie verblüht dennoch, langsam, unter unseren Händen, wie eine Blume. Die Form bleibt, aber die Farben, der Duft fehlen. Das heißt, man erinnert sich ihrer wohl Wort für Wort und der logische Wert des gefundenen Satzes bleibt völlig unangetastet, dennoch aber treibt er haltlos nur auf der Oberfläche unseres Inneren umher und wir fühlen uns seinethalben nicht reicher. Bis – nach Jahren vielleicht – mit einem Schlage wieder ein Augenblick da ist, wo wir sehen, daß wir in der Zwischenzeit gar nichts von ihm gewußt haben, obwohl wir logisch alles wußten.

Ja, es gibt tote und lebendige Gedanken. Das Denken, das sich an der beschienenen Oberfläche bewegt, das jederzeit an dem Faden der Kausalität nachgezählt werden kann, braucht noch nicht das lebendige zu sein. Ein Gedanke, den man auf diesem Wege trifft, bleibt gleichgültig wie ein beliebiger Mann in der Kolonne marschierender Soldaten. Ein Gedanke, – er mag schon lange vorher durch unser Hirn gezogen sein, wird erst in dem Momente lebendig, da etwas, das nicht mehr Denken, nicht mehr logisch ist, zu ihm hinzutritt, so daß wir seine Wahrheit fühlen, jenseits von aller Rechtfertigung, wie einen Anker, der von ihm aus ins durchblutete, lebendige Fleisch riß .... Eine große Erkenntnis vollzieht sich nur zur Hälfte im Lichtkreise des Gehirns, zur andern Hälfte in dem dunklen Boden des Innersten, und sie ist vor allem ein Seelenzustand, auf dessen äußerster Spitze der Gedanke nur wie eine Blüte sitzt.

Nur einer Erschütterung der Seele hatte es für Törleß noch bedurft, um diesen letzten Trieb in die Höhe zu treiben.

Ohne sich um die betroffenen Gesichter ringsum zu kümmern, gleichsam nur für sich, knüpfte er hieran an und sprach, ohne abzusetzen, die Augen geradeaus gerichtet bis zu Ende:

«... Ich habe vielleicht noch zu wenig gelernt, um mich richtig auszudrücken, aber ich will es beschreiben. Eben war es wieder in mir. Ich kann es nicht anders sagen, als daß ich die Dinge in zweierlei Gestalt sehe. Alle Dinge; auch die Gedanken. Heute sind sie dieselben wie gestern, wenn ich mich bemühe, einen Unterschied zu finden, und wie ich die Augen schließe, leben sie unter einem anderen Lichte auf. Vielleicht habe ich mich mit den irrationalen Zahlen geirrt; wenn ich sie gewissermaßen der Mathematik entlang denke, sind sie mir natürlich, wenn ich sie geradeaus in ihrer Sonderbarkeit ansehe, kommen sie mir unmöglich vor. Doch hier mag ich wohl irren, ich weiß zu wenig von ihnen. Ich irrte aber nicht bei Basini, ich irrte nicht, als ich mein Ohr nicht von dem leisen Rieseln in der hohen Mauer, mein Auge nicht von dem schweigenden Leben des Staubes, das eine Lampe plötzlich erhellte, abwenden konnte. Nein, ich irrte mich nicht, wenn ich von einem zweiten, geheimen, unbeachteten Leben der Dinge sprach! Ich – ich meine es nicht wörtlich, – nicht diese Dinge leben, nicht Basini hatte zwei Gesichter, – aber in mir war ein zweites, das dies alles nicht mit den Augen des Verstandes ansah. So wie ich fühle, daß ein Gedanke in mir Leben bekommt, so fühle ich auch, daß etwas in mir beim Anblicke der Dinge lebt, wenn die Gedanken schweigen.

Es ist etwas Dunkles in mir, unter allen Gedanken, das ich mit den Gedanken nicht ausmessen kann, ein Leben, das sich nicht in Worten ausdrückt und das doch mein Leben ist ....»

Dieses schweigende Leben hat mich bedrückt, umdrängt, das anzustarren trieb es mich immer. Ich litt unter der Angst, daß unser ganzes Leben so sei und ich nur hie und da stückweise darum erfahre, ... oh, ich hatte furchtbare Angst, .. ich war von Sinnen ....»

Diese Worte und Gleichnisse, die weit über Törleß' Alter hinausgingen, kamen ihm in der riesigen Erregung, in einem Augenblicke beinahe dichterischer Inspiration leicht und selbstverständlich über die Lippen. Jetzt senkte er die Stimme, und, wie von seinem Leide ergriffen, fügte er hinzu:

«... Jetzt ist das vorüber. Ich weiß, daß ich mich doch geirrt habe. Ich fürchte nichts mehr. Ich weiß: die Dinge sind die Dinge und werden es wohl immer bleiben; und ich werde sie wohl immer bald so, bald so ansehen. Bald mit den Augen des Verstandes, bald mit den anderen .... Und ich werde nicht mehr versuchen, dies miteinander zu vergleichen ....»

Er schwieg. Er fand es ganz selbstverständlich, daß er nun gehen könne, und niemand hinderte ihn daran.

Als er draußen war, sahen sich die Zurückgebliebenen verdutzt an.

Der Direktor neigte unschlüssig den Kopf hin und her. Der Klassenvorstand fand als erster das Wort. «Ei, dieser kleine Prophet wollte uns wohl eine Vorlesung halten. Aber der Kuckuck mag aus ihm klug werden. Diese Erregung! Und dabei dieses Verwirren ganz einfacher Dinge!»

«Rezeptivität und Spontaneität des Denkens,» sekundierte der Mathematiker. «Es scheint, daß er zu großes Augenmerk auf den subjektiven Faktor aller unserer Erlebnisse gelegt hat und daß ihn das verwirrte und zu seinen dunklen Gleichnissen trieb.»

Nur der Religionslehrer schwieg. Er hatte aus den Reden Törleß' so oft das Wort Seele aufgefangen und hätte sich gerne des jungen Menschen angenommen.

Aber er wußte doch nicht recht, wie es gemeint war.

Der Direktor jedoch machte der Situation ein Ende. «Ich weiß nicht, was eigentlich in dem Kopfe dieses Törleß steckt, jedenfalls aber befindet er sich in einer so hochgradigen Überreizung, daß der Aufenthalt in einem Institute für ihn wohl nicht mehr der geeignete ist. Für ihn gehört eine sorgsamere Überwachung seiner geistigen Nahrung, als wir sie durchführen können. Ich glaube nicht, daß wir die Verantwortung weiter tragen können. Törleß gehört in die Privaterziehung; ich werde in diesem Sinne an seinen Vater schreiben.»

Alle beeilten sich, diesem guten Vorschlage des ehrlichen Direktors beizupflichten.

«Er war wirklich so eigentümlich, daß ich beinahe glaube, er hat Anlage zum Hysteriker,» sagte der Mathematiker zu seinem Nachbar.

Zu gleicher Zeit mit dem Briefe des Direktors traf ein solcher von Törleß bei seinen Eltern ein, in welchem er sie um seine Herausnahme bat, weil er sich in dem Institute nicht mehr auf seinem Platze fühle.

Basini war mittlerweile strafweise entlassen worden. In der Schule ging alles den gewohnten Gang.

Es war beschlossen, daß Törleß von seiner Mutter abgeholt werde. Er nahm gleichgültigen Abschied von seinen

Kameraden. Beinahe begann er schon ihre Namen zu vergessen.

In die rote Kammer war er nie mehr hinaufgestiegen. Das schien alles weit, weit hinter ihm zu liegen.

Seit Basinis Entfernung war es tot. Fast so, als ob dieser Mensch, der alle diese Beziehungen an sich gekettet hatte, sie nun auch mit sich fortgenommen hätte.

Etwas Stilles, Zweifelndes war über Törleß gekommen, aber die Verzweiflung war weg. «Es waren wohl nur jene heimlichen Sachen mit Basini, die sie so gesteigert hatten,» dachte er sich. Sonst schien ihm gar kein Grund vorzuliegen.

Aber er schämte sich. So wie man sich am Morgen schämt, wenn man in der Nacht – von einem Fieber gepeinigt – aus allen Winkeln des dunklen Zimmers furchtbare Drohungen sich emportürmen sah.

Sein Verhalten vor der Kommission; es kam ihm ungeheuer lächerlich vor. Soviel Aufhebens! Hatten sie nicht recht gehabt? Wegen einer solch kleinen Sache! Jedoch es war etwas in ihm, das dieser Beschämung den Stachel nahm. «Gewiß gebärdete ich mich unvernünftig,» überlegte er, «jedoch scheint das Ganze überhaupt wenig mit meiner Vernunft zu tun gehabt zu haben.» Das war nämlich jetzt sein neues Gefühl. Er hatte die Erinnerung an einen fürchterlichen Sturm in seinem Inneren, zu dessen Erklärung die Gründe, die er jetzt noch in sich dafür vorfand, beiweitem nicht ausreichten. «Also mußte es wohl etwas viel Notwendigeres und Tieferliegendes gewesen sein,» schloß er, «als was sich mit Vernunft und Begriffen beurteilen läßt ....»

Und das, was vor der Leidenschaft dagewesen war, was von ihr nur überwuchert worden war, das Eigentliche, das Problem, saß fest. Diese wechselnde seelische Perspektive je nach Ferne und Nähe, die er erlebt hatte. Dieser unfaßbare Zusammenhang, der den Ereignissen und Dingen je nach unserem Standpunkte plötzliche Werte gibt, die einander ganz unvergleichlich und fremd sind ....

Dies und alles andere, – er sah es merkwürdig klar und rein – und klein. So wie man es eben am Morgen sieht, wenn die ersten reinen Sonnenstrahlen den Angstschweiß getrocknet haben und Tisch und Schrank und Feind und Schicksal wieder in ihre natürlichen Dimensionen zurückkriechen.

Aber wie da eine leise, grüblerische Müdigkeit zurückbleibt, so war es auch Törleß geschehen. Er wußte nun zwischen Tag und Nacht zu scheiden; – er hatte es eigentlich immer gewußt, und nur ein schwerer Traum war verwischend über diese Grenzen hingeflutet, und er schämte sich dieser Verwirrung: aber die Erinnerung, daß es anders sein kann, daß es feine, leicht verlöschbare Grenzen rings um den Menschen gibt, daß fiebernde Träume um die Seele schleichen, die festen Mauern zernagen und unheimliche Gassen aufreißen, – auch diese Erinnerung hatte sich tief in ihn gesenkt und strahlte blasse Schatten aus.

Er konnte nicht viel davon erklären. Aber diese Wortlosigkeit fühlte sich köstlich an, wie die Gewißheit des befruchteten Leibes, der das leise Ziehen der Zukunft schon in seinem Blute fühlt. Und Zuversicht und Müdigkeit mischten sich in Törleß ...

So kam es, daß er still und nachdenklich auf den Abschied wartete ....

Seiner Mutter, die geglaubt hatte, einen überreizten und verwirrten jungen Menschen zu finden, fiel seine kühle Gelassenheit auf.

Als sie zum Bahnhof hinausfuhren, lag rechts von ihnen der kleine Wald mit dem Hause Boženas. Er sah so unbedeutend und harmlos aus, ein verstaubtes Geranke von Weiden und Erlen.

Törleß erinnerte sich da, wie unvorstellbar ihm damals das Leben seiner Eltern gewesen war. Und er betrachtete verstohlen von der Seite seine Mutter.

«Was willst du, mein Kind?»

«Nichts, Mama, ich dachte nur eben etwas.»

Und er prüfte den leise parfümierten Geruch, der aus der Taille seiner Mutter aufstieg.

Foto: Tony Stone/Angela Wyant

Deutschsprachige Literatur bei rororo

Die neuen Klassiker

Elfriede Jelinek
Die Klavierspielerin
Roman. 3-499-15812-4
Einer der meistdiskutierten deutschsprachigen Romane: Der Klavierlehrerin Erika Kohut, von ihrer Mutter zur Pianistin gedrillt, ist es nicht möglich, aus ihrer Isolation heraus eine sexuelle Identität zu finden. Unfähig, sich auf das Leben einzulassen, wird sie zur Voyeurin. Als einer ihrer Schüler mit ihr ein Liebesverhältnis anstrebt, erfährt sie, dass sie nur noch im Leiden und in der Bestrafung Lust empfindet.

Friedrich Christian Delius
Der Königsmacher
Roman. 3-499-23350-9

Peter Rühmkorf
Außer der Liebe nichts
Liebesgedichte. 3-499-23260-X

Helmut Krausser
Schmerznovelle
3-499-23214-6

Peter Schneider
Das Fest der Missverständnisse
Burg erforscht die Medizingeschichte im Nationalsozialismus. Was eher zufällig beginnt, entwickelt sich zu einer zerstörenden Obsession, die auch die Wahrnehmung der Gegenwart zwanghaft überformt.

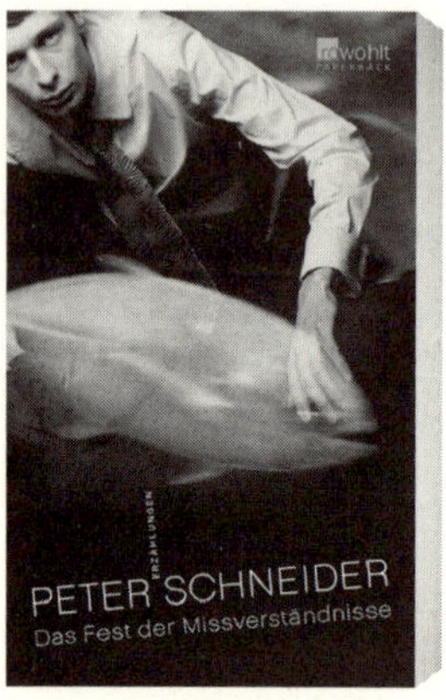

3-499-22728-2

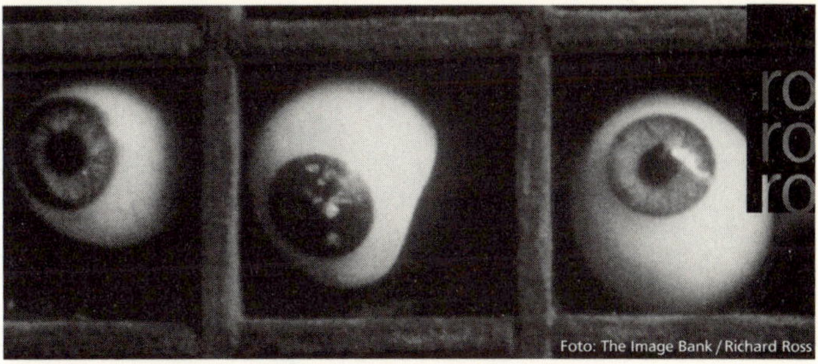

Foto: The Image Bank / Richard Ross

Deutschsprachige Literatur bei rororo

Ecstasy, die Nibelungen und die große weite Welt

Alexa Hennig von Lange
Relax
Roman. 3-499-22494-1
«Relax» ist ein Drogenroman, ein Flug durch ein Wochenende. Und es ist eine Liebesgeschichte: cool und komplett unmoralisch, schreiend komisch und doch wunderbar anrührend. «Alexa Hennig von Lange – die Antwort der Literatur auf die Spice Girls.» (Die Zeit)

Andreas Altmann
Einmal rundherum
Geschichten einer Weltreise
3-499-22931-5

Thommie Bayer
Das Herz ist eine miese Gegend
Roman. 3-499-12766-0

Thor Kunkel
Das Schwarzlicht-Terrarium
3-499-23151-4

Moritz Rinke
Die Trilogie der Verlorenen
Stücke. 3-499-22777-0

Die Nibelungen
Nachwort von Peter von Becker
Rinke ist in seiner Neubearbeitung den Fallstricken der Deutschtümelei mit feiner Ironie entgangen. Seine Fassung vermeidet brachiale Neuinterpretationen, sie besinnt sich vielmehr auf die ursprünglichen Erzählstränge.

3-499-23202-2